S&S探偵事務所

キボウのミライ

福田和代

祥伝社文庫

目次

第一章　野良猫だって意地がある

1

ぼたん雪がちらつく師走の朝だった。

純喫茶「バルミ」の厨房では、真っ赤なケトルがしゅんしゅんと湯気を立てている。

「――デラさん。沸いてるよ」

出原しのぶはカウンターに頰杖をついて、マスターのデラさんこと小寺恒夫の注意を引いた。

「――おお」

結露で曇る窓ガラス越しに、ここじゃないどこかの幻でも追いかけているような目を向けていたデラさんが、現実に戻ってくる。

常にどっしりして頼りがいのある男だが、雪の日には時おり、こんな顔をして外を見ている。夢見ているのは、真っ青な海と白い砂を持つ南の島だろうか。それとも、心のひだのどこかに隠した、懐かしい女性の顔でも思い返しているのか。

「ほい、お待ち」

朝は、焙煎の深い豆で、苦味の強いコーヒーを飲む。しのぶは深々とコーヒーの香りを吸い込んだ。脳の細胞がひとつずつ目覚めて活性化する。デラさんは、しのぶの朝のコーヒーには、薄くて装飾過多な磁器のカップを使う。唇と舌が、火傷しそうな熱さを喜んでいる。

——ああ、細胞がひとつずつ目を覚ます感じ。

パンツスーツの足を組み、ホッと息をつく。何物にも代えがたい、朝のひと時だ。どんなに朝が早くても、しのぶは身だしなみを整える手を抜いたことはない。仕事となれば、長い髪はアップにして、アイラインと眉をきりりと描く。スーツはしのぶの戦闘服だ。懐が寒いので、近ごろスーツを新調していないのが、寂しいところだが。

——そろそろ、一着つくってもいいかな。

「バルミ」のカウンターには、常連客が旅先で見つけたカエルの置物が並んでいた。アマガエルあり、トノサマガエルあり。かしこまってしゃがんでいるの、リラックスして足組みし空を見上げているの、釣りをしているの、子どもを背中に載せているのと、姿勢や表情も豊かだ。

どうしてカエルなのかとデラさんに尋ねると、「さあな」「俺が好きだからかもな」と、まいど異なる雑な答えが返るばかりだ。

午前九時、スモモこと、東條桃花はまだ部屋で眠っている。彼女が目を覚ますまでに、ひと仕事すませるつもりだった。

ドアのカウベルが軽やかに鳴った。

ベージュのトレンチコートにチェックのマフラーを巻き、迷い込んだ風情で立っている中年男に、しのぶは頷きかけた。

「おはようございます。里見さんですね」

細面で白髪まじりの男は、どこか上の空のような表情で顎を引いた。電話の声から感じたより、年配のようだ。

「S&S　IT探偵事務所の出原です。どうぞこちらへ。お話を伺います」

しのぶは自分のコーヒーカップを持ち、奥の四人掛けの席に男を誘導した。里見の表情を見た瞬間、持ち込まれたのがかなりやっかいな仕事だと直感していた。

――上等じゃないの。

しのぶは不敵に微笑んだ。そういう案件ほど、やりがいもあるというものだ。

「それで、どうしてあんたは、こっちが忙しい時に限って押しかけてくるわけ」

腰に手を当てて仁王立ちしたしのぶに、明神海斗は恐れいる様子もなく、ぶ厚いハムと半熟卵のホットサンドにかぶりついている。事務所で今もアルバイトを続ける、笹塚透の十八番のレシピだ。

「ああ、このホットサンドも絶品だなあ。いいなあ、しのぶさんたち、毎日こんなに美味しいものばかり食べられて」

「ありがとうございます。お口に合ってよかったです」

人のいい透がキッチンから顔だけ出して、にこにこと愛嬌をふりまいている。

「あのねえ、明神くん。表参道まで、ご飯を食べに来たわけじゃないでしょうが！」

「いやすみません、まさかお忙しいとは思わなかったので」

「――今、まさかと言った？」

聞き捨てならない。

「あっと、失礼」

明神は、失言を悔いるかのように額に手を当てた。以前、彼から紹介された仕事のおかげで、事務所の家賃をぶじに支払うことができた。そんな経緯があるので、今のところまだ叩き出していないのだ。

「手短にね。私たち、これから行くところがあるの」

スモモはスリムジーンズに純白のセーターをだぼっと着て、その上からコートを羽織って出かける準備をし、こちらを待っている。ぼんやりして何も考えていないように見えるが、見かけによらず気が短いので、内心ではじりじりと焦れているかもしれない。

容姿だけを見れば日本版のバービー人形のようだ。あるいは、アニメのキャラクターが画面から飛び出してきたような目をして、豊かな胸とほっそりした長い足を誇示している――いや、本人はおそらく何にも考えていないのだが、いかにも誇示しているかのように見える。

しのぶとスモモが街を歩くと、誘蛾灯（ゆうがとう）に引き寄せられる虫のように、ふらふらと男がついてくるが、しのぶではなくスモモに言いよることが多い。彼女の性格に気づかず、極端に口数が少ないことを何と思うのか、「天然で可愛い」などという哀れな誤解のもとに惚（ほ）れ込むのだ。

何人もの男がスモモとデートするのを横目で眺めてきたが、スモモの目当ては焼き肉だったり、寿司だったり、天ぷらだったり——まず、優先順位のトップは「食」だ。スモモをデートに誘いたければ、「今夜、羊、食べに行かない？」とでも言えば、目を輝かせてついていく。鹿でも猪でも熊でもいい。肉なら間違いない。

食事を終えた明神が、紙ナプキンで口元を拭いた。

「ごちそうさまでした。ええと、それでは短縮バージョンでお話しします。しのぶさんたちに、お願いしたい案件があるんです」

しのぶは目を細めた。

「ふーん、仕事の話なら聞いてあげないでもないけど。だけど、たしか前回は、ランサムウェアに感染したファイルサーバーを、二十四時間以内に復旧させるという、無茶な仕事を押しつけられたんだったわね。あんたがやりたくなかったから。忘れてないからね」

コンピュータがランサムウェアに感染すると、内部のデータを暗号化して〈人質〉に取り、金銭の支払いを要求する。実際には、〈身代金（ランサム）〉を支払っても犯人が約束を守るとは限らず、泣き寝入りする例も多い。先日の仕事が成功したのは、しのぶとスモモがすこぶる優秀で、運が味方したからに他ならない。

「そんなこともありましたっけ」

　明神がとぼけた。

「ええと、あらかじめ言っておきますが、今回の件はボランティアです」

「ハア？」

「今回は予算がつきませんが、もし手を貸してくださるなら、来年度にはサイバー防衛隊の特別顧問として、単年度の顧問契約を結ぶことができるかもしれません」

　それを聞いて、明神を事務所から蹴（け）り出すのを見合わせることにした。零細（れいさい）探偵事務所としては、顧問契約は喉（のど）から手が出るほど欲しい。

「〈キボウ〉というマルウェアについて、聞いたことありますよね」

「ｋｉｂｏｕでしょ」

「希望」の意味ではないかと、巷間（こうかん）言われている。秋ごろから広がりを見せ、この数か月で世界中に蔓延（まんえん）する勢いだ。

「はい。このマルウェア自体は、感染しても悪さをしないんです。そのせいで発見が遅れ、蔓延を許してしまったわけですが」

「セキュリティ各社が中心になって、〈キボウ〉退治をやろうとしてたでしょう」

「そうなんです。やっといろいろ、わかってきました。〈キボウ〉を逆アセンブルして分析したところ、来年の一月二十一日へと日付が変わる時に、外部と通信を行うことがわかったんですよ。ただ、プログラム内に書かれた通信相手は、現在のところどこにも存在しないんです」

「それが架空のアドレスなのか、当日になると突然どこかに現れるのかもわからないんだったよね」

「ええ。とはいえ既に〈キボウ〉のワクチンソフトも開発済みで、各社のウイルスチェッカーも対応済みです。今後、〈キボウ〉の騒ぎは収束する見込みです」

「それなら、何が問題なわけ？」

「〈キボウ〉の発信元になったと思われる、ダークウェブの掲示板です。どうも、日本人が運営しているようなんです」

「ダークウェブって、何ですか？」

食後のお茶を淹(い)れて持ってきた透が、明神の話に興味を示した。

「ウェブの一部なんだけどね。検索エンジンに引っかからない、秘密の空間なんだ。Ｔｏｒ(トーア)みたいな匿名(とくめい)化ソフトウェアを使わないと、その空間を覗(のぞ)くこともできない」

Ｔｏｒは本来、個人情報を隠して安全に通信するためのソフトだったのに、悪用されて今ではドラッグや武器、マルウェアの売買目的にも利用されている。金銭の授受には、多くの場合、仮想通貨が使われているらしい。

「僕は、その掲示板の運営者が〈キボウ〉の作成者と同一人物だと思うんですが、掲示板自体はすでに閉じられてしまいました」

「ダークウェブの掲示板の運営者なんか、調べてもわかりっこないから断る」

「まあそう言わず」

明神が、眉の端を八の字形に下げた。

「〈キボウ〉の件は、マルウェアの感染拡大という意味ではいつか収束しても、このままでは終わりませんよ。もちろん警察も捜査していますが、優秀な調査員がひとりでも多いほどいいでしょう」

おだてるつもりらしいが、その手には乗らない。

「そんなの調べるより、一月二十一日を待って、マルウェアがどこの誰と何を通信するのか、調査したほうが早いんじゃない」

「もちろん、それも準備しています。ですが、一月二十一日に何が起きるかわからないんですよ。世界を滅ぼすほどの威力を持ったマルウェアが拡散し始めたらどうします？」

「それ以前に〈キボウ〉を無力化すればいいじゃない」

「やろうとしてますが、〈キボウ〉ってスマホやタブレットにも感染するんですからね」

スマートフォンやタブレットを使う人たちに、何も悪さをせず、感染しているかどうかもわかりにくいマルウェアの駆除を推奨するのはなかなか難しい。

そして、日本は世界で最初に一月二十一日を迎える先進国になる。

「たちの悪い悪戯で、当日になっても何も起きないかもよ」

「――そうであってくれれば、むしろありがたいんですけどね」

明神の心配は、たぶん杞憂に終わるだろう。だが、この男は妙に勘がいい。

「調べてみてもいいけど。こっちの仕事と並行で、空いた時間に作業するくらいなら」

明神がホッとした様子で頷いた。

「ありがとうございます。もちろんそれで結構です。詳しいことは、後ほどメールで送ります」

「来年度の顧問契約っての、あんたの口約束じゃ信用できないからね。少なくとも、隊長から一筆奪ってきて」

「勘弁してくださいよ。僕たち公務員なんで」

両手を合わせてこちらを拝んでいる明神を見やり、しのぶは眉間に皺を寄せた。どうせそんなことだろうと思った。結局、またしてもタダ働きで、苦労させられる羽目になるのかもしれない。

2

駐車場に向かうスロープには警備ボックスがあり、遮断機が下りていた。その上方に、こちらを見下ろす防犯カメラがあった。

制服姿の警備員が、アクアの運転席にいるスモモに近づいてくる。しのぶは助手席から挨拶(あいさつ)した。

「管理事務所の里見さんから依頼を受けてきました。S&S　IT探偵事務所の出原と申します」

書類フォルダを手にした警備員が、しのぶの身分証明書を見て、にこりと笑う。三十前後の屈強な男性だ。

「はい、伺っております。このままお進みください」

警備員が操作すると、遮断機が上がった。

「すごいマンションね」

スロープで地下に下りていく。広尾(ひろお)に昨年末できた、地上三十五階のゲートマンションだ。郊外に移転した私立大学の広大な跡地を活用し、およそ千戸の住戸と、コンビニ、フィットネスルーム、保育施設、学習塾、ミニシアターなどを完備し、マンションの敷地内でふだんの生活が完結できることをうたい文句にしている。もちろん、それらの設備を維持するために、管理費は一般のマンションより割高になっているはずだ。

居住エリアをゲートや塀で囲い、出入り口に防犯カメラや警備員を配置して安全性を高めるマンションや住宅地を、ゲートマンションやゲーテッドマンション、あるいはゲーテッドコミュニティなどと呼ぶ。海外の高級住宅地では古くから存在したが、近ごろは国内にも増えてきた。

ゲスト用の駐車スペースに車を停め、教えられた通り、エレベーターで一階に上がる。エレベーターの内部にも、目立たない位置に防犯カメラがあった。至る所にカメラがあるが、うまく隠されているので、住民は監視を受けている気分にならないのかもしれない。

一階の一角に、管理事務所があった。

「さっそくありがとうございます」

警備員から知らせが入ったのか、すぐに里見が現れて、事務所に招き入れる。予想していたより、広い事務所だ。ブルーグレーのカーペットが敷き詰められ、企業のオフィスのように、白い書類棚や事務机が並んでいる。十数人の男女が、忙しそうにパソコンに向かったり、電話を取ったりしている。

「建物のメンテナンスや共用部分の維持管理だけでなく、店舗からの要望を聞いたり、あるいは店舗を入れ替えたりと、仕事も多いんです」

応接室にふたりを案内しながら、忙しそうな理由を説明した。

「里見さんは、マンションの管理会社にいらっしゃるんですね」

「ええ、そうです。管理事務所の所長をしています。共用部分の清掃や庭のメンテナンスなどは、別の会社と契約しておりまして。こちらは、マンションのパンフレットです。もしよろしければお持ちください」

ぶ厚いフルカラーの冊子を受け取った。

「去年の春から、三期に分けて売り出しましてね。どの期も、発売とほぼ同時に完売したんですよ」

ちょっと自慢げだった。

「ずいぶんきれいですね」

「ありがとうございます。パーティルームにお客様を呼ぶこともできますし、常設のライブラリや、コンシェルジュが二十四時間常駐するエントランスなど、設備が充実しているので、おかげさまで大人気ですよ」

パンフレットには、華(はな)やかな写真が満載されている。台所の排水口から生ごみを直接流せるディスポーザーや、スマホで操作可能なエアコン、冷蔵庫、電子レンジや掃除機などのいわゆるスマート家電がオプション装備されるなど、機能も充実しているようだ。

写真の美しさに幻惑されそうになったが、たとえ中古でもしのぶの収入では買えそうもない。事務所の応接室を借りるだけで、今の表参道の古い事務所の賃貸料金くらいかかるかもしれない。

「このマンションのもうひとつの売りは、防犯なんです」

里見が説明を始めた。

「外部からは、かんたんに侵入できません。いったん敷地内に入ると、住人以外に見られる心配もありません。それで、芸能人やいわゆるセレブリティが、愛用してくださっているんですよ」

ここの上層階には、今をときめく大河ドラマの主演俳優や、国民的アイドル、歯に衣着せぬもの言いで有名なＩＴ企業の社長らが住んでいるという噂だ。

「それで――調査が必要なのは？」

「三十二階の住人から、室内で妙な物音がすると苦情が出まして」

「バルミ」では、他人の耳があるので詳しく話せないと言われていた。

「業者とともに室内に立ち入り、点検を行いましたが、特に異常はありませんでした。私たちが室内にいる間は物音も聞こえません。住人も、それ以降はおさまったとお話しされていました」

スモモは隣でパンフレットを熟読している。彼女の実家は某一流企業のオーナー一族で、父母は事情があって行方不明だが莫大な遺産がある。そのうちゲートマンションのひとつやふたつ、買ってしまうかもしれない。

「ところがその後、妙なことがいくつか起きまして。住人のプライバシーに関することですので、外には漏らさないでいただけますね」

「もちろんです。私たちには守秘義務がございます」

しのぶが厳(おごそ)かに頷くと、里見は著名な五十代の女優の名前を告げた。二十代のころ、ファッションアイコンとしてカリスマ的な人気を誇った美女だ。離婚したが、元夫との間に十代の息子がふたりいるそうだ。

「上の息子さんが、街で突然、知らない男性から声をかけられたそうです。しかもその男は、息子さんが自宅でフィギュアを制作していることを知っていて、いま作っている作品について話しかけたとか。フィギュア制作のことは、外で誰にも話したことがないそうで、かなりショックを受けていました」

「まだ高校生ですよね」

「そうです。息子さんがふたりいることは、これまでに週刊誌などで報じられたこともあるそうですが、写真などは撮られていません。学校は有名なセレブ御用達(ごようたし)の高校で、同級生や先生方は、彼らがその女優さんの息子であることは知っているでしょうが、フィギュアの趣味については恥ずかしいから言ってないそうです」

「つまり――」

「息子さんは、家の中を誰かに見られたんじゃないかと恐れているんです」

しのぶはかすかに首をかしげた。いろいろと考えられることはあるが、今はまず、里見の話を最後まで聞くべきだろう。

スモモはパンフレットをポンと投げ出し、話に飽きたのかガムを嚙みはじめた。

「妙なことがいくつか起きたとおっしゃいましたね。他にはどんなことがありましたか」

「女性の歌手の方がひとり、スタジオの近くで男性に待ち伏せされたそうです。いつもはマネージャーが車で送り迎えをしているんですが、その日に限り不在で、タクシーを呼んでスタジオの前で降ろしてもらったとか。彼女は、自分のスケジュールが漏れたんじゃないかと考えています」

「スケジュールが漏れるのは、いろんな理由が考えられますが――」

「ええ。ところが、ふたりとも、このマンションに移ってから急にこんなことが起きるようになったので、このマンションが気味悪いと言うんです」

しのぶは疲れた様子の里見を見た。

疲れもするだろう。強固なセキュリティをうたい文句にしたマンションなのに、引っ越してから個人的な情報が外に漏れているなどと住人に疑われた日には。

歌手は警察にも相談したそうだ。実害があったわけではなく、一度きりなので、現在のところ警察も、スタジオ周辺のパトロールを強化すると約束しただけらしい。

そうなると、たとえ聞いたこともない「ＩＴ探偵」でも、藁にもすがる気持ちで調査を依頼してみようかという気になったのか。

「マンションの、個別の住戸内には防犯カメラはついてないんですよね」

「カメラは、エレベーターと廊下までです」

「映像は、チェックされたのですね」

「ええ、もちろん。苦情が出たフロアについて、廊下の映像も確認しました。特に不審な点はありませんでした」

ふむ、としのぶは腕組みした。

「いろんな理由が考えられますね。たとえば、女優さんの息子さんのケースですが、ご本人が覚えてないだけで、うっかり誰かに話したのかもしれません。そうでないのなら、たとえばスマートフォンのウイルス感染」

「やっぱり、ウイルスですか」

「調べてみなければ結論は出せませんが、疑わしいのはスマートフォンやパソコンなどです。カメラでひそかに室内を撮影して、外部に送信しているのかもしれません」

里見の顔に生色が戻ってくる。ウイルス感染なら、マンション側の責任ではない。当然、彼もそれを疑っていたので、「ＩＴ探偵」に調査を依頼したわけだ。

「歌手の方のケースも、いろいろ考えられます。そもそも、事務所のほうから情報が漏れたのかもしれないですし。スマホ、タブレット、パソコン、そういったものからの情報漏れを疑ってみてはいかがでしょうか」

偶然、クレームが続いただけかもしれない。IT探偵として、ウイルスを疑えとは言ったが、人間の口から情報が漏れることだってありうる。以前、著名な俳優夫妻の自宅に、マンションの管理会社のコンシェルジュが、合鍵を使って侵入する事件も起きたではないか。

里見は、ただちに女優と歌手の家に電話を入れ、スマホなどのウイルスチェックをさせてもらえないかと交渉を始めた。女優の息子は、平日の日中とあって学校に行っている。歌手は在宅で、たまたまマネージャーが来ているため、今なら調査に入ってよいと言われたそうで、里見に急かされるまま、しのぶたちもエレベーターに乗った。

「えっ――これ、ドッキリじゃないの？」

玄関を開けた男性のマネージャーが、しのぶとスモモを頭のてっぺんからつま先までじろじろ見て、開口一番に里見に尋ねた。

「君ら、どこの事務所の子？　あんまり見かけないけど、プロポーションいいね。うちに来るなら、テレビにも出してあげるよ？」

スモモが無表情にガムをふくらませ、マネージャーの目の前でパチンと割った。

「IT探偵事務所の出原と申します。失礼ですが、中にお邪魔してもよろしいですか」

にっこりして、押しのけるように室内に上がる。相手が女性だと容姿にしか関心を示さず、仕事はできないものと決めてかかる男性は珍しくない。いちいち目くじらを立てる気はない。

それに、スキニージーンズに白いニットをざっくり着たスモモと、全身オフィス仕様で、ジャカード織のスーツとピンヒールに身を固めたしのぶとが並んでいると、ちぐはぐな印象になるのも否めないだろう。

――ふたりが一流のエンジニアだと気づくまでは。

「私が使っているのは、スマホだけです。これですけど」

不安そうな表情をして居間で待っていた歌手の顔には、しのぶも見覚えがある。年齢は二十歳そこそこだが、数年前に大ヒットを飛ばした時に、紅白歌合戦にも出たはずだ。テレビドラマの主題歌にもなった。高音域での、優しく透明感のある声を思い出す。

「望海（のぞみ）のスケジュールは、グーグルのカレンダーに登録して、彼女と僕のスマホに同期するようにしてます」

事務所のパソコンからでも、同じカレンダーを見ることができるという。

スモモがすぐふたりのスマホを受け取り、ウイルスチェックソフトを入れてスキャンを始めた。アンドロイドのスマホだ。

「――いる」

スモモがすぐに望海のスマホを指さした。もう少し言葉でコミュニケーションしてくればと思うのだが、彼女はあいかわらず小学生なみの語彙でしか喋らない。その代わり、仕事は抜群に速い。

「なるほど、バックドアを作るアプリがインストールされていますね」

「バックドア？」

「持ち主が気づかないうちに、他人が侵入してデータを覗き見たり、盗んだりするための〈裏口〉です」

望海とマネージャーが青くなった。

「プライベートの写真も、スマホでいっぱい撮ったのに――。それに私、こんなアプリを入れた覚えはないんですけど」

問題のアプリはゲームで、彼女は見覚えがないという。忙しいので、スマホのゲームはしたことがないそうだ。

「誰かにスマホを触らせたとか、知らない間に誰かが触ったとか――そんな可能性はありませんか」

「たいてい持ち歩きますし、仕事中は電源を切って、鞄の中に入れてます。うっかりどこかに放置したなんてことは、今まで一度もないんですけど――」

望海はしっかりした人で、気味が悪いという彼女の気持ちもよく理解できた。

「わかりました。とにかく、これを削除しましょう。その前に、警察に被害届を出されてはいかがですか。アプリを削除した後では、証拠が残りませんから」

「いや、原因がはっきりしたのなら、アプリを削除するだけで充分です。警察に届ければ、望海のスマホも証拠として預けることになるかもしれませんよね。望海のプライベートを見られるのも困りますから」

マネージャーがきっぱり言った。人気商売なので、そのあたりは気を遣うのかもしれない。しのぶも了解するしかなかった。

悪意のアプリを削除すると、対応完了だ。ダウンロードした覚えのないアプリをインストールしていたことについて、調査を継続しようかと申し出たが、やはりマネージャーに断られた。望海と一般人を、接触させたくないらしい。

「それでは、また何かあればご連絡ください」

にこやかに名刺を渡し、望海の部屋を出る。たぶん、あの名刺もマネージャーが捨ててしまうのだろう。

「ありがとうございました。こんなに早く片がつくとは思いませんでした」

思いのほかスムーズにひとつが片づき、里見は喜色満面だ。女優の息子のほうも、連絡がつき次第、本人がウイルスチェックをするか、しのぶたちにやってもらうかを決めさせるそうだ。高校生なら、おそらく自分でやりたがるだろう。

「うーん。拍子抜けするほど、楽な案件だったわね」

スモモの車で事務所に戻る道すがら、しのぶは助手席で伸びをした。頭の中では、請求書に書く金額を計算している。今回は、「バルミ」で面会した際に、その場で見積もりを作成して里見に渡してあった。だが、予想外に簡単に終わってしまったので、見積もりより安く請求することになるだろう。ちょっと残念だが、これをきっかけに、里見のビル管理会社と顧問契約でも結ぶことができれば儲けものだ。

「あれ、スモモもパンフレットもらってきたのね。ひょっとして、あのマンション買っちゃうの？」

後部座席に無造作に投げ出されたパンフレットに、しのぶは思わず笑みを浮かべた。共用スペースがぜいたくで、ミーハー気分で住んでみたくなるマンションではある。

スモモがむっつりして、横目でこちらを見た。

「ゲート、嫌い」

「ゲートマンションが嫌いってこと？」

子どものころに両親が行方不明になった後、長らく引きこもり生活を続けたスモモの口から出るとも思えない言葉だ。

「無意味」

冷たいひとことで、彼女が言いたいことはおよそ理解できた。ゲートの存在は、ゲートや塀の内側と外側を隔てて(へだ)しまう。外側には脅威があり、内側にはないという、非常に単純な発想だ。その結果、地域やコミュニティを分断するため、地域のなかに無理解や無関心が生まれる恐れもある。内側に脅威が侵入した場合には無防備なだけに、よけいに危険でもある。

「人間って、知らないものを怖がるんだよね。郊外でも、住人の入れ替わりの激しいワンルームマンションなんかだと、隣にどんな人が住んでるのか知らない場合だってあるし、地域からも孤立していたりするらしいし。そういう孤立が、結果的に住民の対立を招いたりもする。だから、本来はゲートを閉じるんじゃなく、積極的に外に出て地域に溶け込む努力をしたほうが、むしろ自分の身を守ることにもつながるんだけど」

スモモは黙っているが、彼女の場合、何も言わないのは同意の印だ。

漠然とした恐怖は過剰な防衛意識につながり、時として攻撃に転じることもある。

――やられる前にやれ。

それを強さと誤解してはいけない。それはむしろ、人間の弱さなのだ。

「あれ、何の騒ぎ?」

事務所のあるハイツ青山(あおやま)に近づくと、周辺に何台も乗用車が停まっているのが見えた。

普通の人なら、ただ車が停まっているように見えるかもしれないが、しのぶはこれでも一応、元防衛省勤務だった。車の脇にさりげなく立っている男や、運転席で携帯を耳に当てて喋っている男などが、ひとり残らず警察官だということは、ひと目でわかった。

一階にある「バルミ」の扉が開き、彼らの仲間とおぼしき男が、またひとり現れた。車の脇に立つ男と、ひとこと、ふたこと話し合い、連れだって「バルミ」の店内に消えていく。

――デラさんに何かあったんじゃ。

「スモモ、早く。デラさんの様子を見に行かなくちゃ」

スモモが駐車場に車を停めるまでの数十秒がやけに長く感じられた。

3

「そのふたりは、うちの常連客だ。怪しい奴じゃない」

店内から、デラさんの太い声が聞こえてくる。

しのぶとスモモは、車を置いて、取るものも取りあえず「バルミ」に駆けつけた。ドアを開けたとたん、大柄な猪首(いくび)の男性に入店を制止され、名前を尋ねられたところだった。

「しかし、小寺さん」

カウンター席に腰かけた男が、たしなめるようにデラさんに話しかける。デラさんより、ふたつか三つ、年下だろうか。端整な顔立ちにトレンチコートなど着た洒落者(しゃれもの)だが、眼光の鋭さは隠せない。この男も警察官だ。

「デラさん、無事だったんだ！　外に警察官がたくさんいるから、何かあったのかと思って心配したじゃない」

猪首の男性の肩越しに、しのぶが眉を吊り上げて文句を言うと、カウンター席の男がもの言いたげに振り向いた。デラさんが、やれやれと首を振る。

「手前のスーツが元防衛省、向こうのジーパンが元警察官だ。お前たちの仲間みたいなものだろう」

カウンター席の男が眉を上げた。すでに退職した人間を「仲間」と言われても困るだろう。だが、しのぶは、デラさんが男に「お前」と呼びかけたことにも気づいていた。デラさんに対する男の接し方にも、どこか先輩に対するような遠慮がある。

「悪いな、しのぶ、スモモ。今ちょっと取り込んでるんだ。コーヒーなら、後で事務所まで持っていってやるよ」

「だけど――」

デラさんには、いつも世話になっている。美味しいコーヒーを飲ませてくれるのは言うに及ばず、しのぶたちが危険な目に遭った時には、進んで事務所に泊まりこんで、ボディガード役を買って出てくれたこともある。

もしデラさんが何か困っているなら、今度はこっちが助ける番だ。

「後でな、しのぶ」

デラさんが有無を言わせぬ口調で言い、頷いた。しかたがない。

スモモとふたりで「バルミ」を離れ、とぼとぼと階段を上がる。カウンター席にいた男が、こちらをじっと見送っていた。

「お帰りなさい！」

事務所では、アルバイトの透が高等学校卒業程度認定試験の受験勉強をしながら留守番をしていた。ドアが開く音を聞きつけて、子犬のように玄関に転がり出てきた透の後ろから、レモンイエローのロボットが、つやつやした筐体（きょうたい）を覗かせている。

『サヨナラダケガ、ジンセイダ』

「——筏（いかだ）のやつ、国語はイマイチのようね」

このロボット、ジャスティス三号は、ラフト工学研究所の所長、筏未來（みらい）が、趣味で開発して事務所に送りつけてきたものだ。当初は盗撮ロボットとして筏のスケベ心を満たすために作られたようだが、今ではスモモに通信機能をカットされ、まっとうな保安ロボットとして事務所の電気を食っている。ちなみに掃除はしない。

三号が、得意げに頭を振りながら、ふらふらと廊下を走っていった。

「依頼のお電話が二件ありました」

「あら、いいわね」

このところ依頼が着実に増えているのは嬉しいことだった。

「口コミで事務所の評判が広まったのかな」

「このまえ、しのぶさんがネットに事務所のサイトを立ち上げて、広告を出したじゃないですか。きっと、あれが効いたんですよ」

「ああ、かもね」

だが、なかにはしのぶとスモモの写真を見て、おかしな妄想をして電話してくる輩もいるから要注意だ。

スモモは電話に出ないので、依頼主とのやりとりは、しのぶの仕事だった。アポイントを取り、見積もりを作成し、仕事が終われば請求書も作る。スモモには、その手の事務作業をする能力が皆無に等しい。その分、ハッキングは天才的だ。

二件の依頼というのは、どちらも浮気調査だった。正直、あまり乗り気にはなれないが、生活のためにしかたなく引き受けている。

面談の予約を電話で入れ終えたあたりで、玄関のチャイムが鳴った。

「デラさんかな」

しのぶが立ち上がるより先に、スモモが素早く駆けつけてドアを開けた。

「──おお。やっぱり、ここだ」

「バルミ」にいた、トレンチコートの男が立っていた。後ろに猪首の男を従えている。

「ここは探偵事務所ですか。ＩＴ探偵というのは初めて聞いたな」

もの珍しげに事務所の看板を眺めている。

「何の御用？」

ついつっけんどんに応対してしまうのは、しのぶの悪い癖だ。自分でもそう思う。女性がＩＴ探偵などしていることをからかわれたと感じると、防衛本能から攻撃的になる。これではゲートマンションを非難できない。

「下でお会いしましたね。警視庁の者です。お名前をお聞かせ願えませんか。小寺さんとは、どのようなご関係ですか」

「そちらから名乗るのが礼儀じゃないの」

しのぶはフンと顎を上げた。男が目を丸くして、微笑した。

「警視庁の田端(たばた)です。そちらは出原しのぶさんと、東條桃花さんですね。失礼ですが、事務所のホームページを拝見しました」

「知ってるんなら聞かないでよ」

「ひとつ質問してもいいですか。事務所の名前はＳ＆Ｓで、あなたはしのぶさんですが、こちらの方は桃花さんですよね。これは——」

「彼女のあだ名がスモモなの。こっちのほうが、通りがいいから」

「ああ、なるほど」

この警察官がわざわざ現れたのは、こちらにも都合がいい。

「こっちにも聞きたいことがある」

「まず、中に入ってもいいですか」

玄関口での問答に飽きたのか、田端が要求した。特に断る理由もない。田端と、もうひとりの猪首――松島（まつしま）というらしい――が事務所に上がる脇で、ジャスティス三号が彼らの顔をじっと見ながら、今にも「電撃棒」を出したくてたまらぬというように、うろうろしている。

「三号！　お座り！」

三号がシュンとしてコンセントに戻り、無駄に電気を食らい始めた。田端と松島が、その様子を驚いたように眺めている。

「気にしないで。ペットのロボットよ」

「――はあ」

「デラさん――小寺さんに、何かあったんですか。どう見ても、普通じゃない様子でしたけど」

ふたりを応接用の椅子に案内し、自分は事務机の椅子に陣取って、しのぶは腕組みした。ふだんならそそくさと自室に逃げ込むスモモは、話題がデラさんのことなので、事務所の隅に立って聞いている。透は台所に入り、お茶の準備を始めた。

「おふたりは、小寺さんとどういうご関係ですか」

田端はもの柔らかな口調をしているが、自分の思い通りに会話を進めるつもりらしい。

「事務所の一階にある喫茶店なので、来客時のコーヒーを頼んだりしてます」

「それだけにしては、さっき『バルミ』に飛び込んでこられた時は、ずいぶん血相を変えておられたようですが」

「女性だけの事務所だからでしょうけど、小寺さんが心配して、何かあった時にはボディガードみたいな役割を買って出てくれるんです。お世話になっていますので」

「それはまた、小寺さんらしい」

田端が目を細める。やはり、以前からの知り合いらしい。

「小寺さんは、元警察官なんですか？」

ストレートな質問に戸惑ったのか、彼はしばし黙り込んだ。

「そうですね。私の先輩です」

透が紅茶を淹れて運んできた。

「コーヒーでなくてすみません。コーヒーは『バルミ』で取ると、しのぶさんが決めているので」

透もアルバイトが長くなって、よけいなことを言うようになった。

「いや、この紅茶もいい香りです」

田端が、カップを手に取り、香りを楽しむように鼻先で揺らした。

「田端さん、いいかげん教えてくれてもいいでしょう。小寺さん、何か事件に巻き込まれているんじゃないですか」

「――詳しいことはお話しできないんです。おふたりは探偵ということなので、ひょっとして最近、この近所で不審な人物や車など見ていないかと思いましてね」

「特に、不審な人は見かけませんでしたけど。不審と言っても、どういうタイプの人なのか、わからなければ――」

「よくわからないんですよ。もし、ふだん見かけない人が『バルミ』の周辺をうろついていたり、監視したりしているようなら、私に連絡してくれませんか」

メモ用紙に携帯電話の番号を書き、こちらに滑らせてきた。あくまで名刺は渡さない主義のようだ。

「口はばったいことは言いたくないですが、詳しく教えていただければ、私たちもお手伝いできるかもしれませんよ。小寺さんに関することで、依頼料をもらったりしませんし」

田端はにっこり笑った。

「お気持ちだけありがたく頂戴します。なに、心配はいりませんよ」

玄関から、「おおい」というデラさんの声が聞こえてきた。事務所の鍵がかかっていないと知っているので、ずいずい上がってくる。

「さっきはすまなかったな。コーヒー持ってきてやったぞ」

田端と松島が「しまった」という表情を浮かべるより早く、デラさんが事務所のスペースにたどりつき、まるで子どもにするように、冗談めかしてひとりずつ頭に拳骨を食らわせた。

「やっぱりここに来てたのか。勝手なことをするな。このふたりには関係ないんだから」

「いや、わかってます。念のために、不審者を見ていないか、伺っていただけですから。もう退散します」

田端が慌てて紅茶を飲み干し、「とっても美味しかった」と透に世辞を言いつつ、逃げるように立ち上がった。

「それじゃ、失礼します」

しのぶたち相手には、のらりくらりと言い抜けていたくせに、デラさんの姿を見るやいなや、これだ。ふたりはさっさと事務所を飛び出していった。

「デラさん。何かあったのなら、私たちも力になりたい」

サーバーからカップにコーヒーを注いでいたデラさんが、にやりと笑う。挽きたてのコーヒー豆から抽出した、目の前に色彩が爆発するような香りが、事務所内に満ちた。

「心配しなくていい。たいしたことじゃない」

この男がこんなふうに言うのなら、いくら宥めすかしたところで詳しく説明する気はないのだろう。

「いいグァテマラが入ったんだ。試しに単品で飲んでみてくれ」

デラさんはいつになく上機嫌で、コーヒーをそれぞれにふるまっている。

——ほんとに心配いらないんだよね。

しのぶたちのことになると、過保護なくらいあれこれ心配して世話を焼こうとするくせに、自分のことについては石のように秘密主義になる。デラさんが警察官だったことも、今日初めて知ったくらいだ。

「ねえ、デラさん。あたしたちはデラさんの意思を尊重するから、今日は黙って引き下がるけど、もし本当にやばくなったら、絶対にあたしたちにも手伝わせてね。約束よ」

真剣に詰め寄った。

「ああ、わかったよ」

デラさんは照れくさそうに笑い、自分のカップからひと口飲んで、ほのかに幸せそうな顔をした。

ゲートマンションの件は、女優の息子がスマホにウイルスチェックをかけて、歌手の端末に入っていたのと同じアプリを発見し、削除したので一件落着したと連絡が入った。請求書を送って完了だ。

明神から依頼された、〈キボウ〉の件にも手をつけたいのだが、浮気調査が入って忙しくなってしまった。調査対象に張りついて、行動を確認しなければならないからだ。対象のスマホにウイルスを感染させて、居場所の監視と盗撮・盗聴をいっきにやってしまう——というダーティな手口を、スモモは使いたくてしかたがないらしいが、それをやってしまうと今度は法的に証拠として使えない。万が一、公に持ち出せば、こっちの違法行為が明るみに出てしまう。

同時にふた組の調査は無理なので、一件は知り合いの探偵事務所に譲ることにし、こちらは貿易会社の女性社長からの依頼に集中することにした。夫は会社の専務で、仕事が暇なのをいいことに、浮気しているという。五十歳くらいの依頼人は、調査の結果によっては離婚も辞さずという勢いで、猛然（もうぜん）と事務所に乗り込んできた。

お抱えの運転手に毛皮のコート、ケリーバッグにシャネルのスーツに本真珠（しんじゅ）のネックレスという、お金の匂いがぷんぷんするところは正直、苦手だったが——客を選んではいられない事務所の窮状だ。聞けば、会社は女性の父親が創業し、ひとり娘の彼女が二年前に後を継いだのだという。夫は社外の人間だったが、五年前に結婚したのを機に、それまで勤めていた会社を辞めて、専務に就任した。

「結局、お金目当てで結婚したのかねえ、この男」

依頼人から渡された写真を指ではじき、しのぶは嘆息（たんそく）した。依頼人は、事務所のソファに腰を下ろすなり、女性と子どもだけの事務所で急に安心した様子で、涙をぬぐい始めたのだった。子どものころから社長令嬢。性格は派手好きでわがままだし、超がつくほどの負けず嫌いだ。けっして他人に好かれやすいタイプだとは自分でも思っていないが、それでも普通の結婚をして、普通の家庭を持ちたいと願ったのだと、彼女はしのぶたちの前で哀訴した。

「――普通の結婚ねえ」

しのぶは再び、写真を指ではじく。スモモは車の運転席で、眠たげな目をして神宮前にあるビルの出入り口を監視している。くだんの貿易会社のオフィスが五階にあるので、さっそく近くのコインパーキングに停めて見張っているのだ。もうじき午後五時になる。

(この半年近く――主人は、週三回、きっちり午後五時になると、どこかに出かけていくんです。本人は、商工会議所の打ち合わせだとか、商談相手の接待だとか言い訳していますが、ぜんぶ嘘だということは、ひそかに裏を取りましたからわかっています)

依頼人はそう、説明していた。

(そういう日、主人はだいたい夜の十時過ぎに帰宅するんですけど、お酒を飲んだ様子はないんです。そもそもあまり飲めない体質ですしね。ただ、身体からお菓子のような甘い香りがすることがよくあります。女と一緒にいたんです。きっとそうです)

そう彼女はかきくどいて泣いていた。

しのぶは大きなため息をついた。

「そもそも、普通なんてもの、どこにも存在しないのにね。普通って言葉に安心しちゃうのかなあ。あれだけ裕福で、仕事もバリバリできるキャリアウーマンで、会社の社長だなんてさ。普通じゃなくたって、自分が楽しくて幸せならいいじゃん」

隣のスモモは何も言わない。異論がなければ黙っているのだと、近ごろわかってきたが、時には何かしら反応が欲しくなることもある。

スモモが車のエンジンをかけた。

ビルのエントランスから、男がひとりで出てくるところだった。出てすぐ、タクシーを呼び止めている。あれが依頼人の夫だ。

「話通りのようね」

時刻は午後五時を回ったところだ。しのぶが車を降り、コインパーキングの料金を払ってまた助手席に戻る。止め板が外れると同時にスモモが車を動かして、タクシーを追い始めた。尾行はお手のものだ。

混雑する明治(めいじ)通りをじわじわ北上する。この時刻、車で移動するより地下鉄などのほうがすみやかに動けるだろうが、尾行はこのほうがやりやすい。ほんの少しでも前に出ようと、車線の変更を繰り返す車をよけながら、スモモは上手に対象のタクシーとの距離を保ちつつ、尾行を続けている。

ただ、スモモの苦労も三十分と続かなかった。タクシーは高田馬場の近くで脇道に入り、そのまま停まった。少し離れてスモモも車を停めた。依頼人の夫がタクシーを降り、そばの建物に入っていく。ホテルか何かのような美々しいエントランスだ。

ここから先は、しのぶの担当だった。スモモは車を離れられない。

「後でね」

車を降り、いま対象者が入ったばかりの建物に近づき、掲げられた看板を見上げ、呆然とした。

「――何ですって」

これは少々、調査の方向に修正が必要なようだ。

4

夜も十一時を過ぎると、「バルミ」は営業を終了している。

店の奥に事務所代わりの小部屋があって、デラさんがそこに住んでいることは、常連客ならみんな知っている。

店内にぼんやり灯る温かな光を見て、扉をノックしたい誘惑にかられたが、諦めた。しつこくすると、嫌がるだろう。

スモモと階段を上がろうとした時、「バルミ」のドアを叩く大きな音が聞こえてきた。

「開けて！　そこにいるんでしょ！」

女性が大声で呼ばわっている。性質(たち)の悪い酔客(すいきゃく)だろうか。デラさんの声は聞こえてこない。ひょっとすると、この時刻、店を閉めた後に、徒歩五分の距離にある銭湯に浸かって、のんびり身体を休めているのかもしれない。

警視庁の田端に、不審なことがあれば連絡するようにと言われたのを思いだし、好奇心も手伝って覗いてみた。長い茶髪に緩(ゆる)やかなパーマを当て、カシミアのロングコートを着た女性が、「バルミ」のドアを叩き続けている。

「恒夫さん！　開けて！　いるのはわかってるんだから」

——これって、不審人物？

念のために写真でも撮ろうかとしのぶが迷うより早く、隣でスモモがスマホを出した。考えるより行動するほうが速いスモモが、あっさりスマホで証拠写真を押さえたらしい。

「あんたってほんと、こういうとき頼りになるわね」

スモモが、表情も変えずにスマホをポケットに戻した。しのぶは恐る恐る、女性に声をかけることにした。

「あの、小寺さんなら、お風呂かもしれませんよ」

きつい目をしてこちらを振り向いた女性は、年齢は四十歳前後だろうか。おそらく、デラさんと同じくらいだ。

「あなた、どなた？」

――聞かれると思った。

「この上で探偵事務所を構えている者です。お店の常連なので」

その言葉の効果はてきめんだった。女性が急にしおらしくなり、深々と腰を折った。

「まあ、そうでしたか。小寺がいつもお世話になっております」

――小寺だと？

デラさんを呼び捨てにしたぞ、今。

「なんだ、来てたのか」

のどかな声をかけられて、しのぶは声の方向を見やった。案の定、銭湯帰りらしいデラさんが、この寒いのにTシャツに革ジャン、ジーンズという軽装で、タオルや着替えを入れたスポーツバッグを提げてこちらに戻ってくるところだった。

「来てたのかじゃないでしょう。どうして私にも知らせてくれなかったの！　和音が見つかるかもしれないんでしょう！」

「――落ち着け、友里」

女性に詰め寄られながら、いま気づいたようにデラさんがこちらを振り向いた。

「すまなかったな、騒がせて」

「――いいえ」

大丈夫か、と問いかけなかったのは、大人の分別というものだ。「バルミ」に消えていくふたりの背中を見送り、しのぶはスモモと三階まで階段を上がった。どういうわけか、ひどく落ち込んでいる自分に気づく。

事務所に帰りつくと、スモモが真っ先に台所に向かい、冷蔵庫を開け閉めしてなにやらごそごそと動き始めた。ダイニングのテーブルには、透がメモを残している。

『遅くなると聞いていたので、軽いものにしておきました。お豆腐のグラタンです。冷蔵庫に入れてあるので、レンジで温めて食べてください』

「あの子ったら、だんだん〈お母さん〉みたいになってきたわね。未来の奥さんに感謝してもらわないと」

夕食の支度はスモモに任せることとし、しのぶはデスクのノートパソコンを起動した。もう我慢の限界だ。この現代、たいていのことはネットを検索すれば、事情がわかるようになっている。隣人のプライバシーを尊重して、これまであえて調べなかっただけだ。

予想以上に簡単だった。

検索エンジンに「小寺恒夫」と打ち込むだけで、当時の記事やブログの数々が表示される。人間は忘れることもあるが、ネットはなかなか忘れてくれない。

「これだ。七年前の冬、警察官の娘が行方不明になった事件が発生してる」

台所から答えはないが、スモモが黙って聞いているのはわかっている。デラさんのことなのだから。

「警察官の名前は小寺恒夫。娘は和音、八歳。小学校からの帰り道、友達と手を振って別れ、自宅まであと二百メートルのところで目撃されたのち、姿を消したって」

ぼたん雪のちらつく、午後四時。

誘拐(ゆうかい)事件と思われたが、犯人から身代金の要求などはなかった。警察は公開捜査に踏み切ったが、和音の行方は知れなかった。

「ちょっと待って――。ひどい」

続きを読み、しのぶは思わず呻(うめ)いた。スモモにも聞こえるよう、声に出して読んだ。

「誘拐の一年後、和音の着ていたワンピースの一部が、郵便で自宅に届いた。二年後には靴の片方が届き、三年後には髪飾りが届いた。そこで和音の消息は途絶えた、って――。どういうこと？　一年ごとに、犯人は子どもの持ち物をデラさんに送りつけてきたの？　なぜ？」

一年ごとに子どもの衣類などが届くたび、新聞が記憶を新たにして書きたてたので、広く認知された事件のようだ。しのぶ自身にほとんど記憶がないのは、ちょうど米国で勤務していた頃に起きたからだろう。

公の記事に、小寺という警察官のその後に関する記述はない。だが、現在のデラさんの状況から察するに、警察を退職し、どういういきさつかはわからないが、今はここで喫茶店のマスターになっている。先ほどの友里と呼ばれていた女性は、デラさんの奥さんで、和音のお母さんということか。

――知らなかった。

デラさんが自分やスモモを親身になって支えようとしてくれたのは、ひょっとすると、スモモの両親が行方不明だということにも関係があったのかもしれない。

「さっきの人、和音が見つかるかもしれないって言ってたわよね」

スモモが、ぐらぐらと煮立っている豆腐のグラタンを平気な顔で運んでくる。バーベキューでも使える耐熱ミトンを、鍋つかみ代わりにしているのだ。夕食は、豆腐のグラタンとシーザーサラダだった。透のバイト代をそろそろ上げるべきかも、と真剣に検討してしまう一瞬だ。

「いたずらかも」

短い答えだが、スモモが言葉で返してくれたことが嬉しい。

「事情を知る人間のいたずらか、犯人の嫌がらせかもしれないってことね。その可能性を考えて、デラさんは過度に期待したり、騒いだりしないように自制してるわけだ」

これまで何度も、期待して裏切られたり、大騒ぎしたあげくに空振りだったりという経験をしているのだろう。そして七年の間に、慎重になった。しのぶにも覚えがある。

「デラさんが結婚してたとはね」

肩をすくめて豆腐のグラタンにスプーンを突っ込むと、向かいの席からスモモのアーモンド型の目がこちらをまじまじ見つめていた。

「え――なんなの？」

「――べつに」

ふいっとスモモの視線がグラタンに落ち、花咲ける二十代の乙女とはとても思えない旺盛な食欲で、無造作にかきこんでいく。

透の手になる豆腐のグラタンは、豆腐に載せた合いびき肉と玉ねぎ、トマトの酸味が絶妙で、ピザ用のチーズをからめて食べると、午後十一時半の胃袋には少々カロリーが心配だったが、スプーンを口に運ぶ手が止まらない。結局、しのぶもぺろりと食べきってしまった。

デラさんの件は、奥さんが来ているのならよけいに、向こうが何か言ってくるまで、そっとしておくしかないだろう。

貿易会社の女性社長が、ふたたび事務所に現れたのは、三日後の朝だった。

しのぶたちは、念には念を入れて、彼女の夫がもう一度、妻に内緒でどこかに行くのを尾行した。行き先は同じだった。

「――夫の不倫相手がわかったというのは、本当ですか。こんなに早く、結論が出るなんて信じられなくて」

依頼人は、先日とは別のシャネルスーツにミンクのコート、大きなヒスイの指輪をつけた姿で現れたが、表情がこわばっていて、緊張しているのがよくわかった。

「不倫相手がわかったわけではないのです。どうか、説明させてください」

ソファを勧め、座ってもらう。まだ透が出勤していないので、「バルミ」からコーヒーの出前を取った。来客中だと、デラさんはよけいなことを言わず、丁寧に素早くコーヒーをサービスしてくれる。かぐわしい香りが漂っても、依頼人の表情はほぐれない。

「毎週三回、決まった曜日に会社からまっすぐ向かわれるというご主人の行き先は、こちらでした」

しのぶは、証拠の写真をテーブルの上に滑らせた。写真を取り上げ、まじまじと見つめた依頼人が、マスカラの濃い目を瞬いた。

「これは――ホテルか何かですか」

「いえ。こちらが看板の拡大写真です」

もう一枚の写真を差し出すと、依頼人の目が丸くなる。

――製菓学校。

そう刻印された金色のプレートが、レンガ造りの建物の一角に埋め込まれているのだ。

「ご主人は、週三回、製菓学校の夜間コースに通われていました。今年の春からで、もう九か月目になります。コースは洋菓子づくりの二年コースで、休まず真面目（まじめ）に出席されていて、講師からの評価も高いようです」

「お菓子――あの、甘い香り――」

依頼人が、思い当たったように顔を上げる。

「通われているのが製菓学校だとわかったので、私も学校の内部を見学させていただきました。その結果、ご主人は間違いなく製菓コースを受講されていて、白いエプロンを着けて、クリームを泡立てたりスポンジを焼いたりされているのを確認しました」

ひょっとすると、他の受講者と浮気をしているのでは――という疑いもあったので、さりげなく講師に受講者の印象を尋ねてみたが、依頼人の夫は会社員だが第二の人生を歩むために洋菓子づくりを勉強していると説明しているようで、とても熱心だと絶賛に近い誉めかただった。

それでも、次の受講日にもう一度だけ尾行したのは、講師自身が対象者の不倫相手だったらという疑惑を払拭（ふっしょく）するためで、その日も真面目に授業に出席する対象者の姿を確認し、めでたく疑いは晴れたわけだ。

探偵業務などやっていると、すべてを疑うのが基本姿勢になる。それはもちろん、ハッカーも同じだ。因果な商売だ。

「洋菓子づくり――。でも、いったいどうしてそんなことを――」

途方に暮れたように、依頼人が写真を見つめている。

「学校には、勤務先を明かしてないようです。ごく普通の会社員だが、定年後の楽しみとして洋菓子をつくりたいと言われたそうで」

「定年後だなんて、主人も私もまだ五十代ですし、役員ですから定年なんてないのに」

「洋菓子がお好きだとか？」

「たしかに、甘いものは好きですが――」

不倫ではなかったとはっきりしても、依頼人はとまどっている。学校に通うなら、なぜそれを自分に話してくれなかったのか。話してくれていれば、半年も彼女が気をもむ必要はなかったのだ。そんな感情が渦巻（うずま）いているのに違いない。

――まあ、この人、夫が製菓学校に通うなんて言ったら、反対しそうだけど。

「探偵に依頼したとおっしゃらず、お知り合いの方が製菓学校に入っていくご主人を見かけたようだけどと、なにげなくお尋ねになってみてはいかがでしょう。何か、お考えがあるのかもしれません」

しのぶの提案に飛びつくように、彼女は何度も頷いた。

「そうね。探偵さんにお願いしたとは、言わないほうがいいわね」

「はい。不倫ではないと判明しましたし、穏便にお話をされるのがよいかと存じます」

「ありがとう。ありがとう、本当に。いい探偵さんに巡り合えてよかった」

手を取らんばかりの依頼人に、撮影した写真と、対象者の足取りを記した報告書をまとめて渡した。請求書は後日、郵送だ。

「おはようございまーす！」

依頼人が帰るのと入れ違いに、近所のスーパーで買い物をすませてきた透が出勤してくる。スモモはまだ自室で夢の中だ。

「――おかしい」

「どうしたんですか？　しのぶさん。難しい顔をして」

いったん台所に入った透が、ひょいと顔を覗かせた。今日は紺色のダウンに、手編みのものらしい白のマフラーをしている。

食材を冷蔵庫にしまうと、テキパキと「バルミ」のコーヒーカップを洗ってくれた。後で、デラさんに返してこなくてはならない。

「簡単に片づきすぎるの、ここしばらくの仕事が。――なんだか嫌な予感がする」

「またー。考えすぎですよ、そんなの」

事務所の発足以来、調査料の踏み倒し、犯罪行為を強要しようとする依頼人、果ては命の危機まで迫るなど、トラブルに見舞われ続けてきた身としては、ここまで楽な案件が続くとかえって不安にさいなまれるのだ。

「――ダメね。たまには他人と自分を信じましょう。たまたま簡単な案件が続いたのね」

しのぶが微笑んだ時、事務所の固定電話が鳴り始めた。

5

「だから、最初から望海が言ってたそうじゃないか。自分はこんなアプリを入れた覚えはないって。どうしてそれをきちんと調べなかったんだ！」

ひじ掛け椅子にふんぞり返った高齢の男性が、頭から湯気が出る勢いで怒鳴っている。小柄な痩身のどこから、あのエネルギーが湧いて出るのだろう。

「申し訳ございません。すぐに再調査いたしますので」

隣で頭を下げているのは、マンション管理会社の里見だ。しのぶとスモモは、すぐ来てほしいと電話で里見に呼び出されたのだった。

望海の部屋に来ている。完全に削除したはずの悪意のアプリが、再びインストールされているのを望海が見つけた。

目の前の高齢男性は、望海が所属する芸能プロダクションの社長だそうだ。昔は一世を風靡したバンドのメンバーだったというのだが、あいにくしのぶの記憶にはない。坊主頭は脂をすりこんだように見事に輝いているし、大きなサングラスをかけて目元を隠している。あれでは本当の顔の印象はわからない。

芸能プロダクションの社名は、芸能界に興味のないしのぶでも知っていた。業界で五指に入るほどの大規模な事務所だが、いい噂は聞かない。つい先日も、所属するタレントの独立騒動があったはずで、そのタレントは今後、テレビ業界から仕事をもらえず、「干される」だろうと言われている。

その手の権力をふるいたがる人間が、しのぶは大嫌いだ。この社長はまた、どこから見てもワンマン社長そのものだった。

「だいたい、探偵を呼ぶなら呼ぶで、まともなのを呼べ！　そんなチャラチャラした奴らに何ができる」

——なんですって。

しのぶは目を吊り上げた。

そもそも、記憶にないアプリがインストールされていたと聞いた時点で、しのぶは追跡調査を申し出たのだ。それをきっぱり断ったのは、望海のマネージャーではないか。

「管理事務所のほうで追加調査を依頼しますので、少しお時間をいただけますか」

猛然と抗議しようとしたしのぶの気配を察したのか、里見がぐいと遮(さえぎ)って前に出た。芸能プロの社長やマネージャーは、里見にとってはお客様。雇った探偵の機嫌は損ねても問題ないが、お客様のご機嫌を損ねては一大事ということか。

部屋の隅にいる望海は、大きなクッションに腰かけて、ノートパソコンを叩いている。ちらちらとこちらを見て、何かもの言いたげにしているが、自分のマネージャーが悪いと言いだす勇気はないようで、口をつぐんでいる。マネージャー自身も、社長の怒りの矛先が自分に向くのを恐れたのか、先日のやりとりなどなかったような顔で、責めるような視線をこちらに向けている。

野良猫みたいな探偵二匹など、誰も守ってはくれないのだ。

「調査を続けていただけますか」

里見に哀願するような目で見られ、しのぶは頷いた。野良猫にだって意地がある。誰も守ってくれないなら、自分の腕一本で、大向こうを相手に回して、実力を認めさせてやるまでだ。

スモモはさっそく、持参したノートパソコンの準備を始めている。

望海のスマートフォンには、前回と同じ悪意のアプリが姿を見せていた。女優の息子も、同じアプリを知らない間にインストールされていたと証言している。このマンションのどこかに、諸悪の根源があると疑ったほうが良さそうだ。

「まず、ルーターの通信内容を調べて」

各部屋の壁に、小型のルーターが埋め込まれていると里見から聞いていた。ルーターに接続したとたん、スモモが水をかけられた猫のような顔になった。

「やだ、なにこれ」

しのぶも顔をしかめた。さっそく、こちらのパソコンがポートスキャンを受けまくっているではないか。外部から不正にコンピュータを操作するための径路を手当たり次第に探す攻撃の手法だ。

「里見さん、このマンションって全戸にこの埋め込み式ルーターが設置されているんですよね」

「そうです」

それが、すべて同じネットワークの上に載って、つながっている。おそらく、すべてのルーターが汚染されていると見たほうがいい。

「何戸あるんでしたっけ」

「正確な入居者数は調べなければいけませんが、総戸数はおよそ千戸です」

寒気がしてきた。

「〈ミライ〉の亜種。ウィンドウズにも感染する」

ウイルスを特定したスモモが、ぼそりと呟く。里見がぽかんとした。

「〈ミライ〉――ですか？」

「マルウェア――ウイルスの名前なんです。リナックスというOSで動くコンピュータに感染し、外部から遠隔操作して他者への攻撃に利用するためのウイルスだったんですけどね。〈ミライ〉というネーミングは、日本語の『未来』に由来していると見られています」

相手が完全に素人の場合、どこまで説明したほうがいいものか、迷う。まったく説明しなければ、顧客にしてみれば「手品を見せられた」のと何も変わらないだろう。

「つまり——感染すると、他人が勝手にそのコンピュータを使えるようになるということですか」

「そうです」

里見が意外について来られているのに意を強くし、もう少し説明することに決めた。

「〈ミライ〉の攻撃対象は、いわゆるＩｏＴデバイスと呼ばれるものなんです。インターネット・オブ・シングス——モノのインターネットという言葉を、聞かれたことは？」

「うーん。テレビで聞いたかもしれません」

「ちょっとわかりにくいかもしれませんけど。乱暴な言い方をすると、世界のあらゆるモノの情報をセンサーで取得し、ネットワークに載せてしまおう、という試みなんです。その情報を分析し、人間にフィードバックするんです。そう言えば、このマンションは、オプションとしてスマート家電を装備できるとパンフレットに書かれてましたよね」

「ええ、そうですが」

「スマート家電も、ＩｏＴデバイスの一種なんですよ」

里見が目を丸くした。

しのぶは立ち上がり、望海の協力を得ながら、室内の家電をひとつずつ確かめた。エアコン、冷蔵庫、スピーカー、オーブンレンジ、ネットワークカメラ、デジタルビデオレコーダー、照明、給湯器。全部、ネットワーク上にある。

——それらが全部、マルウェアに汚染されていて、サイバー攻撃の踏み台にされているのだとしたら。

「スモモ、この〈ミライ〉の亜種が、例のアプリを勝手にインストールしたの？　でも、それはちょっと変じゃない？」

スモモが首をかしげた。

「チガウ。〈ミライ〉の亜種、端末の情報をC&Cサーバーに流すだけ」

里見や芸能プロの社長たちは、話についてこられずポカンとしている。

コマンド&コントロールサーバーとは、マルウェアと通信し、マルウェアの動作を管理している端末のことだ。世界のどこかに存在する。

「つまり、その情報を利用して、犯人がアプリを送り込んだってこと？」

スモモがこくりと頷いた。

しのぶは、固唾をのんで見守っている里見を振り返った。

「里見さん。落ち着いて、よく聞いてくださいね——」

「ああ、まったく。簡単に片づきすぎて、おかしいと思った」

しのぶはぼやきながら、マンションの階段をよろよろと上がった。

今日は、他の依頼はみんな断るか後回しにさせてもらい、ゲートマンションの対応にかかりきりになっている。その分、管理会社に充分な料金を請求するつもりではある。

今も、マンションの無線ＬＡＮが使えない状態が続いている。なにしろ、マンション内からマルウェアを完全に駆除するまでは、ネットワークを復旧できないのだ。

「〈ミライ〉なら、メモリに感染するから、電源を落とすだけでデバイスから消えるのに」

しのぶが悲鳴を上げるほどの大仕事だった。この亜種はなかなか手強い。

里見が住人への説明会を開いたところ、出席者から非難と失望の声が上がった。物理的なセキュリティ対策はできても、サイバー攻撃には弱いのかという非難もあったが、里見を責めるのはお門違いだ。住人の誰かが、マンションの外でマルウェアに感染したパソコンを、内側に持ち込んだ可能性が高いのだ。

「獅子身中の虫って言うけどさ。外側をいくら固めても、いったん内側に入りこまれると、いくらでも攻撃を受けちゃうんだよね。サイバー攻撃に限らないけど」

スモモは黙ってついてくる。そろそろ日付が変わるので、眠いのかもしれない。

〈ミライ〉の駆除に、ようやくめどが立ったのが、唯一（ゆいいつ）の慰（なぐさ）めではある。あと二日ほどで、仕事は終わるだろう。

朝から晩までゲートマンションに「出勤」しているので、透の食事を食べられるのも夕食のみだ。一応、透は毎日事務所に来て、留守番してくれている。

「――待って」

鍵を開けようとして、妙なことに気がついた。玄関のドアの隙間（すきま）から、廊下に光が漏れている。今までなかったことだが、透が照明を消し忘れて帰ったのだろうか。

スモモに「注意して」と合図し、鍵を開けた。突然、中から誰かが飛び出してくるのを恐れながら、慎重にドアを開ける。

「帰ったのか。お帰り」

聞き慣れた声がして、しのぶはスモモと顔を見合わせた。

「――デラさん？」

事務所の長椅子に、デラさんがいた。応接用のテーブルに、ウォッカのボトルとグラスが出ている。下から持ってきたらしい。

「どうしたの？」

「すまんな、勝手に。まだ笹塚君がいる時に、中に入れてもらったんだ。今日、ここに泊めてもらえないだろうか」

「そりゃ、かまわないけど――」

親しき仲にも礼儀あり。デラさんは、よほどの事情がなければ、勝手にこういうことをしない男だ。透もそうだ。

「何か困ったことになってるのなら、力になるよ」

デラさんが、その言葉に困ったような顔をした。立ち上がって窓に近づき、しのぶを手招きする。あれを見ろと指さす方向を見れば、向かいの道路に何人もの人影が見える。暗くてはっきり見えないが、大きなカメラを抱えた人もいるようだ。マスコミだろう。

「今日の夕方、テレビのニュースで流れてな。追いかけられると思ったから、すぐ店を閉めて、ここに逃げ込んだんだ」

「テレビのニュース？」

ずっと〈ミライ〉の駆除で走り回っていたので、それどころではなかった。すぐにスモモがネットで見つけてくれた。

『七年前の和音ちゃん誘拐事件に進展か』

驚いて読み進めると、先日、警視庁の田端たちが現れた理由もわかった。

何年も音沙汰(おとさた)がなかったのに、先日、警視庁の捜査一課宛に、和音の靴の残り片方が届けられたのだ。短い手紙がついていた。

『小寺恒夫へ。和音ちゃんは生きています。情のない貴方は、もう忘れましたか』

フルネームでデラさんを呼び捨てにするあたり、裏に何かの恨みがありそうだ。

「――娘さんの件で警察が来たのね？」

「どこまで知ってる？」

長椅子に戻ったデラさんが、グラスの酒を呷（あお）った。酔っているようには見えないが、かなり長い間、飲んでいたようだ。

何かがおかしかった。誘拐された娘が生きていると言われたのなら、喜んでもいいはずだ。デラさんの性格なら、自分が捜し出すとでも言いそうなはずだった。マスコミから隠れて、こんなところで酒を飲んでいるということは、デラさんは既に娘が死んでいると考えているのかもしれない。これは犯人の嫌がらせなのだと。

「——俺のせいなんだ」

デラさんのわななくような声に、しのぶは驚いて見やった。

「あの子が誘拐されたのは、俺のせいだ」

グラスをテーブルに置き、頭を抱え込んでいる。そのまま、長椅子に沈んでいくのを、しのぶは見守った。

6

「もう、二度とこんな仕事はやりたくない」

珍しくしのぶが吐いた弱音に、スモモは軽く眉を上げて応じた。

ゲートマンションのネット環境を、ようやく復活させたばかりだった。千戸ある住戸のほとんどが、各部屋に埋め込まれたルーターを使っている。そして、多くの家庭がオプションとして提供されたIoTデバイスや家電を、パスワードを変更せず利用していた。

「もうさ、ユーザーが全員きちんと理解してると期待するほうが間違いなんだって。ユーザーは、とにかく買ったものが動けばそれで満足なのよ。いちいち、トリセツを読んでから機械を使う人のほうが稀(まれ)なんだから。ユーザーIDやパスワードを変更しないと、乗っ取られる恐れがあるとか言われてもさ。そんなものを売るなよって思うわけ」

ゲートマンションの管理会社の応接室で、冷めたコーヒーを前に、しのぶは愚痴をこぼしている。

――早く「バルミ」のコーヒーが飲みたいよね。

疲れきった脳が、美味を欲している。

「過渡期」

スモモが短く指摘した。その通りだ。しのぶも神妙に頷く。

「わかってる。たしかに今は過渡期なの。IoTなんて考え方が実現してから間がないし、ユーザーもまだ慣れてない。そのうち、家電を買ったらパスワードを設定するのが常識になるかもしれないし、もっと画期的な仕組みができて、そんなことをする必要がなくなるかもしれない。だけど、問題は今なのよ」

もちろん、千戸ほどのマンション住人の中には、セキュリティに関する知識をしっかり持っている層もいて、今回のマルウェア騒動の被害をまったく受けなかった家もあった。だが、それが「ふつう」になるまでには、まだまだ時間がかかりそうだ。

〈ミライ〉が登場した年には、世界中でかつてない規模の分散型サービス妨害攻撃が行われ、関係者を驚かせたものだ。だが、IoT機器が本格的に家庭で使われるようになるのは、むしろこれからだろう。そのとき何が起きるのか。

「おふたりとも、お疲れさまでした」

応接室のドアが開き、管理会社の里見が足早に入ってきた。彼も疲れた様子だが、ここ数日にわたるマルウェア騒動がようやく収束しつつあるので安堵したのか、歩き方がさっそうとしている。

「今のところ、特に問題は起きていません。あとは、しばらく様子を見てみます」

しのぶは頷いた。明らかにホッとしている里見に、さらなる心労を与えるのは気の毒だが、言わないわけにはいかない。

「里見さん。実は、もうひとつ、大きな問題が残っているんです」

「えっ」

里見の表情がこわばった。さすがに、今そんな言葉を聞きたくはなかっただろう。

「マンションの機器がマルウェアに感染していた件は、これで片づいたと思います。ですが、誰かがそれを利用して、マンション内部を覗き見していたわけです」

「それは——つまり、ただのウイルス感染ではなくて、犯人がいるということですか」

「そうです」

女優の息子がフィギュアを作っていることを知っていたり、歌手のスケジュールを覗いてストーカーまがいの行為をしたりした男性がいる。

——おそらく同一人物。

「その犯人は、このマンションを標的として、〈ミライ〉の亜種を放ってマンション内部の情報を自由に得ていたんです」

だが、大手サービスプロバイダが協力しただけあって、当初から、マンションの外部から侵入を防ぐためのセキュリティ対策は立てられていた。

「外からはかんたんに入れない。つまり犯人は、マンションのゲートの内側に入って、内部のネットワークに接続したことがあったんじゃないでしょうか。そして、マンション内部にマルウェアを送り込んだんです」

里見が目を輝かせた。

「なんとか、犯人を捕まえてもらえないでしょうか。警察にも通報しますが、今までの経緯をご存じの皆さんのほうが、犯人に近づきやすいでしょう。もし捕まえられたら、損害賠償を請求できますよね」

――さすがに、しっかりしている。

この数日間、しのぶとスモモだけでなく、大手サービスプロバイダのエンジニアも使って、事態の収拾にあたった。その人件費は、管理会社に請求される。それに、セキュリティが売り物のマンションなのに、マルウェアには弱かったということで評判にケチがついてしまった。マンション側としては、なんとかして名誉を挽回（ばんかい）したいところだ。

しのぶは大きく頷いた。

「わかりました。百パーセントとお約束はできませんが、とにかくやってみます」

いいニュースがひとつだけある。

犯人は、このマンションの住人に強い関心を抱いている。だから、ＩｏＴ機器を使った「覗き見」に失敗したと気づけば、別の手を使って侵入する可能性があるということだ。

――犯人に罠（わな）をしかける。

犯人は、自分に捜査の手が伸びることはないと油断している。その隙をついてやる。

玄関を開けると、コーヒーの香りがした。

「おう、お帰り」

足音を聞きつけ、台所から声がする。

「デラさん？」

台所を覗くと、フライパンでコーヒー豆を炒っているデラさんが振り返った。

「悪いな。あんまり退屈なんで、台所を借りて豆を炒ってみたんだ」

「それはいいけど」

「晩飯にするか？　あの坊やが、うまそうなシチューをこしらえてたぞ」

「デラさんも食べてないの？　私たちのことは気にしないで、食べてくれたらいいのに」

「あんまり腹が減ってなかったんでな。動かないからだろうな」

もう午後九時を過ぎている。口ではあんなことを言っているが、しのぶたちと一緒に食べようと待ってくれていたのだろう。

デラさんが事務所に転がりこんできた日から、「バルミ」は休業している。なにしろ店のすぐ前にテレビのスタッフが何人もいて、彼が戻るのを待ち構えているのだ。

その間、デラさんはしのぶたちの事務所に寝泊まりし、日中もずっと隠れて過ごしているのだから、ストレスも溜まることだろう。

「仕事はうまくいったか？」

今日でマンションの件にひと区切りつくと説明しておいた。シチューを温めなおしながら、優しく尋ねてくれるデラさんの心遣いが身に染みる。

「うん、一応ね。これで終わりではなさそうだけど」

スモモは事務所に戻るなり、応接用のソファに腰を下ろしてオヤジくさく机に脚を載せ、ノートパソコンを開いて何かを調べている。

「スモモ、もうじきご飯よ。ねえちょっと、その机に脚を載せる癖、やめてくれる？」

スモモは画面から目を離さず、素直に脚だけ床に下ろした。何を熱心に調べているのかと、画面を覗きこみ、納得した。

「〈キボウ〉の調査をしてるのね」

明神海斗から引き受けたボランティアの案件を、なぜかスモモは気に入ったらしく、このところ時間があれば調査を続けている。

〈キボウ〉というマルウェアは、来年の一月二十一日が来ると、あるアドレスと通信を始める。しのぶたちも、ネットワークと接続していないパソコンをマルウェアに感染させ、パソコンの日付をその日まで進めることで、それを確認した。ただ、相手のアドレスは、まだ世界中のどこにも存在しないので、その日、実際に何が起きるのかはわからない。

スモモは〈キボウ〉を逆アセンブルし、人間が読めるコードに変換して、マルウェアの動作を解析している。

「で、何か面白いことは見つかった？」

スモモは首を横に振ったが、思い直したように口を開いた。

「――パズル。エレガント」

「はあ？」

まるで、マルウェアのソースコードに魅了されたような口ぶりだ。スモモは時おり、コンピュータやコードに恋をしているのではないかと思うことすらある。人間と、二進数でものを考えるコンピュータは恋に落ちることができるだろうか。

ふっとピンクの唇を尖らせたスモモは、もう何も言わなかった。

――エレガントなパズル、か。

しのぶももちろん、スモモが言いたいことは理解している。マルウェアのソースコードが美しいのだ。ソースコードの美しさと言っても、プログラミングに無関係な人には理解不能だろう。また、美しさにも種類がある。

一般的なソースコードは、他人が読む時に理解しやすいように、改行やコメントで形を見やすく整え、論理の組み立て方も筋の通ったものを選ぶ。読みやすい文章の書き方と同じことだ。

ところが、マルウェアは逆に、他人に内容を理解されたくない。理解されると、目的を達成する前に潰される恐れがある。

そのため、マルウェアの開発者たちは、ソースを読む人間が理解に苦しむように、まるでパズルのようなコードを書こうとする。これを「難読化」と呼んでいる。

つまり〈キボウ〉のソースコードは、スモモをして解読の楽しみを味わわせるほど、あの手この手を尽くして難読化されたもので、しかもその手法がエレガントなのだ。

お金にならないと、急にパズルを解く意欲が失せるしのぶは、小さく肩をすくめた。

「ほら、冷めないうちに食べてくれよ」

めいめいの深皿にシチューをよそい、デラさんが食卓に並べてくれる。クリームシチューの香りがふわりと事務所内に漂った。香りに負けて、スモモがパソコンを置き、いそいそとやってくる。

「透のやつ、また腕を上げたわね」

ひと口食べて、しのぶは唸(うな)った。

「真面目な子だな。夕食のしたくを終えた後は、事務所の留守番をしながら食卓で試験勉強をしていたよ」

デラさんが、留守中の透の様子を教えてくれる。この分なら、高等学校卒業程度認定試験も、きっちり合格するだろう。それに、希望する大学の入学試験も。

そうなれば、もう透の料理を食べることもないのかと思うと、ちょっぴり残念だ。

「ねえ、デラさん」

しのぶはバゲットをちぎり、シチューに浸しながら話しかけた。

「なんだ」

「そろそろ、私たちに話してみてもいいんじゃない？　和音ちゃんのこと。何も力になれないかもしれないけど、ひょっとすると、何かできることがあるかもしれない」

二日前の夜、娘が誘拐されたのは自分のせいだと彼は言った。ただ、デラさんが進んで話したのはそれだけで、ウォッカの力を借りてすぐ眠ってしまったので、どういう意味だったのか、ちゃんと聞いていない。

「昔の新聞、読んだんだろ」

スプーンを置き、デラさんが尋ねた。多少、ばつの悪い思いをしながら、しのぶは頷いた。好奇心の強いやつと思われただろうか。

デラさんは、ぽつりぽつりと、新聞記事に書いてあったような、事件の概要をおさらいした。八歳の娘が、学校の帰りに消えたこと。身代金の要求はなく、一年ごとに三回、娘の身の回りの品が届いたこと。そして、つい先日も、四年ぶりに娘の靴が捜査本部に送られてきたこと。

「だが、ニュースにならなかったことがあるんだ」

デラさんの表情に、複雑な影が差している。

「あの時、警察と俺には、犯人の心当たりがあった」

えっ、としのぶは目を丸くした。

「それなら、さっさとその人から事情を聞けばいいのに」

「もちろんそうしたかったが、その人物は、和音がいなくなる前から姿を消していたんだ。犯人がその人物だという確証はなく、指名手配するわけにもいかなかった」

「いったい、どういう人なの？」

しのぶの質問に、デラさんがぎゅっと奥歯を嚙みしめたようだった。よけいな質問ばかりして、苛立（いらだ）たせてしまったのだろうか。

「——現場の警察官をしていると、他人に逆恨みされることがある。詳しくは話せないが、そういうことだ」

デラさんがスプーンを取り、食事を再開した時には、それ以上の質問を受け付けない気配を感じた。スモモはしのぶの隣に座り、今の会話を聞いていたのかどうか、黙々とスプーンを口に運んでいる。

——何かあるわけね。

デラさんが言いたくないのなら、無理に聞きだすつもりはない。逆恨みという言葉に引っかかりを覚えるが、しのぶたちだって、探偵事務所など開いていれば、いつどんな逆恨みをされるかもしれないのだ。たとえば、浮気調査の結果、離婚した夫が、探偵を逆恨みしないとも限らない。

だが、デラさんの件は、そんな単純な話でもないような気がした。

「——おい、そんな顔をするなよ」

ふいにデラさんが顔を上げ、苦味ばしった笑みを浮かべる。いったい自分はどんな顔をしていたのかと、しのぶは慌てた。

「もう昔の話なんだ。和音がどこかで生きていて欲しいとは思ってるが、内心では諦めている部分もある」

「そんな——」

ふと、雪の日になると、ぼんやり窓の外を眺めていたデラさんの横顔を思い出した。あれは、娘を思い出していたのだ。

雪の日に、ランドセルを背負った学校の帰り道、姿を消した八歳の娘の幻を、目で追いかけていたのだ。

「嘘ばっかり。そんなに簡単に、諦めるなんて言わないでよね」

しのぶはそっけなく言った。だって、諦められるわけがない。スモモだって、子どものころからずっと、消えた両親を気にかけ続けてきたのだ。

デラさんは微笑み、それ以上は逆らわなかった。

7

和音が消えたのは、七年も昔のことだ。話題性のある新しい事件が起きれば、張り込んでいるテレビ局のスタッフはいなくなるだろうと、デラさんが予言したとおりになった。

翌朝、どこかのマンションで若い女性の遺体が見つかり、元カレが逮捕されると、あっという間にテレビ局の車が消えた。

新鮮な事件を追いかけていったのだ。

新しい話題、新しい事件――新しい死。世の中はこんなにも殺伐として、めまぐるしく動いている。しのぶたちだって、世の中の動きと無縁でいられるわけではない。何のために、これほど慌ただしく生きる必要があるのだろう。腹立たしいが、何に対して腹を立てればいいのか、しのぶにもよくわからない。

これでようやく「バルミ」を再開できると言って、デラさんは事務所を出て行った。わずか三日間の籠城だった。

「小寺さんにも、僕の鴨南蛮、食べてみてほしかったな」

昼前にやってきたバイトの透が、デラさんが「バルミ」に戻ったと聞いて、がっかりしたような顔をした。ここ数日、昼食を作っていたので、すっかり情が移ったらしい。

「今日はもう、例のマンションに出かけないんですか?」

「罠を仕掛けたからね。犯人が引っかかって、こっちに通知が来るまでは、動けない」

透は、ふうん、と言いながら蕎麦を茹でる支度をしている。

台所に立つ後ろ姿を見てふと、この半年の間に、透の体格がしっかりして、若者らしくなったことに驚いた。事務所に現れたばかりのころは子どものようで、強い風が吹くと飛ばされそうなほど華奢だったのに。十代半ば、身体も心も育ちざかりだ。

「デラさんと何か喋った？」

「料理のコツを教えてくれましたよ。僕は筋がいいって、誉めてくれて」

それにと続けかけ、透が黙り込んだ。

「それに？」

「小寺さんのお嬢さん、僕と同い年くらいなんですってね。料理以外のことで喋ったの、そのくらいです。僕の勉強の邪魔にならないようにするって、すごく気を遣ってくれて」

――デラさんらしい。

透の邪魔にならないよう、黙って本でも読みながら、時おり、眩しいものを見つめるような眼差しを、透の背中に向けている。そんなデラさんの姿が、目に浮かぶ。

しのぶ自身も、振り返るとあの視線に出会うことがある。

――大丈夫、俺がここにいるから。

そう言われているような、安心感がある。

デラさんは強い。おいそれと他人に助けを求めない。そのくせ、ひとが困っていると、すぐにしっかりと支えてくれる。強く生まれついた者は、そうあるべきだと信じているかのように。

――だけど。

雪のちらつく街路、白く曇る窓ガラス。そんなものを目にするたび、心ここにあらずの風情になるデラさんを見ていると、自分にも何かできることがあるんじゃないかと思う。

透の鴨南蛮ができるころには、スモモが自室から現れて顔を洗い、雲を踏むような足取りで席につく。まるで、食事の支度が整うのを見計らっていたかのようだ。

透が丼を運んでくると、柚子の香りがぷんと漂った。おなかが鳴る。

いただきますと手を合わせかけた時、気がついた。しのぶのスマホが震えている。

「いやあね、こんなタイミングで」

里見からの着信だった。スモモはさっそく両手を合わせ、蕎麦をすすっている。

『出原さんですか。犯人からメールが届きました』

里見の声に、かすかに興奮が感じられる。

「わかりました。先日お伝えした、私どものメールアドレスに転送してください。あとはこちらで調べます」

内心、ため息をつきながら指示を出した。仕事は待ってくれない。

「スモモ、五分で食べちゃうわよ。すぐに里見さんからメールが来るから」

言った時にはもう、スモモが丼を抱えて蕎麦のつゆを飲み干すところだった。けろりとした表情で空っぽになった丼を置き、パソコンを開き始めている。

――そうだ、こういう奴だった。

「すぐ、お茶を淹れますね」

透がいそいそと台所に向かう。

——なかなか、いいトリオじゃないの。

慌ただしい毎日だが、たまにはそんな感慨を抱いてもいいだろう。


怪しいメールが届いたのは、女優の息子のメールアドレスだった。

しのぶたちが陣頭に立ち、マンション内に蔓延していた〈ミライ〉の亜種のマルウェアを一掃するとともに、ルーターやその他IoT機器のパスワードを変更した。

なおかつ、犯人が標的にしていたと思われる女優の家族と歌手については、スマホから怪しいアプリを削除させ、アプリのパスワードなども変更させ、他の住人についても、各種のパスワード変更を推奨した。

その結果、犯人はマンション内の機器から締め出されてしまった。

(犯人は今ごろ、きっと焦っていますし、呆然としているはずです。今まで好きなように覗き見できていたものが、まるきり見えなくなってしまったんですから)

だが、こういった情報は麻薬のようなものだ。執着している女優一家と歌手の情報を、犯人は次の手を使ってまた覗き見しようとするだろう。それを見越して、罠を仕掛けた。

(メールアドレスを変更しないでください)

犯人はおそらく、真っ先に彼らのメールアドレスに何か仕掛けてくる。それがもっとも簡単な方法だからだ。

女優の息子の高校生が、いまどきメールを使うだろうかという心配はあった。だが、電話でよく話を聞いてみれば、家族間や友達との連絡はラインを使っているものの、それ以外の連絡では今でもたまに携帯にメールが届くので、メールもチェックしているという。

（母さんの友達の女優さんや、事務所の社長さんから、ご飯食べに行こうってたまに誘われるんです）

さらに詳しく聞けば、女優と歌手は同じ芸能事務所に所属していて、高校生の息子にメールをよこす社長というのは、例の居丈高な社長なのだった。

「やっぱりね。社長をよそおって、メールを送ってきたか」

どうやら犯人は、女優の息子のスマホに違法アプリを導入した時点で、スマホ内部の情報を根こそぎ盗んでいたようだ。少年がメールでやりとりしている相手やそのメールアドレスを、的確に押さえている。

偽社長のメールは、少年を食事に誘い、ご丁寧にも『この店なんだけど、いいかな』と、店のアドレスらしきものを書き添えていた。少年がそのページを読み込むと、マルウエアがスマホに侵入する仕掛けだ。

「――ご苦労さま。あんたが侵入したのは、スマホじゃなくて、うちの事務所のパソコンなんだけどね」

事務所のパソコンのひとつに、少年のスマホのOSの仮想環境を構築し、そこに少年からもらった、現在制作中のプラモデルの写真をエサとして置いておいた。写真のデータにマルウェアを仕込んである。

こちらが少年の代わりに偽のレストラン情報を読み込むことで、仮想環境にマルウェアが侵入する。マルウェアは、仮想環境上にある写真を盗んで犯人に送る。犯人が写真を開くと、向こうの機器にマルウェアが——うまくいけば——インストールされる。

——悪党には悪だくみでお返しよ。

『スマホの機種変更をしたばかりなので、使い慣れてなくてすみません。マンションのルーターなどが、みんなハッキングされていたらしくて』

仮想環境上に、ほとんどデータがないことの言い訳として、他のメールにそう返事をした痕跡を残しておく。犯人が読んで納得してくれれば、しめたものだ。

偽社長のメールアドレスは本物の社長のものだから、返信しても犯人には届かない。だから、返信はしない。

「取った」

画面を睨んでいたスモモが、短く言った。犯人が、こちらの画策したとおりに、マルウェア入りの画像データを盗んだのだ。あとは、固唾をのんで見守るしかない。

しばらくすると、こちら側のマルウェアが、相手から盗んだ情報を送ってきた。万が

一、たくらみに気づいた犯人が、こちらの正体を突き止めようとした時のために、複数のサーバーを迂回して送らせている。
「やったね！」

しのぶは拳を握った。本当はここで、スモモとハイタッチしたいところだが、スモモはクールに頷いただけだった。

「しのぶさんたちって、こういう時、本当に嬉しそうですね」

煎茶を彼女らの前に出しながら、透が感心したように首を振る。

「生意気を言うんじゃない」

透は台所に逃げ込んだ。

だがまあ、自分が楽しんでいるのも間違いない。ハッカーの端末にマルウェアを送り込んで正体を突き止めるなんて、厳密には違法行為だ。すべて終了すれば、跡形もなく証拠を隠滅するつもりだ。

「これは、犯人との知恵くらべなんだから。創意工夫と能力を試されているの。楽しくないはずがないでしょ」

犯人の端末に潜り込んだマルウェアは、向こうのOSを突き止め、遠隔操作用のソフトウェアをダウンロードした。スモモがIDやパスワードを設定すると、犯人の端末の画面が、こちらに小さい窓として表示された。

これで、こちらから向こうの端末を操作することもできるようになったが、そんなことをすればマルウェアの存在がバレてしまう。なにしろ、たった今も犯人は端末で少年のフィギュアの写真を開き、悦に入って眺めているからだ。

スモモの端末上で、もうひとつの新しい窓がパッと開き、大写しになった男性の顔が現れた。にやにやしながら、こちらを――つまり、自分のパソコンの画面を――見ている。

『すげえなあ、この子。よくこんなもの作るよなあ』

ぶつぶつ呟いているのも聞こえてきた。マイクの感度も悪くない。

整った顔立ちをしているが、どこか崩れた雰囲気がある。これが、犯人の顔だ。

マルウェアの動作が次の段階に移り、盗聴と盗撮を行う別のマルウェアをインストールしたのだ。

スモモは、表示されている画面のイメージをコピーし、男の顔写真を画像データとして保存した。これを女優の息子と歌手に送り、彼らに声をかけてきたのが、この男で間違いないか尋ねるためだ。

――バカなやつ。

何が馬鹿げているといって、他人のコンピュータをハッキングしているくせに、自分のコンピュータがハッキング被害に遭う可能性を考えていないらしいことだ。

しのぶは、すぐマンション管理会社の里見に電話をかけた。

「今から、容疑者の顔写真を送ります。この男性に間違いないかどうか、確認をお願いできませんか」

　顔写真の入手の早さに、里見が驚きの声を上げた。だが、問題はこれからだ。顔がわかったところで、犯人の居場所はわからない。しかも、しのぶたちがマルウェアを使って得た犯人の情報を、顔写真も含めて、警察に引き渡すことはできないのだ。

　この男を捕らえるためには、もうひと芝居、うつ必要があるだろう。

「――ぶさん。しのぶさん。お客様です」

　考え込んでいて、透が必死で呼びかけているのに気づくのが遅れた。

「えっ、なに？」

　振り向いたとたん、透の後ろに立つ女性が目に入り、ギョッとする。おかげで、それまで考えていた対処法が、頭の端からすっ飛んで逃げていった。女性はしのぶが振り返るのを待って、深々と頭を下げた。

「田宮友里と申します。このたびは、小寺が何から何までお世話になりまして――」

　――デラさんの元奥さんだ。

　離婚して姓が変わったのだろう。

　彼女はやはりカシミアのロングコート姿で、今日は長い髪をスカーフでまとめている。

「娘の事件のニュースが流れた後、小寺と連絡が取れなくて困っていたんです」

なるほど、それでデラさんに直接、事情を尋ねに来たわけだ。持参した大きな菓子折りを、しり込みする透に押しつけている。

「いい歳をした男が、若い女性の事務所に何日も泊まりこむなんて——しかも、こちらが皆さんの自宅兼用だと伺って、驚くやら申し訳ないやら。本当にすみませんでした」

「いえ——」

——このひと、何を勘ぐってるんだか。

事務所の内部を観察する視線に気づき、ついカチンときた。本心では、まだデラさんに未練があるのだろうか。

「どうぞお気になさらず。テレビ局のスタッフが急に押しかけて来たので、逃げ場がなくて、お店を閉めてここに転がりこんでこられただけですから。持ちつ持たれつってやつです。事務所のソファなんかで仮眠してもらって、かえって気の毒なことをしました」

「はあ——」

友里の視線が背後に注がれていることに気づき、しのぶは振り向いた。

集中している時の癖で、スモモがソファの上であぐらをかいて、来客や周囲の会話にはまったく無関心に、ノートパソコンのキーボードをたたき続けている。まあ、スモモとしては平常運転だし、あぐらだってジーンズを穿いているので何も問題はないのだが。

友里が目を丸くしているのは、スモモの背後から走り出てきた、ジャスティス三号の黄色い躯体を見たせいのようだ。

──こいつ、また電撃するのでは。

しのぶはハッとして、三号を制止しようとした。初対面の人間が来るたびに、電撃棒で脅されてはかなわない。

三号がキラキラと「目」の部分を緑に光らせた。

『タテバシャクヤク、スワレバボタン、アルクスガタハユリノハナ！』

ポッと「目」をピンクに染めて、もじもじしたかと思うと、廊下の隅に行って「の」の字を書き始めた。

──おいおい。

製作者が製作者なら、ロボットもロボットだ。本気で筏に送り返したい。

「──あ、どうぞあのロボットは無視してください」

「はあ」

コーヒーでもと言いかけて、コーヒーは「バルミ」から出前を取らなければいけないことを思い出す。友里がここに来ていることを、デラさんは知っているのだろうか。

「透、お茶をお願い」

「あっ、はい！」

いつも気の利く透だが、今日は毒気に当てられたような顔で、ぼんやりしていた。「おかまいなく」と止める友里をしり目に、台所に逃げていく。

応接用のソファを勧めていると、スマホに着信があった。里見からだ。

「ちょっと、失礼します」

断って、電話に出る。友里は、カシミアのコートを脱いでソファに腰を下ろした。

『写真をおふたりに見ていただきました。間違いないと言われています』

里見の興奮が伝わってくる。

「わかりました、ご確認ありがとうございます。これで相手の顔はわかりましたが、まだ居場所はつかめていないんです。居場所を押さえるにあたっては、またご協力をお願いするかもしれませんが」

『承知しました。しかし、ここまでわかったからには、居場所をつかむのもあと一歩でしょう。楽しみにしています』

里見はすでに、犯人を捕らえたも同然のつもりでいるようだ。気が早い。ふうとため息をついて電話を切ると、友里がまじまじとこちらを見つめていた。

「——本当に、探偵さんなんですね」

——何だと思っていたのだろう。

がっくりと肩を落とし、正面に腰を下ろした。隣のスモモが小さく鼻を鳴らす。こちらの会話も、いちおう聞いてはいるらしい。

「和音さんの件は、あれから何か進展がありましたか」

我ながら切り口上だと思う。友里は表情を曇らせ、首を横に振った。

「――まだ何も。警察は、郵便物の指紋や消印を調べているようですが」

思えばこの女性も、行方不明の娘を持つ当事者なのだ。少々、彼女に対する態度を改めるべきかもしれない。それに、彼女がコートを脱いで腰を落ち着けたことも、気にかかった。何か相談したいことがあって、ここに来たのだろうか。

「紅茶でよかったでしょうか？」

透が柔らかい口調で尋ねながら、ティーカップをそれぞれの前に供していく。友里は、微笑んで頷きながら、透の若さに今さらながら驚いたような顔をした。

「彼は、うちでアルバイトしながら、大学に行く勉強をしています」

質問されないうちに、答えておく。

「そうなんですね」

「ひょっとして――うちの事務所に、何か依頼をお考えですか？」

「あの、小寺は何もお話ししていないのでしょうか」

「――と言いますと」

唐突な会話に、戸惑う。

「和音の事件について。あの事件、警察は容疑者を絞りこんでいたんです」

隣で、スモモが友里に視線をやるのがわかった。友里は、ようやく決心がついたように、しっかりと頷いた。

「当時の小寺の仕事について、私は何も知りませんでした。機動隊から別の職場に異動したとは聞いていましたが、警備部門だと言われていたんです」

「本当は違ったということでしょうか」

「当時は、言えなかったそうです。公安部門に配属されていたんです」

ああ、としのぶは小さく頷く。警察には刑事部門、警備部門、公安部門などさまざまな専門職種がある。なかでも公安といえば、テロの防止などを担当するため、秘密主義で行動することの多い部門だ。

「警察官時代に逆恨みされたと、小寺さんから聞いたことがありますが」

「そうです。詳しいことは私にもいまだに教えてくれませんが、職務のためにやったことで、誰かの恨みを買ったようなんです」

「警察は、当然その事情を知っているんですよね？」

「もちろんです」

それなら、事件の捜査について、大きく方向を間違っている心配もないだろう。

「事件については残念ですが、私どもにお手伝いできることがあるかどうか――」

しのぶはそろそろと切りだした。依頼を断るなんて、正直ありえない事務所の状況ではある。だが、この件については、デラさん本人から依頼されるならともかく、元妻からの依頼となると問題が――。

「大きな事件が起きると、警察は捜査本部を立ち上げて、大勢の捜査員を投入し、人海戦術で解決を図りますよね」

何を言いだすのかと、しのぶは友里の思い詰めたような表情を見守った。

「でも、七年経っても未解決なら、もちろん担当の捜査員が継続的に捜査してはくれますけど、他と掛け持ちになるし、人数も最初のころと比べると、ぐっと減ります。新たな展開があったので、一時的に捜査員を増やしてくれてはいるようですが――」

新しい事件が次々に発生するなかで、警察も大規模な捜査態勢をそのまま残しておくわけにはいかない。今朝がた、「バルミ」の前からいっせいに消えたテレビ局のスタッフを思い出す。あれと同じだ。

「警察がちゃんと捜査してくれていないとは言いません。小寺も警察官でしたし、私だって結婚前は交通課にいましたから、どれほどたいへんな仕事かは、わかっているつもりです。ですが、この機会に新しい目で事件を見直してもらえれば、警察が見落としていることが、見つかるかもしれないでしょう」

安易に返事はできなかった。

七年も昔の事件だ。事件発生時の証拠は、警察が握っている。事件の背後にある逆恨みについて、事情を知るのも警察だけ。警察官の娘が誘拐され、一致団結して事件を解決しようとしたはずだが、それでも解決できなかったのだ。それにそもそも、警察はそう簡単に何かを見落としたりはしない。

「――辛(つら)いお気持ちはお察ししますが」

困惑を滲(にじ)ませつつ、言葉を探していると、いきなり隣のスモモが表情を変えずに、すっぱりと手を挙げた。

「やる」

「スモモ――ちょっと」

あいかわらず、天衣無縫すぎる。

「引き受けてくださるんですか！」

友里の目が輝くのを見て、しのぶも断るに断れなくなった。そもそも、デラさんさえ事情を聞かせてくれるなら、手弁当でも調査するつもりでいたのだ。

――覚悟を決めるしかないわけね。

「どこまでできるかわかりませんが、お引き受けしてもいいです。ただし、ひとつだけ条件があります」

「ええ、何でしょう」

「私たちが調査を引き受けることについて、小寺さんの了解を得てください。この調査では、小寺さんのヒヤリングが不可欠です」

　デラさんだけでなく、警視庁の田端刑事からも話を聞くつもりだ。だがそちらは、デラさんから話を通してもらう手もある。しのぶには、他の考えもあった。ひとつの石を投げて、二羽の鳥を捕まえるのだ。

「わかりました。小寺のことなら、私に任せてください」

　友里がしっかりと頷いた。

8

「二兎を追う者は一兎をも得ず、って言葉を知ってるか」

　厨房でリンゴの皮をむきながら、デラさんが難しい顔をしている。しのぶは「バルミ」のカウンターに肘をつき、眉をひそめた。

「知ってるけど、この場合なんの関係があるのかわかんない」

「君らは、例のマンションの事件を追ってたんじゃないのか。そっちに集中しろ」

　――あーあ、やっぱり不機嫌じゃん。

　小寺のことなら任せろと友里は胸を張っていたが、デラさんが調査を了解したのはうわべだけのことで、本心では面白く思っていないようだ。友里が帰っていくとすぐ、この調子でぶつぶつと文句ばかり言っている。

しのぶは、カウンターにずらりと並んだカエルの置物を、順に指先でつついた。先日ここに来た時より、またひとつ増えている。ビールジョッキを掲げて、照れくさそうにしているアマガエルだ。

カウンターの逆の端に腰かけ、昼食のサンドイッチをつまんでいた老人が、こちらに微笑みかけてきた。常連客のひとりで、マチさんと呼ばれているが本名は知らない。長めの白髪にいつも渋い着物を着て、ステッキをついて「バルミ」のドアをくぐる。この近くのビルで、占い師をやっていると本人は言うのだが、本当かどうか確かめたことはない。占い師というより、書道の先生みたいだ。

「デラさん、こんな美人に迫られて、果報だねえ」

うひひと笑う。前言撤回。書道の先生ではない。ただのスケベオヤジだ。

「いやいや、迫ってませんから」

ちらりと目の端でとらえたスモモは、奥の四人掛けのテーブル席にノートパソコンを置き、ひとりで作業を続けている。

「ここが閉まっていると、飯を食う場所がなくて困ったよ」

マチさんが笑顔で話題を変えた。デラさんが軽く頭を下げる。

「すみませんでした。いろいろ騒がせて」

「いや、そっちこそ大変だっただろうね。やっと落ち着いたようで、よかった」

あれだけニュースになったのだから当然だが、マチさんも昔の事件について知っているようだ。サンドイッチをたいらげ、珈琲を飲み干すと、ステッキをついて立ち上がる。

勘定をすませて店を出る間際、マチさんは仰向けに寝そべるカエルに手を伸ばし、そっとおなかを撫でた。

「帰るといいね、ほんとに」

デラさんが頷く。しのぶは目を瞠った。

――そういうことだったのか。

カウベルを鳴らして店を出ていくマチさんの後ろ姿を見送る。カウンターに並ぶカエルの置物。しのぶたちがこのビルに越してきた時にはすでにたくさん置かれていたが、今もまだ増え続けている。これはみんな、事情を知る常連客の、祈りをこめたメッセージだったのだ。

――帰っておいで。

七年前、姿を消した幼い少女が、元気に父親のもとに戻ってくるように。

姿を消した後、一年ごとに娘の衣類や靴などが送られてきたという。それはおそらく、娘のことを忘れるな、事件を思い出せという犯人からの陰湿なメッセージだ。傷が癒えかけるたびに、かさぶたをむしり、さらなる血を流させようという嫌がらせだ。

——忘れられるはずなんか、ないのにね。

「——気にかけてくれるのは、ありがたいと思ってる。嘘じゃないぞ」

デラさんが、皿に載せたリンゴをしのぶの前に置きながら、静かに言った。リンゴにつられて、スモモも奥のテーブルから駆けてくる。マチさんが店を出ると、もう他の客はいない。八つに切り分けたリンゴを指でつまみ、シャクシャクと齧り始める。デラさんは気づいているかどうかわからないが、他人の存在を気にするスモモが、デラさんだけは気にしない。

デラさんの視線は、カウンターに所狭しと並ぶカエルたちに注がれた。

「和音をぶじに取り戻したい。その気持ちも本当だ。——だがな」

——この人は、娘がもう死んでいると考えている。

誘拐された時、子どもは八歳だった。自分の身元や自宅の場所、誘拐された時の状況、犯人の顔など、あらゆる情報を正確に伝えられる年齢だ。犯人が、そういうリスクを抱えてまで、子どもを生かしておくだろうか。

犯人が身代金を要求しなかったことも、悲観的に考える根拠になるだろう。

先日、警視庁に届いた和音の靴には、手紙がついていた。それにははっきり、「和音ちゃんは生きています」と書かれていた。だが、過去の事件を紐解いても、家族に期待を抱かせるだけ抱かせて、最後に奈落の底に突き落とすのを楽しむ犯人は、大勢いた。デラさんは元警官で、そういうあさましい現実を見尽くしている。

カウベルが、再び軽やかな音を立てた。

「――おや。おやおや、これはまた」

とぼけた声だが、困惑が滲んでいる。振り返ると、警視庁の田端刑事がドアに手をかけたまま立っていた。

「どうぞ入ってください、田端さん。こちらにお越しくださいとメッセージを残したのは私です」

しのぶは朗らかに呼びかけた。田端が店内に足を踏み入れたので、またスモモがパッとカウンターを離れ、奥のテーブル席に駆け戻る。いつまでもひとに慣れない野良猫のようなやつだ。

田端は後ろ手にドアを閉め、どうしたものかと迷う様子で、デラさんとしのぶたちを見比べている。

「さっそくですが、田端さん。小寺さんのお嬢さんの件、進展はあったでしょうか」

しのぶが端的に切り出すと、田端は面白がるような笑みを浮かべ、肩を揺らしながらカウンターに近づいてきた。

「申し訳ないが、捜査に関することは、外に漏らすことはできない」

「デラさんは、被害者の家族なのに？」

田端がちらりとデラさんを見つめ、肩をすくめて黙ると、デラさんが頷いた。

「当然だ。事態がはっきりしないのに、被害者の家族に、変に期待を持たせるわけにもいかないだろう」

「それはまた、ものわかりがいいこと。でも、私は友里さんから調査を頼まれたんです」

田端が表情を曇らせ、カウンター席に腰を下ろした。

「そうは言ってもね。警察が探偵さんに、捜査内容について教えてあげる義務はないわけだからね――」

「ただとは言いませんよ」

しのぶが赤いルージュを引いた唇でにやりと笑いかけると、田端も負けずににっこり笑い返してくる。

「公務員に賄賂を提供すると、君も贈賄罪に問われて三年以下の懲役もしくは二百五十万円以下の罰金刑だ。残念だけど」

「賄賂ならね」

デラさんが、皿を拭きながら、聞こえないふりをして背中を向ける。

「失礼ですけど、田端さんは公安部門の刑事さんじゃありません？」

カウンターのスツールの上で、田端が眉をひそめてかすかに身を引いた。言い当てられたのが気に障ったらしい。デラさんが公安にいたのなら、後輩の田端もそうではないかと思ったのだ。それに、公安部門にいる間に逆恨みされたのなら、誘拐事件の捜査も、公安部門が行っていたかもしれない。

「だったら？」

「警視庁の公安部には、サイバー攻撃を捜査する部門がありますよね。まあ、公的機関やインフラ関連企業に対するサイバーテロを、主な対象とされているとは思いますが」

田端はこちらの出方を窺っているようだ。

「ゲートマンションの大規模なマルウェア感染を仕組んだ犯人を引き渡すと言ったら、いかがです？」

「ハッカーか？」

「そうです。およそ千戸のマンション住民に被害を及ぼし、住人のプライバシーを侵害したうえ、ストーカーまがいのことまでしでかした男です。被害額は、マルウェアの除去費用だけでも数百万に上ります」

「個人的には興味があるが、それはうちの担当じゃないな――」

笑って手を振り、取引を断ろうとする。

「犯人は、ごく一般的なルーターやネットワークカメラなどをマルウェアに感染させ、冷蔵庫、テレビ、ビデオなどの家電まで、サイバー攻撃に参加させる手はずを整えていたんです。放置すれば、今後は大規模なＤＤｏＳ攻撃を企んで、インフラや公的機関を攻撃し始めるかもしれませんよ。現時点で犯人を逮捕できれば、大手柄です」

「その犯人を、君が引き渡せると?」

しのぶはゆっくり頷いた。

多少、誇張しているかもしれないが、嘘は言っていない。犯人がただの覗き見野郎ではなく、そのうちインフラや公的機関を狙い始めるかどうかは、神のみぞ知る。

田端はデラさんを見て、またこちらに視線を戻した。デラさんが、わざとらしくため息をついた。

「わかった。話を聞こう」

もちろん、田端はそう答えると思っていた。

9

「ほんとに大丈夫ですか? もし、嫌なら言ってくださいね」

念押ししたしのぶに、ほっそりした少年が頷く。

女優の息子、一騎(かずき)くんだ。母親の女優は、バブルの頃、細い身体に超ミニのボディコン・ワンピースを着て、一世を風靡したものだが、一騎にもその面影がある。人目を引く美少年だった。芸能事務所の社長が食事に誘ってくるというのも、事務所で俳優として育てるつもりだからかもしれない。

だが、いま一騎の関心を占めているのは、彼自身の胴くらいの大きさがある宇宙船のプラモデルだ。

「ミレニアム・ファルコンです」

宝物のように大事に抱えたプラモデルが、映画『スター・ウォーズ』に登場する、いちばん人気の宇宙船の七十二分の一スケールのモデルだとか、コックピットにちゃんとハン・ソロ船長とチューバッカがいるんですとか、熱っぽく語ってくれたが、しのぶはその方面に関してはまったく興味がない。

とはいえ、ただサイズが大きいだけでなく、まるで本当に何十年も宇宙を飛び回ってきたかのように、錆びや汚れ具合を再現させているのには驚いた。

「会場に、もし例の犯人が現れたら、私たちがちゃんと対応しますからね」

「はい。よろしくお願いします」

丁寧に頭を下げる様子も好もしい。

スモモが運転するアクアで、会場に向かう。後部座席に、大きな荷物を抱えた一騎が座り、助手席にしのぶが腰を下ろした。

犯人は、一騎と、歌手の望海に強い関心を抱いている。ふたりの協力を仰ごうとしたが、望海には拒絶された。マルウェアの件が解決したので、これ以上は関わりたくないとのことだった。きっと、例のマネージャーが後ろで糸を引いているのだ。

——根っこを完全に絶たないと、また狙われる恐れもあるのにね。

望海の拒絶は残念だったが、そのかわり一騎が協力を申し出てくれた。

秋葉原で開催中の、プラモデル作家の展示会に出品してみないかと、プラモデルやフィギュアのキットを販売する店の店長から誘われていたのだが、他人に見せる勇気がなくて、今まで断っていたのだそうだ。しかし今回は、制作したばかりの大作を出品してみるという。

その情報を、「偽の」一騎の端末から、メールやラインで各方面に送るふりをした。もちろん、犯人に読ませるためだ。

「来ますかね、犯人」

一騎の顔色は、やや青白い。もともと色白で、インドアが好きな性格だそうだが、今日は緊張も手伝っていることだろう。しのぶは彼を落ち着かせるため、助手席からバックミラー越しに笑顔を見せた。

「一騎くん、協力してくれてありがとうね。ふつうなら、ハッカーが姿を見せることはないと思うんだけど、この犯人はよほどのミーハーみたいで、タレントさんのスタジオ入りを追いかけていったことがあるの。だから、キミの作品をじかに見られるなら、現れるかもしれない」

というか、現れてくれないと、田端らに合わせる顔がない。

「僕、自分が作ったものを、誰かに見せるの初めてなんです。恥ずかしくって、今までずっと隠してましたけど、これをきっかけに他の人に見てもらって、意見をもらうのもいいかなあなんて思って」

照れくさそうに小首をかしげている。

「私はプラモデルの良し悪しに詳しいわけじゃないけど、素人の私が見ても、すごいと思った。どんどん人に見せるといいよ」

「ありがとうございます。ハッカーの人には、もう見られちゃったわけですしね」

「ダウンジャケットのポケットに、マイクが入ってるから。キミの周囲の音声を私たちがずっと聞いてる。犯人が現れたら、『おなかすいた』って言ってね。合言葉だから」

「わかりました」

犯人が警戒するだろうから、一騎のそばにずっとついているわけにはいかない。

展示会は、一階にアニメ関連のショップが入ったビルの五階で行われる。

会場となった展示室に入り、主催者側との挨拶を終えて設置が始まると、一騎はひとりきりになった。しのぶたちは展示室の外に出て、扉の陰から様子を窺った。自分の作品を誰にも見せたことがないという、ナイーブな少年だけに、どうなることかと心配したが、杞憂だったようだ。

若い一騎が大きなプラモデルを運びこみ、展示設営を始めると、その場にいたプラモデル作家たちが大喜びで作品の周囲に集まり、興奮した様子で一騎に声をかけ始めたのだ。

『すごいね、このミレニアム・ファルコン。七十二分の一スケールだろ』

『パーツの数は、たしか九百近くあったよね』

『しかも、この塗装！　これ弾着した痕でしょ？　どうやってこの色を出したんだ？　リアルにできてるよ』

しのぶには何の話か理解できなかったが、一騎は彼らの言葉に頰をうっすら紅潮させ、はにかみながらも、丁寧に答えている。

――よかったじゃん。

ハッカーも、唯一いいことをしたのかもしれない。

同じフロアにはプラモデルの店や画材を売る店もあるが、それらの店に入ってしまうと今度は展示室の中が見えなくなってしまう。スモモとふたりで、展示室の出入り口が見える廊下をうろうろして、犯人が現れるのを待ったのだが――。

一騎は、午前十一時の開場から午後五時の閉場まで、ずっと展示を見に来る客の相手をしていたが、結局、最後まで彼が合言葉を口にすることはなかった。

「以前、フィギュアについて話しかけてきた男は、現れなかったのよね？」

ひょっとして、現れていたが、一騎の周囲に人が集まりすぎていたので、気づかなかったのではないか。そうも疑ったが、それについては一騎がきっぱり否定した。

「それはないです。ずっと周りに目を配ってましたし、犯人はかなり背が高い人で、来ていれば頭ひとつ飛び抜けた感じになって、すぐに気がついたと思います」

犯人は、この計略に引っかからなかったのだろうか。

「今日はこれで会場の鍵を閉めて、明日またオープンするそうです」

どこか気の毒そうな口ぶりで、一騎が言う。会期は二日間だ。もしも明日、犯人が現れなければ、せっかくの罠は発動しない。犯人は、マンションのマルウェアが退治されたので、慎重になったのだろうか。

気落ちしながら、ゲートマンションまで一騎を送り届けた。

「明日の朝、また迎えに来るから」

「あの、ずっと立ちっぱなしでお疲れでしょう。今、お茶を淹れますから」

しのぶはスモモと顔を見合わせた。正直、帰って「バルミ」のコーヒーを飲んだほうが美味しいだろうとは思うが、少年の気持ちが嬉しい。

「それじゃ、ご馳走になろうかな」

地下の駐車場に車を停め、一騎の「ゲスト」としてマンションに入る。

「ただいま」

玄関を開け、一騎が奥に声をかけながら靴を脱いで上がった。玄関には、いくつか男物の靴が並んでいる。客が来ているらしい。

「お帰り。あら、そちらは」

しのぶも顔を知っている有名女優が、ジーンズにセーターというカジュアルなかっこうで姿を見せた。もちろん、息子に協力してもらうにあたり、里見から女優に、仕掛ける罠について説明してもらっている。

「今日は現れなかったんだ。例の犯人」

一騎があっさり言って、台所に駆けていく。

「あ、しのぶさんたち、どうぞ上がってください。すぐお茶を淹れます」

思い出したように、ひょいと顔を覗かせ、少年らしい笑みを見せた。あれは、たぶんまだ展示会の余韻に浸っている笑顔だ。こうして、少年は一歩ずつ大人への階段を上っていくのだ。

——などと、感慨にふけっている場合ではなかった。

「『しのぶさん』ですって？」

女優が腕組みし、薄笑いを浮かべている。

——勘違いしないでよね。

高校生なんて、子どもだぞ、子ども。うちにもひとりいるし。

渋い表情で、「お邪魔しまーす」と陰気に呟きながら台所に向かう。

「ついでに、〈ミライ〉が再発してないか、チェックしておきましょうか」

スモモのパソコンに、そのためのツールも入れてある。マンションの棟内LANに接続して、しばらく様子を見れば、〈ミライ〉の亜種が再発したかどうかわかるはずだ。

一騎がコーヒーを淹れてくれた。豆から挽いていたので驚いた。プラモデルといい、透に匹敵する凝り性だ。

パソコンの画面を見ていたスモモが、ふいに、驚きのあまり舌をしまい忘れた猫のような顔になった。

「――いる」

「えっ、いるの？」

しのぶも慌てて画面を覗いた。

〈ミライ〉が攻撃するとされるポートが、ポートスキャン攻撃を受けている。こちらのパソコンを乗っ取ろうとしているのだ。

「今度はどこにいるの？　あんなに徹底的に駆除したのに――！」

「誰かと思えば、またお前たちか」

ふいに、嗄れた声が聞こえ、しのぶは振り返った。望海と女優が所属する芸能事務所の社長が、うんざりした表情を隠しもせずに、ドアにもたれている。

――こっちにも来ているのか。

よく所属タレントの家に来る男だ。

そう考えて、しのぶは電流に打たれたように、ひらめいた。

「ここで何をやっている？　一騎に色目でも使いにきたのか」

とてつもなく無礼な男で、ふだんのしのぶなら、このあたりで回し蹴りでも食らわせたくなるところだが、今日は事情が違う。社長の無礼など気にもならなかった。

「社長、失礼ですが、今日はパソコンか何か、お持ちになってますか」

突然の質問に、社長は目を剝（む）いた。

「なんだそれは——まあ、持ってきたが」

「すみませんが、それを拝見してもよろしいでしょうか。ひょっとして、このマンションのネットワークにつないで、お使いになったことがありますか」

「そりゃ、このマンションにはうちの所属のタレントが大勢いるからな。第二の事務所みたいなもんだから」

なにやら自慢げに胸を張り、居間に入っていく社長の後についていく。何ごとかと、スモモと一騎もやってきた。

居間には、女優とそのマネージャーらしき男性がいた。

「ほら。それだ」

社長が指さしたのは、居間のテーブルに載った、十インチほどのモバイルノートパソコンだった。その機種を見て、謎が解けた気がした。

――いつぞや、望海が使っていたノートパソコンと同じ機種――いや、おそらく彼女は、社長のパソコンを使っていたのだ。

「このパソコンに、ウイルスチェックをかけたいんです。よろしいですか」

よろしいですかとは念のために尋ねたが、有無を言わせず、スモモがウイルスチェックソフトを入れたUSBを差し込み、頷いた。

「――いる。これ」

しのぶは目を瞠った。やはり、社長のパソコンも〈ミライ〉の亜種に感染している。

――そういえば。

このマルウェアは、マンション中のネットワーク機器に感染していたが、具体的にストーカーじみた被害に遭ったと申告したのは、女優の息子である一騎と、望海だけだった。そして女優と望海は、ふたりともこの男の芸能事務所に所属している。

「社長、ひょっとして、この男性をご存じありませんか」

しのぶは、犯人の写真を取り出して見せた。とたんに、社長の眉間に、いかにも不快そうな深い皺が寄った。

「澄田（すみだ）じゃないか」

「ご存じなんですね。誰ですか、この人は」

「昔、うちの事務所にいたタレントだ。目をかけてやったんだが、才能というより意気地がなかったんだろうな。すぐにつぶれて、辞めたよ」

「最近、お会いになったことはありませんか。ここ一か月か二か月くらいの間に」

あれだけ無礼な発言をしたことも忘れ、矢継ぎ早の質問に気圧されたように答えていた社長が、目を丸くした。

「なんでわかるんだ。ちょっと前に、突然、事務所に現れたよ。会社をクビになったとかで、だいぶ落ちぶれていて、何か仕事ないかって聞いてきたけど、うちもボランティアでやってるわけじゃないからな」

——ビンゴ。

この社長なら、澄田を侮辱して怒らせるようなことを口にしたかもしれない。

「澄田さんが事務所に来たのはいつですか」

「たしか十二月の初めだな。二日じゃないか」

「スモモ、このパソコンが〈ミライ〉に感染したのはいつ?」

「十二月二日。USB経由」

事務所のパソコンに、誰も見てない時を狙ってマルウェアを仕込んだUSBメモリを差したのだろうか。

「その後、社長がこのゲートマンションにいらっしゃったのはいつですか」

「覚えておらんが、一日おきくらいには来とるよ」

「このマンションで、住人から最初の苦情が上がったのは十二月五日です。室内で妙な物音がすると言われたそうです。おそらく、マルウェアに感染した機器が、勝手に作動する音だったと思われます。そして、一騎くんが学校の近くでおかしな男に会ったのが」

ちらりと一騎を見ると、彼はすぐ頷いた。

「十二月六日です」

「歌手の望海さんが、スタジオのそばでおかしな男に会ったのは十二月七日。すべて、つじつまが合います」

「どういうことかね」

社長が怪訝そうな表情で、首をかしげた。

しのぶは腕組みし、社長に胸を張った。

「つまり、マルウェアの件を仕組んだのは、澄田さん。そして、このマンションにマルウェアを持ち込んだのは」

テーブルの上を指さす。

「社長、あなたのパソコンです」

それまで威張っていた社長が、あんぐりと口を開けた。

10

元タレントの澄田直純を逮捕したと、警視庁の田端から電話が入った時、しのぶたちはまだゲートマンションの管理事務所にいた。

「そうでしたか。ご連絡ありがとうございました」

犯人が逮捕され、こちらも肩の荷が下りた気がする。それに、あの威張りまくっていた芸能事務所の社長が、マンションにマルウェアをばらまいたのが自分だと証明された時の、愕然とした顔を見て、少しは気が晴れた。

——ざまあみろ、ってのよ。ま、あの社長も被害者なんだけどね。

田端はのんびりした口調で、状況説明を続けた。

『任意で話を聞いたんだが、あっさり自供したよ。タレントを辞めて、システム開発の仕事に転職していたそうだ。だが先日、社内でセクハラ事件を起こして辞め、経済的にも心理的にも追い込まれていた』

それで昔の事務所を訪ねたものの、社長にけんもほろろな対応をされて頭にきたというわけか。

『ただし澄田は、事務所の社長に対する腹いせのつもりで、事務所にマルウェアを撒いたそうだ。ゲートマンションに感染させるつもりはなかったと言っている。社長は感染に気づかず、パソコンをマンションに持ち込んだようだ』

「つまり、損害賠償を請求するのは難しいということですか」

『どうだろうね。結果的に損害を与えたのは確かだが、澄田本人もあまりお金を持ってなさそうだし』

　のどかな田端の口調が、かすかに笑いを含んだ。

『澄田はサイバーテロを企んでいたわけではないようだが、しかたがない。約束は守りますよ。近いうちに事務所にお邪魔して、捜査に支障のない範囲で、小寺さんの事件についてお話ししましょう』

「お待ちしております」

　にっこり笑って通話を切った。

　ちょうど、管理事務所の里見が、ケーキとお茶を持ってきてくれたところだった。めでたく事件が解決したので、大盤振る舞いだ。澄田が逮捕されたことを教えると、胸を撫でおろした。

「損害賠償は、私どもも期待しておりませんでしたが、犯人と感染の経緯がはっきりしたので、マンション住民の皆さまにあらためて犯人逮捕のご報告ができます。私どもとしては、安心してお住まいいただくのが一番ですからね」

――さすが、確固たるセキュリティをうたうゲートマンションの管理者だ。

しのぶが、ケーキのカロリーを見積もっていると、里見が正面のソファに腰をかけ、あらたまった様子になった。

「あらためて、おふたりにお願いがありまして」

スモモは里見に関心がなさそうで、さっそく大きなケーキを口に運んでいる。いくら食べても太らない体質なのだ。うらやましい。

「弊社と、サイバーセキュリティ対策の顧問契約を結んでいただけないでしょうか」

思わず、えっと叫んでしまうところだった。喉から手が出るほどほしい、顧問契約の第一号ではないか。

――平常心よ。こんなことは当たり前、いつも引き受けているような顔をしなくては。

「もちろん、私どもにできる限りのことはさせていただきます」

飛び上がって喜びたい気持ちをぐっと抑え、余裕をもって応じた。管理会社で契約書のたたき台を作るので、それを見てまた連絡がほしいとのことだった。

「正直、たいへんな仕事だったけど、顧問契約が取れたなんて、万々歳よね！」

事務所に帰る道すがら、しのぶの口から出るのは喜びの言葉ばかりだ。ＩＴ探偵事務所と掲げた看板に、ようやく実態が追いついてきた。こういうとき、一緒になってスモモが喜んでくれれば、さらに喜びも倍増するのだろうが、彼女は根っから感情を表に出さないタイプだ。

駐車場に車を停めて、事務所への階段を上がっていくと、廊下の向こうから見覚えのある男性が歩いてくるのが見えた。

――おや。

面識はない。だがあれは、製菓学校に通っていた、貿易会社の社長の夫だ。

「もしや、おふたりは――」

先方も気づいて、廊下で頭を下げた。

「S&S　IT探偵事務所の方ですね」

見れば、大きなケーキの箱を提げている。しのぶの視線に気づいたのか、相手は照れくさそうに微笑んだ。

「お留守のようだったので、あきらめて帰ろうとしていたところでした。これは、私が焼いたものなんです。もしよろしければ――」

「ええと、あのう――」

対応に困ってしまう。なにしろ社長には、探偵事務所に頼んだことは伏せておいたほうがいいとアドバイスしたのだから。この男は、どこまで知っているのだろう。

「妻から何もかも聞いております。私の浮気を疑って、探偵さんに尾行を頼んだそうですね。探偵さんが私の製菓学校通いを突き止めて、浮気ではないと妻を諭してくださったことも聞きました」

「はあ――」

なんだか居心地が悪いのだが、せっかくここまで来たものを、追い返すのも寝覚めが良くない。しのぶはとりあえず、男を事務所に案内した。何か言いたいことがあって、わざわざ来たようだ。

「あら、きれいなケーキ」

事務所のテーブルで男が箱を開けたのを見て、思わず呟いた。みごとなホールのチョコレートケーキだ。チョコレートがつやつやと輝き、シンプルな金色の飾りが映える。

宇佐美敏則と書かれた名刺を出した男は、しのぶの賛辞に微笑んだ。

「ありがとうございます。まだまだ初心者ですが、このチョコレートケーキは先生からも合格点をもらえたので」

ふと気づくと、スモモがケーキナイフを手にして、テーブルの脇に佇んでいた。いまにもケーキにナイフを入れんばかりだ。

――こいつ、さっきもケーキ食べたくせに。

「私が切り分けますよ」

「あっ、私は小さめで」

笑顔で宇佐美がケーキにナイフを入れた。スモモはケーキ皿を三枚、持ってきた。

「いや、私は」

「毒見」

遠慮しようとする宇佐美に、スモモが真顔で答えてケーキ皿を押しつける。なるほど、と言って彼は噴き出した。

「たしかに、初対面の人間の手作りケーキは、いささか気味が悪いですよね」

「まあ、お店で売ってるケーキは、たいがい見たこともない人が作ってますけどね」

しのぶも笑うしかない。逆恨みも受けやすい探偵稼業とはいうものの、まったく、スモモときたら。

だが、おかげで宇佐美の口が滑らかになった。

「今日は、お詫びが言いたくて来たんです」

「――お詫びだなんて。何かありましたか」

奥さんの貿易会社社長の疑いも晴れ、夫婦円満を取り戻したという、その報告ではないのだろうか。

「実は、妻と別れることになりました」

え、と呟いて、しのぶはフォークを動かす手を止めた。宇佐美の態度はさばさばしていて、自分の皿に取り分けたケーキを、淡々と口に運んでいる。

「製菓学校に通っていたでしょう。妻はあれを、自分が許可しないから、ひそかに通っていたのだろうと思ったらしいんです」

たしかに、男が菓子作りなんてみっともないとか、言いそうな女性だった。

「でもそうじゃないんです。私は浮気をするために、製菓学校に通っていたんです」

——意味がわかりませんが。

ぽかんとしているしのぶたちに、宇佐美は説明してくれた。

「五年前、婿として入った貿易会社では、自分に任せてもらえる仕事なんか、ありませんでしてね」

会社に入ってから特に、大きな失敗をした記憶もないのだが、どうでもいいような仕事を与えられ、毎日、午後二時にはそれも終わってしまう。多忙を極める妻や社員らをしり目に、ぼんやりデスクについているのも苦痛で、いっそ転職をと考えたのだが、会社がうまくいっていないように見えそうで、みっともないからやめてほしいと妻が言う。

「なんとなく、古参の社員の気持ちもわかるんですよ。私は結婚前、車の営業をしていましてね。妻の会社とは、畑違いでした。それでも何かできることはあったと思うんですが、彼らにしてみれば、社長の娘と結婚したからといって、大きな顔をして乗り込んできて、専務などという肩書で仕事をされたのでは、目障りだったんでしょう。敬して遠ざけると言いますか、名誉職のような仕事を任せてきたわけです。でも、私はまだ五十ですからね。まだまだ、自分の力でいろんなことがしたい」

「奥さんに、その話はしなかったんですか」

尋ねてはみたものの、あの社長は、自分の言いたいことだけをまくしたてて、他人の言葉に耳を傾けるようなタイプではない。

「彼女は、仕事がないなら専務室で本でも読んでいればいいと言うばかりでね。私が、冗談を言っていると思ったのかもしれません。本気で、私にのんびりしろと言いたかったのかな。でも、私はいわゆる貧乏性で、何かしていないと落ち着かない性分なんです」

「――お気持ち、わかります」

しのぶは切実に何度も頷いた。貧乏性なのは、しのぶも同じだ。世の中には、仕事などせず、ぶらぶらして時間をつぶすのが最高、というタイプもいるようだが、しのぶにその生き方は無理だ。常に、あくせくと働いていなければ、生きている実感がない。

宇佐美が微笑んだ。

「彼女に、私の話を真剣に聞いてもらうための方法を、いろいろ考えたんです。いきなり家を飛び出すほど、若くもありませんのでね」

極端なやり方ではあるが、いっそ浮気でもしてみれば、自分の気持ちに耳を傾けてくれるのではと思って、夜の街をさまよってみても、元来の堅い性格が邪魔をして、まったくモテない。自分からアタックすることもできない。

それならと、思い立って製菓学校に通ってみた。将来、製菓で身を立てようという、真面目な女性が来ているので、そういう女性たちとなら話も合うのではないか。

ところが、勉強を始めた製菓が、面白くてすっかり夢中になってしまった。それは、宇佐美の言葉を聞かなくても、つやつやした美しいチョコレートケーキを見て、ひと口味わってみれば、納得できる話だった。

——宇佐美さん、お菓子づくりの才能あるんだ。

「妻が嫌いになったわけではないんです。ですが、この年齢から製菓の修業だなんて、なまはんかな覚悟ではできません。ひとりになって真剣に取り組んでみたくて。それで、妻に頭を下げて別れることになりました」

若い探偵さんたちが、せっかくいろいろ気を遣ってくれたのに申し訳なくてと、しきりに頭を下げながら宇佐美は帰っていった。

「なんだかねえ。ああいう人を、真面目すぎるって言うのかなあ」

——べつに、夫婦どちらが悪いってわけでもないのに。

ちょっと、ため息が出てくる。

うまくいかない時は、うまくいかないものだ。宇佐美のチョコレートケーキは、ビターな大人の味がした。

ごそごそと、スモモがケーキの箱を移動させるのに気づいて、しのぶはハッとした。

「あっ、スモモ！　ホールケーキの残りを全部ひとりで食べたりしちゃだめよ——！」

断章　ラフト工学研究所だより

『はじめまして、ラフト工学研究所のウェブサイトへようこそ。

当研究所では、セクハラ所長の筏未來工学博士を含めて、十三名の研究者が、各国のエネルギー事情やパワーバランスを根底から覆す新素材やガジェットの開発・研究に、二十四時間三百六十五日、休みもとれず、血尿を出しつつ励んでおります。

公式ウェブサイトには、どんな堅物(かたぶつ)がうっかり読んでも問題ないよう、当たり障(さわ)りのないチープな研究内容しか掲載しておりませんが、所長のプライベートウェブには、さらにディープな内容を掲載しております。だいたい想像がつくでしょうが、堅物ではないという自信のある方は、そちらもお試しになって、心の底から打ちのめされてください。

その際、這(は)いつくばって所長の靴を舐(な)めてもいいですが、所長は近ごろ蛇革(へびがわ)の靴に凝っていて、たまに目がついていて目が合ってしまったり、睨まれたりするようです。心臓にお気をつけて。

なお、プライベートウェブをご覧になった場合、その後、どのような支障がございましても、当研究所はいっさい責任を持ちませんので、あしからずご了承ください』

＊

「おおい、誰だ！　所長のイタズラ書きをそのままウェブにアップしたの！　労働基準局から電話がかかってきたじゃないか！」

「あれっ、そう言えば所長どこに行ったの？」

「部屋にこもって、例のロボットのパーツを作ってるよ。まったく、どうすんだよ、このサイトの文言」

＊

——外が騒がしい。

だがもちろん、私の類まれなる集中力を乱すほどではない。波は高くとも、天気は晴朗。作業に勤しむ、わが手が止まることはない。

ラフト工学研究所を立ち上げて、はや十数年になる。当初、研究者やスタッフを雇うつもりはなかった。ひとりで研究するほうが効率的なのに、自分より能力的に劣る者を身近において、何の益になる？　だが、研究所としての体裁が整うと社会的にカモフラージュとして働くので、今では私を含め、総員十三名で運営している。

まあ、彼らは彼らで自分の食い扶持くらいは稼いでくれるので、得にはならないが邪魔にもならない。

本音を言えば、私が本当に研究所に招聘したいのは、今ここにはいないふたりだ。

もちろん、わが麗しの同志たち。見目麗しく才能豊かで、人を人とも思わぬガッツがある。エクセレント！

ぜひ研究所に来て、わが野望達成の一翼を担ってほしいのだが、彼らは彼らで、一国一城の主なのだ。たとえそれが、公園で逃げた飼い猫を追いかけまわして顔や腕に引っかき傷をこしらえながら、どうにか家賃を払うだけの調査料を稼いでいるような、貧乏たらしい「城」であってもだ。

――ふむ。

とはいえ、野暮な発言はしたくない。いずれ彼らが当研究所の一翼を担う日が来ることを楽しみに、今日も彼らの「城」に遊びに――もとい、からかいに――もとい、ご機嫌伺いにいくことにしよう。

ちょうど、ジャスティス三号の新たなパーツも完成したようだ。

第二章　シュレディンガーの少女

1

十二月が忙しいのは、七割がたクリスマスのせいだ。間違いない。さらに言うなら、その直後にくるお正月にも、責任の一端はあると思う。

「あんたみたいのが、クリスマス、クリスマスって浮かれるから世の中が退廃するのよ」

しのぶが眉間に皺を寄せて睨むと、事務所のソファに長い足を組んで座る男が、小粋に肩をすくめた。海外暮らしが長い。

「オー、ソーリー。異教徒の宗教的行事に苛立つ気持ちもよくわかる。しかし、言ってみればクリスマスは幸せのおすそ分けなのだよ、同志出原君。ライトアップされたツリー！街をにぎわすジングルベル！子どもたちに喜びを与える笑顔のサンタクロース！不機嫌なサンタなどこの世にはいない。他人に与えることがサンタの喜びだからだ。どうかね、この利他的な祭りの崇高さ！」

ラフト工学研究所長、筏未來が、さらさらの長い髪をふわりと指先で払いのけて、得意げに微笑んだ。しのぶは小さく舌打ちした。いちいちキザだ。

筏は色白で端整な顔立ちをし、つやのある長髪、日本人の成人男子の平均身長を十五センチは超えた、すらりとした長身を持つ。しかも、ＭＩＴで博士号を取得した秀才なのだが、この極端に恵まれた容姿と才能が無意味に思えてしまうほど、性格が破綻している。

本日の筏のコーディネートは、サンタの真っ赤な上着に、緑のスパッツときた。このかっこうで事務所に上がってきたのかと思うと、めまいがする。

「だからって、クリスマスの一か月も前から、街中をクリスマスムードに包むのは、勘弁してほしいわね。あんたのそれだって、クリスマス・イブまでまだ一週間もあるのよ？」

来るなり筏がソファに置いた、赤と緑の派手な包みを顎でしゃくる。

「これは、ジャスティス三号へのプレゼントなのだよ」

そう聞いて、ダイニングの椅子に浅く腰かけ、世俗に関心のない猫のような顔で爪を磨いていたスモモが、ぴくりと顔を上げ立ち上がった。彼女は、三号をことのほか可愛がっている。

開けていいかと聞く手間もかけず、スモモは奪うように箱を手に取ると、バリバリと包み紙を破った。彼女も破壊力は抜群だ。

「出原君は以前、三号が無駄に電気を食うと嘆いていたじゃないか。だから試験的に作った光発電モジュールだ」

箱から出てきたレンズのお化けのような代物を、スモモはじっと見つめ、いきなりジャスティス三号に近づいて取り付け始めた。三号が目を白黒——じゃなくて、目の位置にある赤いランプをちかちかと瞬かせた。

妙に人間的なロボットだ。

「屋内でも効果あるの？」

「もちろんだとも。太陽光ほどのエネルギーはないが、蛍光灯でも発電は可能だ。もっとも、三号を二十四時間動かすには、まだ少し足りないので、足りない分は今まで通り、コンセントから充電する必要があるだろうけどね。貧乏な同志諸君のために知恵を絞ったのだ、感謝の言葉はいらないよ！」

筏はカラカラと笑った。

スモモはごく短い試行錯誤の果てに、発電モジュールをあっさり取り付けた。彼女の目がきらきらしているのは、モジュールを見て、きっと何か妙なことを考えついたのに違いない。筏とスモモは、おかしなところで気が合っている。

「どうでもいいけど、気がすんだら帰ってくれる？　これから依頼人が見えるの」

軽く疲労を覚えながら下手に出て頼んだ。変人はさっさと引き取ってもらうに限る。

「ほう、依頼人。近ごろはどんな仕事をしているのかね」

筏がチェシャー猫のようにニタニタしているのは、事務所を開いてすぐの頃、しのぶが依頼人の脱走した飼い猫を追いかけている現場を目撃したからだ。

——いちいちムカつくんだから。

しのぶは唇をひん曲げた。だが、ここで怒るのも大人げない。

「今週は、仮想通貨がらみのウイルスに関する仕事が多いわね」

「仮想通貨を盗むやつかい？」

「いえ、他人のパソコンに潜り込んで、勝手にマイニングするやつ。パソコンの動きが重くなって、感染に気がつくの」

取引所がハッキング被害を受け、仮想通貨が何百億円分と盗難に遭う事件が続発し、仮想通貨の価格が暴落して市場が冷え込んだ後、しばらくはウイルス騒ぎも落ち着くかに見えたのだが。

マイニングウイルスなどと呼ばれるコンピュータウイルスが、またしても流行の兆し(きざ)を見せている。

ブロックチェーンという技術を利用した、仮想通貨のビットコインは、本物の金と同じように、採掘(マイニング)という手続きを経て増えていく。

ブロックチェーンとは、ビットコインの場合、その仮想通貨が誕生してから現在までの、すべての取引の履歴が記載された台帳のようなものだ。採掘者(マイナー)と呼ばれる大勢の人々が、取引の台帳を共有することで、機器の障害などによりデータが失われたり、内容を改ざんされたりすることを防いでいる。新たな取引が発生した時、マイナーはその取引が正しいことを確認するために「ハッシュ値」と呼ばれるものを計算し、最初に計算を終えた者が新たな台帳に結果を書き込む。

この「最初に計算を終えた」マイナーに対して、報酬として仮想通貨が支払われるのだ。初期のビットコインは、一般的なパソコンでもマイニングに参加して報酬を得ることができたが、今では企業を含め、大勢が計算速度の速いコンピュータを投入しており、よほどの投資を行って設備を整えなければ、報酬が得られなくなっている。また、ビットコインの採掘に使われる総電力量は、世界百五十九か国の消費電力量を超えているとの研究があるほど、大量の電気を食う。

そこで、マイニングウイルスの出番だ。

他人のパソコン資源と電気代を勝手に利用してマイニングに参加し、報酬はウイルスの製作者がいただいてしまおうという、なんともケチくさい代物なのだ。

「まあ、一種のグリッド・コンピューティングと言えなくもないからね。他人のパソコンの余力を、マイニングに使わせてもらおうというわけだ。そういう小狡(こずる)さは、嫌いじゃないのだよ！」

筏がにたにた笑った。美男も台無しだ。

「あんたがマイニングウイルスを作ってたとしても、あたしは驚かないけどね」

「おはようございまーす」

元気のいい声がしたかと思えば、ウサギ柄のマイバッグに食材をたっぷり詰め込んだ笹塚透が、玄関から顔を覗かせた。毎日、アルバイトに来る前にスーパーに立ち寄り、買い物をすませてくるのだ。

「お客さんが来られていたので、一緒に上がっていただきました」

どうぞ上がってください、と背後の誰かに声をかけている。

「おやおや、これは」

透の後ろから現れた制服姿の少女を見て、筏があからさまに興味を示した。しのぶは内心で舌打ちした。

——だから、こいつをさっさと追い出したかったのに。

そう、本日の依頼人は、女子高生なのだ。

しっしっと、犬でも追うように帰れと身振りで示したが、筏はこっちを見ちゃいない。清楚（せいそ）な雰囲気の女子高生に見とれている。なんと女子高生のほうも、室内に入ったとたん、たぐいまれなる美男に出会って頬を赤らめているではないか。

——いいから、その珍妙な服装のほうを、しっかり目に焼きつけておきなさい。顔は見なくていいから。

しのぶは咳払（せきばら）いして注意を引いた。

「おはようございます。室月（むろづき）さんですね。どうぞ、こちらにおかけください」

とっておきの笑顔を披露し、デスクのそばの丸椅子を指す。本来なら応接用のソファに座ってもらうのだが、いま筏がどっしりと腰を据（す）えているそちらには、座らせるわけにいかない。

透は、筏の顔を見たとたん状況を把握したらしく、「しまった」と言いたげな表情になり、そそくさと台所に退散した。たしかに、何の予告もなく依頼人を事務所に上げたのは軽率だったが、透を責めるわけにもいかない。悪いのは筏だ。

床に座り込んでジャスティス三号と戯れていたスモモも、客が来ると、すぐさま私室に逃げ込んでいった。

「ラフト工学研究所長の筏です。こちらの探偵さんたちとは昔なじみの友人でね。彼女たちはとても優秀だから、泥船に乗ったつもりで頼るといいですよ」

サンタ服の筏が、大きな顔をして自己紹介した。誰が泥船だ、誰が。

女子高生——室月里奈(りな)は、若干、不安そうな表情で丸椅子に腰かけた。重そうな学生鞄を床にそっと下ろす。

「あの、日曜日なのに、すみません。ウイルスに感染したパソコンを診てくれる探偵さんがいらっしゃると、学校で聞いたので——」

里奈が、舌足らずな感じで話しだすのを、しのぶは頷いて遮った。

「ええ、承知しています。うちは日曜も営業してますよ。パソコンを持ってきました?」

「これなんです」

少女は、学生鞄から薄いモバイルパソコンを取り出した。

　実は先週から、彼女の通う私立の女子校で、マイニングウイルスが蔓延している。ネットでIT探偵を見つけて、ここにパソコンを持ち込んだ最初の生徒が情報を広め、次から次へと同じ制服の高校生がパソコンを持ってくるようになった。高校生から法外な料金をふんだくるわけにもいかないので、一回たったの千円で引き受けているが、さすがに面倒だし飽きてきた。

「ねえ、ウイルス退治のやり方を教えるから、次からあなたが学校でやってみない？」

　えっ、と呟いたきり、里奈が硬直している。偏差値の高い高校に通っているし、賢そうな少女なのに、自信がなさそうだ。起動した画面を彼女のほうに向け、しのぶは身を乗り出した。

「そのかわり、今日の料金はタダにするから」

「でも――私、パソコンとか、あんまりよくわからないんです。勉強しなきゃって親が買ってくれたんですけど、機械をさわるの苦手だし」

「大丈夫。きっちりやり方を教えてあげる。あなたの学校で流行ってるマイニングウイルスは、今のところ同じ種類だから。退治は簡単だし、もし別のウイルスだとわかったら、その時はうちに持ってくればいいわ」

　筏がにやにやしながら、こちらのやりとりを見ている。どうせ、手間を省こうとしていることくらいは見抜いているのだろう。

そろそろ生徒の誰かに仕事を押しつけるつもりだったので、ＵＳＢメモリにウイルスチェッカーと、ワクチンプログラムを入れておいた。あとは、ＵＳＢメモリをパソコンに差して、それぞれ実行するだけだ。

「これならできるでしょ？」

丁寧に説明しながらやり方を見せると、里奈がホッとした様子で頷いた。

「はい。同じことをするだけでいいのなら、なんとかできそうです。このＵＳＢメモリ、ほんとにお借りしていいんですか？」

「それは、あなたにあげる。そのかわり、困ってる友達がいたら手伝って、ウイルスを退治してあげてね」

「はい！」

――やれやれ、これで楽になる。

目を輝かせる里奈に、しのぶはとっておきの笑顔を見せた。

「それから、保護者の皆さんが、もしコンピュータ関係のトラブルでお困りの場合は、ぜひわがＩＴ探偵事務所にどうぞ。言っておくけど、これ宣伝だから、本気でよろしくね」

台所から、派手に噴き出す音が聞こえてきた。透のやつめ、近ごろ狎れすぎだ。後で叱っておこう。

「これ、マイニングウイルスって言うんですか？」

「そう。他人のパソコンを勝手に使って、仮想通貨を採掘するの」

「ビットコインですね！」

　里奈のような高校生の口から、ビットコインという言葉がすらすら出てくるようになったとは、仮想通貨も市民権を得たものだ。

「仮想通貨は世界に千五百種類以上あると言われていて、作られた目的や開発者が違うのね。ビットコインはそういう仮想通貨のハシリなの。ビットコイン以外の仮想通貨は、ひとまとめにしてアルトコインと呼ばれるんだけど、イーサリアム、リップル、モナコイン、それに取引所のコインチェックが五百八十億円分を盗まれたことでいっきに知名度を上げちゃったネムとか、いろいろあります。それぞれに特徴を持ってるの」

　しのぶは、おもむろに仮想通貨の解説を始めた。

「そうなんですね。うちの父が、ビットコインに投資しているんですけど、私は何がいいのか、よくわからなくて」

「あら、そうなの」

　ビットコインのマーケットは、価格変動が激しい。二〇一五年には、一ビットコインが二万五千円以下だったこともあるが、二〇一七年の十二月には、一時的に二百五十万円を超えた。もしも、二万五千円で購入した人が、最高値まで持ち続けて、良いタイミングで売り抜けることができていれば、およそ百倍だ。実際、資産価値を億単位に増やした人もいて、「億り人」などと呼ばれているらしい。

とはいえ、そう簡単にうまくはいかないのが投機の世界だ。その後はあっという間に四十万円を割りこんだ。価格が上がれば、「もっと上がるに違いない」と思って手放せず、下がれば「もっと下がるかも」と慌てて売ってしまう。欲が目を曇らせる。たとえ現在保有するコインの価値が一億円を超えていたとしても、売却して利益を確定するまではわからない。

もしコインを大量に保有していれば、値段が上がったところでいっきに売ると、自分の取引のせいでコインの値段を下げてしまう。

しかも、売却益が出たとしても、そこには所得税がかかる。

さらに言うなら、仮想通貨のほとんどが、価値の裏付けを持たない。ごくまれに、金本位制をうたう仮想通貨があるが、たとえばビットコインは「採掘」という労働から生み出された通貨で、市場に参加する者たちの約束事のなかで通貨としての価値を認められ、流通している。その約束が破棄された時、ただの紙切れ——ではなく、ただの無価値なデジタル信号に過ぎなくなる恐れもある。ビットコインの価格が上がりはじめたころ、JPモルガンのCEOが「ビットコインは詐欺だ」と言いきったのも、むべなるかなだ。

だが、そんな話を室月里奈にしても、父親の投資にケチをつけられたように感じるだけだろう。ここは黙っていようと、しのぶは笑顔で口を閉じた。

「ちいいい！　仮想通貨を投機の対象とする連中が市場にのさばったせいで、仮想通貨の理想は死んだのだよ、諸君！」

いきなり筏が、かん高い声で叫んだ。

「ちょ、筏」

「強欲な投機家連中は天罰を受けよ！　仮想通貨バブルが弾けた瞬間に、大損をしただろうとは思うがね。仮想通貨の信用取引をしている連中も多いから、市場が下げ基調になれば、さぞや死屍累々（ししるいるい）だろう」

里奈はこわばった表情で、怖そうに筏に見入っている。

「よしなさいって。相手を見なさいよ、相手を。室月さんに関係ないでしょう」

「本来、ブロックチェーンと仮想通貨は、未来への希望だった！」

ソファに座ったまま、筏は大きく両手を広げて天を仰いだ。聞いちゃいない。

未来への希望と聞いて、なぜか既視感に襲われた。どこかで耳にした言葉のような気がするが、ひょっとすると筏が以前にも得意げに吹聴（ふいちょう）していたのだろうか。いいかげんに聞き流して、忘れているだけかもしれない。

「あの、仮想通貨の理想って何ですか？」

里奈が果敢（かかん）に尋ねた。筏は、彼女を涼しい瞳で見つめた。

「もちろん、国家転覆だ！」

——やめてよ、ほんとに。

脱力しながら、しのぶも筏に負けじと声を張り上げる。

「だから、子どもにそういう冗談を言うのは、やめなさいって！」

「冗談ではない。そもそも、ブロックチェーンの最大の特徴は何かね？〈中央〉を持たないことだよ、同志出原君。円を刷るのは、日銀だ。中央銀行である日本銀行と日本政府が、円という通貨をコントロールしている。だが、仮想通貨に〈中央〉はない。〈中央〉がないから、複数の参加者で台帳のデータをコピーして持ち合い、保管する。誰かのコンピュータが故障して台帳が吹っ飛んでも、他の人間が正しい台帳を持っているから心配はない。仮想通貨こそは、僕たち市民に貨幣の制御権を取り戻す仕組みだよ。それを理解しているから、中国政府は国内でのＩＣＯ、つまり仮想通貨による資金調達を禁止し、事実上、ビットコインの取引を禁止に追い込んだ。他の国々もいかにして仮想通貨を骨抜きにし、体制に取り込むかを検討している」

しのぶは筏に気圧されて黙った。頭のネジが二、三本飛んだ男ではあるが、珍しくまじめな顔をして、こんなことを考えていたのか。

「通貨の偽造が、どんな国でも重罪とされる理由を考えてみるといい。誰かが、円をじゃんじゃん好きに印刷すればどうなる？　円の価値は凋落し、国が亡ぶかもしれん。仮想通貨は、それとはもちろん違うが、かなり近いことをやっているんだ。円でもドルでもユーロでも元でもない。どんな通貨にもリンクしない、新しい通貨がぽっと生まれて、みんながそれに価値を認めて使いはじめたら、どうなると思う。今までとはまったく別の、新しい経済圏が生まれる」

しのぶは頷いた。それはある種の〈地下経済〉だ。犯罪者がビットコインに目をつけたのも、そういう理由だ。

「しかもそれは、〈中央〉たる管理者を持たないから、どんな国家もコントロールすることができない――」

「その通り！」

筏が嬉しそうに両手をこすりあわせる。

「国家の仕組みを超えた、新しい経済が始まる。ネットは人類から物理的な距離を奪い、どこにいる誰とでも親しく言葉を交わせるようにして、国家の線引きの無意味さを教えてくれた。今それに加えて、仮想通貨が貨幣から国境をなくそうとしている。それは、究極の平和をもたらすだろう」

――だから、未来への希望か。

しのぶは筏を見つめた。あいかわらず、アナーキーなやつだ。筏は両手を風車のように振り回した。

「だが、仮想通貨には実体がない。国家による保証もない。危険な投機先とみなされ、J

PモルガンのダイモンCEOが『詐欺』と言明したようにレッテルを貼られてしまえば、その理想は死んでしまうだろう。せっかくの貴重な武器なのに、そのメリットも意義も理解できない、ただ強欲で利己的な輩が、理想の通貨を殺すのだ！」

「まあ、たとえ国境がなくなったところで、人類から争いが消えることはないわね。なにかしら理屈をつけて、いつまでも殺し合ってると思うけど」

「同志出原君の弱点は、その徹底的にシニカルで悲観的なものの見方だ」

筏がにやりとした。

里奈は、目を白黒させながら聞いている。マイニングウイルスを退治してもらうために来て、とんだ話を聞かされたと思っているだろう。

「ああ、ごめんなさいね。おかしな演説を聞かせて」

「いえ――」

しばらくして、透がお茶を運んできた。里奈は品よく紅茶を飲んで、USBメモリの礼を言って帰っていった。

「筏がそれほど、仮想通貨のアイデアに惚れこんでるとは知らなかった」

「ふむ。能ある鷹は爪を研ぐのだよ、同志出原君」

「言っとくけど、あたしだってお金は大好きよ。投機で本当に稼げるなら、じゃんじゃん手を出しますからね。ただ、ああいうものは、当座の生活に必要ない、余裕のある資金でするものだと思ってるだけで」

損をしたところで笑ってすませられるくらいのお金ならいい。家賃の支払いにも困るような探偵が、投機に手を出してはいけない。

筏が「ケケケ」と妙な声で笑った。

「それはそうと、ラフト工学研究所でも、新しい仮想通貨を作ろうとしているのだよ」

「あんたまで作るんですって？」

しのぶは思わずずっこけた。あれだけ、仮想通貨に群がる人々をけなしておいて、自分も参加するとはどういうことだ。

「僕が作るのは、理想の通貨だ。完成すれば、同志のよしみで真っ先に教えてあげよう。流通の初期に手に入れれば、メリットが大きいからね」

「──あら。それは」

ごくりと唾を呑む。ビットコインを初期のころに採掘した人々は、ほとんどタダのような投資額で、濡れ手で粟というやつで巨額の資産を築いたはずだ。

──いやいや。筏が、なんの見返りもなく、そんな美味しい話をよこすはずがない。

「では、そろそろ僕もおいとましよう。アディオス、麗しの同志たち！　見果てぬ黄金の夢を見て眠れ！　睡眠はお肌の味方！」

投げキッスをすると、筏は滑るように事務所を出て行った。人見知りするスモモがどうして筏とは仲がいいのか、まったく理解できない。

「もう、お昼のしたくをしてもいいですか?」

台所から透が顔を覗かせた。来客中に調理をすると匂いが事務所に漂ってくるので、遠慮していたらしい。

そう言えば、めったに事務所に来ることのない筏だが、以前に一度、透の作るサンドイッチを食べて以来、ここで食事がしたいと言い続けていた。今日は里奈に見とれて、忘れていたようだ。いいことだ。

「いいわよ。午後から田端刑事が来るから、その前に食事にしましょう」

忙しいのなんのと、のらりくらりと来訪を先延ばしにしていた田端も、ようやく覚悟を決めたらしい。デラさんの娘が誘拐された事件について、詳しい話をするためにやってくる予定だ。

探偵事務所も、先日のゲートマンション事件が片づいてから、大きな仕事は入ってきていない。ちょうどいい頃合いだった。

——未来への希望。

ふいに、筏の言葉に抱いた既視感の正体をつかんだ。

——なんだ。ウイルスの〈ミライ〉と〈キボウ〉じゃないの。

サイバー防衛隊の明神海斗に、〈キボウ〉の開発者について調査するよう頼まれている。時間のある時に、スモモが調べているが、今のところほとんど進展はない。おそらく、〈キボウ〉が動きだす来年の一月二十一日にならなければ、開発者の真意は理解できないだろう。

害を与えるウイルスの名前が「未来」や「希望」だなんて、ひどいネーミングだ。

――しまった。三号の発電モジュールをのんきに開発するくらい筏が暇なら、〈キボウ〉の調査に引きずりこむのだった。

後悔しても、後の祭りだ。

台所から、いい香りが漂ってきた。

「しのぶさん、今日のランチは、白菜とベーコンを投入した豆乳のスープです！　カロリー控えめですが、お好みでバゲットにチーズを載せて焼いてもいいですよ」

透の言葉を聞いただけで、今日もおなかがすいてきた。

2

「いくら探偵さんといえども、他人の過去や生活に首を突っ込むのは、あまり良い趣味とは言えないと思いますがね」

ようやく現れた田端刑事は、ソファに腰を据えるなり、事務所をじろじろと見渡して皮肉を言った。あまり機嫌が良くないようだ。

しのぶはデスクの裏側に座り、肩をすくめた。

「その点に関しては、既に合意しているものと考えていましたけど。私たちが小寺さんの事件を調べようとしているのは、趣味や好奇心のためじゃありません。いつも私たちを助けてくれる小寺さんに、恩返しがしたいだけなのよ」

「恩返しね」

スモモは、部屋の隅でジャスティス三号の頭を抱えてぼんやりしている。彼女の助けは当てにしていないが、真冬にショートパンツを穿くのは、見ているこちらが寒気を感じるのでやめてほしいとは思う。

「失礼ですが、あなたがたのことも少し調べさせてもらいましたよ」

田端がどこか憂鬱（ゆううつ）そうな調子で言いだした。

「出原さんは元防衛省の職員。東條さんは警視庁の職員だったそうですね。先般のサイバー戦争にからみ、問題行動をして解職された。つまりはクビになった」

「何が言いたいのかわかりませんけど、それをご存じなら話が早いわ。それをお聞きになったのなら、サイバー戦争から、あやうくリアルの戦争になるところを止めたのが私たちだということも、ご存じでしょうね」

「――あなたがアノニマスのメンバーだったことは聞きましたよ」

「たしかにメンバーでしたが、田端さんはハクティビストに対して誤解があるんじゃありませんか？」

活動家(アクティビスト)とハッカーを組み合わせて、ハクティビストという。政治的な意図でハッキングを利用して活動する人やグループのことだ。

「誤解ではありません。防衛省時代のあなたの仕事ぶりについても聞きました。成果が出せると思えば、進んでルールを逸脱する。点数を稼ぐためには、他人を脅迫するのもためらわない。いわば溺(おぼ)れかけている人間の頭を押さえつけて、水に沈めて情報を取るタイプ。──そういう話をあちこちで聞きました。犯罪すれすれだったそうですね」

──ええと、どの件かしら。

しのぶは微笑を浮かべ、脳内データベースを検索した。

仕事がダーティなのはいつものことなので、いちいち細かいことまで記憶していられない。もちろん、今でもアノニマス時代の仲間たちから、勧誘を受けていることは内緒だ。

それはそうと、早急に態勢を立て直す必要がありそうだった。

「そういう人に、事件の背景を教えていいものかどうか心配なんです」

田端がため息をつく。厄介(やっかい)な連中と、うかつに関わってしまったと後悔しているのだろう。しのぶはデスクに肘をついた。

「田端さん。仮に、ある男を放っておくと、大勢の罪もない人々がテロに巻き込まれて死ぬことがわかったとしましょう。その男の居場所を知る家族がいて、違法だけどパソコンをハッキングすれば男を捕らえることができるかもしれない。その時、あなたならどうします？」

田端が目を光らせてこちらを睨む。負けるわけにはいかない。

「私がやってきたのはそういうことです。ルールを守るだけでは、大きな犯罪を防ぐことはできなかった。私の行動はグレーで、真っ白ではないでしょう。だけど、ルールを守って真っ白だけど事件を防げない人間と、逸脱してグレーだけど事件を防ぐ人間と、どちらを選ぶかと言われれば、私は常に後者になりたいと思っています。とはいえ、公務員はルールを守るべきです。だから私たちは、公職を辞めてフリーになったんです」

しばらく睨み合いが続いた。

ようやく田端が視線を外し、目を細めてふっと息をつく。緊張が解けた。

「美人でとても気が強くて口が達者だ。だから、ついみんな気を許してしまう。——そうも聞きましたよ」

それが、田端が白旗を上げる合図だった。ちょうど、透がお茶を運んできた。今日ばかりは、〈バルミ〉からコーヒーの出前を取るわけにはいかないのだ。

「以前、小寺さんと私は、あるカルトな新興宗教団体を調べていましてね」

ぽつぽつと田端が話し始める。

「信者を道場に集めて集団生活をさせ、財産を奪うというので、複数の家族から警察に訴えがあり——行方不明者も大勢、出ていたんです。小寺さんは、ある二十代の男性信者と仲良くなりましてね。自分もその宗教団体に興味を抱いているふりをして、ふたりで会って内部情報を得ていた。仮にSと呼んでおきますが、彼は女性教祖の身の回りの世話をしていて、教団のカネの流れに詳しかったんです。重要な情報源でした」

「たぶん、その宗教団体、知ってます。そのころ私は日本にいなかったけど、海外でも大きく報道された事件ですよね。宇宙のパワーを、霊石を通じて得るとか言って」

「そう、それです。〈救いの石〉という宗教法人でした」

国を取り巻く諸問題がある。少子化による将来への懸念や、高齢化の諸相、経済の先行き不安、近隣諸国との外交問題。

それらすべては、この国の〈気〉の流れが停滞している箇所があるせいで、その停滞を解消しなければ国が亡びると、教祖が信者に教え込んだ。

「たしか信者の中に、〈気〉の停滞は爆破によって解消できるとか言いだすやつがいたんですよね。東京で爆弾騒ぎを起こして、教祖以下、主な幹部が一網打尽にされたはず」

思い出したくもないが、権力闘争の末に、何人もの信者が殺されて、薬品で骨まで溶かされたという凄惨（せいさん）な事件でもあった。

「そうです。Sは、そういう現場を見聞きするうちに、教団から逃げたいと小寺さんに相談するようになったんです。その頃にはもう、小寺さんの正体にも気づいていたんでしょうね。腹を割って、話すようになっていた。だけど、彼は情報源として優秀で、価値がありすぎた。だから、小寺さんは彼に頭をさげ、もう少しだけ我慢して、教団内部の情報を教えてほしいと頼むしかなかった」

話の行方がだいたい想像できて、しのぶは眉間に皺を寄せた。

「ある日を境に、Sとは連絡が取れなくなりました。後に幹部らを逮捕してわかったことですが、Sは教団内部の権力闘争に巻き込まれ、殺されていたんです。一部の幹部に、警察のスパイではないかと疑われていたようです。亡くなった時、彼はまだ二十七歳でした。小寺さんが、どれほど衝撃を受けたか——」

田端が膝に置いた手をぐっと握りしめる。

「そのSという男性には、家族はいたんですか」

「家を出て教団と行動を共にするようになった時は両親が健在でしたが、Sが殺害された頃に、父親が病気で亡くなっています。残されたのは母親ひとりです」

しのぶは頷いた。これ以上、田端に辛い話をさせるのもしのびない。

「小寺さんのお嬢さんが誘拐された時、警察はSの母親を疑ったんですね」

「——そうです」

田端も観念したように頷いた。

しばし、事務所に沈黙が下りた。スモモはジャスティス三号に張りついたままだし、透は台所に逃げ込んでいる。話は聞こえただろうが、賢い少年だから、聞かなかったことにしてくれるだろう。

「で、母親が犯人だったんですか？」

「わかりません。Sの母親は、教団の事件が発覚した後で」

Sの死が発覚した時に、警察が母親に連絡した。公安警察との関わりについては教えなかったのだが、教団内部にいたSの知人が、彼が殺された理由を教えたそうだ。

「遺体も出ませんでしたからね。諦めきれなかったんでしょう。母親は、関係者を回って情報を集め、Sと会っていた警察官が小寺さんだと突き止めてしまったんです」

プロも顔負けの調査能力だ。凄惨な事件だったし、息子を失った母親に周囲も同情したのだろう。秘密主義の公安警察に所属する警察官の名前まで探りあててしまうとは、たいしたものだ。

――感心してる場合じゃないけど。

「母親が、小寺さんに面会したいと警察署に来ましてね。僕らは断ろうとしたんだけど、記者に話すと言われて、小寺さんが会うことにしたんです。とても誠実な対応だったと僕らは感じましたが――」

デラさんならきっと、母親の悲しみに寄り添おうとしたはずだ。だが、仕事柄、話せないこともあっただろう。Sから情報を得ていたと、正直に言えなかったかもしれない。

「納得しなかったんですね。母親は」

田端が無言で頷く。

あれは仕事だったと突っぱねることも、できたはずだ。デラさんと会っていたことを理由にSが殺されたのだとしても、悪いのは教団の加害者たちだ。

――だけど、デラさんは自分の責任だと考えた。

「その後すぐ、母親は自宅を売って、姿を消したんです。親戚にも黙って」

息子を奪われた母親が、デラさんを恨み、彼の娘を誘拐した――。

「自分と同じ目に遭わせようとしたんだと、そう考えてるんですね？」

「和音ちゃん――小寺さんの娘が行方不明になった後、我々はいろんな線を追いました。日本は比較的、安全な国ですが、それでも八歳の女の子がいきなり姿を消す理由なんて、いくらでもあるんですよ。川や湖に落ちたかもしれない。車に轢かれて、遺体を捨てられたケースもあります。小寺さんには聞かせられませんが、性犯罪の餌食になって、遺体がまだ出ていないだけかもしれない。だから、幼女を対象にする性犯罪者の情報も調べて、ひとりひとりのアリバイを確認しましたよ」

当時のことを思い出したのか、クールな田端の声に、強い感情が滲んでいる。

「ですが、何も出ませんでした。近くの川も、公園の池も浚いました。和音ちゃんが学校から帰ってくる道で、見慣れない車が停まっていたという報告もいくつかありました。調べましたが、配達の車だったり、あるいは目撃者がみんな別の車種や色だと話したりで信憑性がなかったり――。手がかりにはならなかったんです」

あれだけ、しのぶたちに手の内を明かすことを躊躇していた田端だが、いざ話し始めると饒舌だった。七年もの間、ずっと胸につかえていた秘密を、やっと解き放つことができて、ホッとしているような印象だった。

「最後まで残ったのが、Sの母親の線です。小寺さんに強い恨みを抱く人物。ところが、彼女の行方はまったくわかりません。親戚、友人、誰とも連絡を取っていないんです。自宅を売却した金を持って、消えたんですよ」

「この現代で、そんな離れ業ができるのかな――」

しのぶは首をかしげた。

たとえ、家を売った金で細々と生活していくとしても、まったく世間と接触せずに暮らせるはずがない。銀行口座も持っていないのだろうか。

「彼女は運転免許を持っていたんですが、姿を消した後は更新せず、失効しました。自分名義の銀行口座やクレジットカード、固定電話、携帯電話、すべて解約したんです。住民票はそのままです。徹底してますよ」

「だけど、どこかに住んでいるはずですよね。家を買ったら登記が必要だし、賃貸なら銀行口座や保証人やその他もろもろ——煙のように消え失せてしまうなんて、どうやったらそんなことができるのか——。親族や友達の誰かが、協力しているんじゃないんですか」

「それも考えましたが、息子のSが新興宗教にハマった時に、一家は親戚一同から縁を切られてましてね。友人たちとも疎遠になったんです。その線は薄いと見ています」

「Sの友達はどうですか？　教団内部にいた知人が、彼が殺された理由を母親に教えたということでしたが」

「彼女は、事件の後しばらくして自殺しました。心を病んでいて」

知人というのは女性だったのか。しのぶは目を瞠り、椅子の背にどさりと身体を預けた。なんとひどい話だろう。ひとを救うはずの宗教が、多くの関係者を不幸にしている。

「その知人も、教団内部で浮いた存在だったようで、Sは唯一の友達だったそうですよ。他の教団関係者は、Sをスパイ呼ばわりしていたくらいですから、母親に協力するとも思えませんね」

田端は、どこか気の毒そうに言った。

——ひとりの人間が、完璧に自分の足取りを消す方法、か。

しのぶは唇を嚙んだ。

ＩＴ探偵にも何か手伝えることがあるかもしれないと、大見えを切って田端から情報を仕入れたものの、これは予想以上の難問だ。

「田端さん。Sの母親の写真はありませんか」

「たぶん欲しいと言われると思って」

田端が、一枚のプリントされた写真を手帳から取り出した。

大学生くらいの青年と、中年の女性が並んで笑顔で写っている。まっすぐで頑固そうな眉の形と、人の好さそうな目がそっくりだ。

「Sと母親です。大学卒業直後の写真だそうです」

スキャンするつもりだったが、くれると田端が言うので、そのままありがたくいただくことにした。

「どうです、何か手がかりを見つけられそうですか」

皮肉かと思ったが、田端は真面目に尋ねているらしかった。

「警察が七年かけても、追いきれない人ですからね。そう簡単に見つかるとは、私も考えておりません。ですが、私たちにはこれがあるから」

しのぶが自分のノートパソコンを軽く叩いて見せると、田端がちょっと意表を衝かれた様子で目を瞬いた。

「――期待してますよ。進展があれば教えてください」

そう言い残し、彼は帰っていった。

スモモがさっそく、Sの母親の写真を、スキャナでコンピュータに読み込ませている。

しのぶと同じことを考えているのだろう。

――この写真を使って、ネット上に公開されている大量の画像のなかから、同一人物の顔が写っているものを探し出す。

気が遠くなるような作業だが、しのぶたちがやるわけではない。コンピュータに自動的に探させるのだ。

家まで売って姿を隠した女性が、ＳＮＳに登録して、自分の写真をアップしているとは思えない。だが、誰かの写真に写っている可能性はある。

――まだ生きているなら。

グーグルの画像検索機能を使って、一般人の顔写真を検索したところで、同一人物の写真が出てくることは、まずない。その画像と雰囲気の近い画像を引き当てるだけだ。

「しかたない。自分たちでプログラムを書きますか」

「書く」

スモモが小鼻をふくらませた。

「顔認識の技術は、この何年かで飛躍的に進化をとげているもんね。ＯｐｅｎＣＶとか、オープンソースのライブラリを使えば顔認証だってかんたんに実装できるよね」

「できる！」

いちどプログラムを書いてしまえば、あとはコンピュータに処理させるだけだ。Ｓの母親だと思われる写真が見つかれば、メールで通知するようにしておけばいい。何年もかかるかもしれないが。

「問題は、比較対象の写真を、どこから持ってくるかだよね」

スモモは俄然（がぜん）やる気が出たようで、自分のノートパソコンを開いてソファに寝そべり、さっそく作業を始めた。

ちょうど、事務所の仕事が一段落したところでよかった。手分けして作業を進めながら、姿を消したSの母親を思う。

ひとり息子を教団に奪われた、やり場のない怒りと悲しみが、デラさんに向けられたのだろうか。デラさんを苦しめるために、本当に八歳の娘を誘拐したのだろうか。

人間ひとりが痕跡を消すのは、容易なことではない。

たとえ蓄えがあっても、生きている限り食事をするし、住む場所だって必要だ。電気やガス、水道だって使う。銀行口座を持っていないというのは本当だろうか。

思いついて、〈救いの石〉教団の事件について、ネットで調べてみた。被害者の名前も報道されたはずだ。裁判で明らかにされたのは、七名の信者が殺されたことだった。二十七歳の男性はひとりしかいない。

「狭川憲一（さがわけんいち）――」

その名前で検索すると、古い新聞記事が見つかった。狭川の遺影を背景に、母親が座っている。『母親の浪子(なみこ)さんは』という本文に目を留め、氏名を書き留めた。

狭川憲一、母の狭川浪子。

まずはこれが、最初の手がかりだ。

3

室月里奈が再び泣きついてきたのは、水曜日だった。夕方に電話をかけてきて、事務所にやってきた。

事務所の窓を、冷たい雨が叩いていた。東京では雨だが、東北や北海道では大雪になったようだ。

「学校のパソコン室にあるパソコンも、同じウイルスに感染してると思ったんです。とっても動きが重くて、何もしてない時にもカラカラと何か回るような音がしていて」

今日は筏がいないので、里奈をソファに座らせた。不安そうな彼女がきょろきょろしているのは、筏を捜しているのかもしれない。いつも思うのだが、筏の美しい顔立ちは、中身を伴わない分、ただの罪作りだ。

「それ、先生に報告した？」

里奈の表情が、さらに曇った。彼女はぶんぶんと首を横に振った。

「報告する前に、試しにやってみようと思って、昨日の放課後、ＵＳＢを差してウイルスチェックをしてみました。そしたら――」

いきなり、彼女の目に涙が浮かんだので、しのぶは慌てた。

「ど、どうしたの？　室月さん！」

「私、どうしたらいいんでしょう。もう、どうしたらいいのかわからなくなって――」

「いやいや、だから、何があったのか話してみてよ」

「五十台あるパソコンが、次々にダウンしていって、そのまま一台も起動しなくなっちゃったんです！」

「――いやあ、普通に考えてそれ、おかしいでしょ」

ハンカチを握って、ぐすぐすと泣いている里奈に、しのぶは首をかしげた。

「あなたに渡したＵＳＢに入っていたのは、マイニングウイルスに特化したウイルスチェック用のソフトと、そのワクチンソフトなのよね。それで、ＵＳＢを差したパソコンが、仮にどうにかなった――ならないけど――としても、どうして他のパソコンまで、いっせいに故障しちゃうの？　おかしいでしょ。それで、あなたはどうしたの？」

「怖くなって、パソコン室から逃げ出しました。そしたら、今朝のパソコンの授業で発覚したようで、大騒ぎになってしまって」

今日は気分が悪いからと早退して自宅に戻り、ようやく先ほどになって外出する気力が湧いて、ここまで来たのだそうだ。

——ウイルス感染を疑った時点で、すぐ先生に話せばよかったのに。

そう思ったが、今さらそんなことを言ってみても始まらない。まずは里奈を落ち着かせ、必要とあらば学校にも事情を話すべきだ。

あれだけパソコンが苦手だと言っていた里奈が、自分でウイルスチェックをかけてみようと思うなんて、たいした進歩だ。

「あなたに渡したUSB、いま持ってる?」

里奈が鞄から取り出す。ひょっとすると、他の生徒のパソコンから、別のウイルスにでも感染したのではないかと疑ったが、そうではなかった。

念のために、USBの中身のプログラムも再度確認したが、おかしな点はない。

——変なの。

「USBを差したから故障したわけじゃなくて、たまたま同時に何か起きたんじゃないかな。たとえば、電気のブレーカーが落ちたとか。どう、部屋の照明はついていた?」

「ふつうについていました」

「うーん、とりあえず、このUSBは関係ないわね。もうさ、いっそのことシカトしちゃえば?」

「シカト?」

「なかったことにするの。自分は一切、この件に関わっていないとシラを切るわけ」

「そんな――」

滂沱たる涙が、里奈のつぶらな瞳から流れ落ちる。怖くてとっさに逃げたものの、良心の呵責にさいなまれているらしい。

しのぶはため息をついた。

――なんだか、最悪の貧乏くじを引いてる気がするんだけど。

お金にもならない案件なのは間違いない。だが、彼女をこのまま見捨てるわけにもいかないだろう。

「わかった。とりあえず、すぐ学校に連絡して、これから状況を説明しに行きましょう」

「本当ですか？　ありがとうございます！」

蒼白だった里奈の頬に、かすかに赤みが戻り、ホッとした様子になった。まだ五時前だ。そんなたいへんな状況なら、パソコン室を担当している教師だって、まだ学校にいるだろう。一緒に高校に行き、必要とあらば問題解決にあたるしかない。

ただ心残りなのは、デラさんの事件だ。

Sの母親こと、狭川浪子の写真を、ネットの海から探しだすためのプログラムは、完成に近づいている。事務所内にサーバーを立て、それで二十四時間、検索させるつもりだ。しばらく作業を中断しなければならないのが、残念だった。

「S、やっとく」

ソファの上に正座し、無双の集中力を見せて作業を続けていたスモモが、ちらりとまつげを上げてそう言うと、また作業に戻った。

「えっ、スモモが全部やってくれるの?」

彼女は昨日の夜もほとんど寝ていないはずだ。集中すると寝食を完全に忘れるタイプで、健康を害する恐れがあるので、しのぶが無理やり作業を中断させ、食事をさせたり、風呂に入るよう指示したり、パソコンを取り上げてベッドに押し込んだりするのだが、それでもいつの間にかまた仕事に戻っている。

今回はデラさんに関する事件だから、スモモの熱の入れ方もひとしおだった。

——やりすぎないか、ちょっと心配だけど。

「それじゃ、帰ってくるまで頼むね。あんまり根をつめすぎて、倒れちゃだめよ」

スモモが無言でかすかに顎を引いた。

里奈の通う女子校は、東急東横線(とうきゅうとうよこ)の祐天寺(ゆうてんじ)駅から徒歩で行ける場所にあった。ビニール傘を差しても、スーツのスカートに降りかかる雨は防げない。しとしとと陰気な雨だ。

庶民的な感覚の街だが、彼女の学校自体は付属幼稚園から小中高とエスカレーター式に上がる、私立のお嬢様学校だ。

あらかじめ電話をかけ、夕方で申し訳ないとは思ったが、教頭先生と会う約束を取り付けた。

「室月さんは、起きたことを正直に話してくれるだけでいいから。後は私が技術的な話をするからね」

「わかりました」

しのぶが一緒についてきたので安心したのか、里奈はだいぶ落ち着いたようだ。親に先に話すべきだったかという考えが、ちらりと脳裏をよぎったが、里奈が泣きついてきたのは自分だ。今さら考えてもしかたがない。

「教頭の井野(いの)です」

「S&S　IT探偵事務所の出原です」

案内された応接室にいたのは、きちんとスーツを着てメガネをかけた、五十年配の女性だった。年相応に貫禄がついて、顎は二重になり、窮屈なのかスーツの前ボタンを開けている。表情はいかめしく、まるで恰幅(かっぷく)のいいロッテンマイヤー夫人のようだと思った。

本日は突然お時間をいただきまして、と挨拶を始めるしのぶの隣に制服姿の里奈がいるのを、教頭は不思議そうに見つめた。

「パソコン室のことでとおっしゃいましたが、どういうお話でしょうか」

「実は――」

里奈はロッテンマイヤー教頭の前で萎縮しているので、しのぶが主導権を握るしかない。先日来、この学校の生徒たち所有のパソコンがコンピュータウイルスに感染し、依頼を受けて個別にウイルス退治を行っていたことから、里奈にUSBメモリを渡して、ウイルスチェックと退治を自分たちの手でやらせようとした経緯を説明していく。

教頭は見た目の印象よりずっと穏やかな人柄のようで、落ち着いた態度で黙って聞いてくれるので、話しやすかった。パソコン室のくだりは本人から話させたほうがいいので、里奈を促して説明させる。

「——というわけなんです」

「それでは、室月さんがUSBメモリをパソコンに差したとたん、他のパソコンまでダウンしてしまったというんですか」

とても信じられないような話を聞いたと言いたげに、教頭が眉間に皺を寄せる。信じられないのは、しのぶも同感だ。

「たしかに、パソコンが起動しないという苦情が出まして、今日は一日、担当の教師が復旧に努めていますが」

しのぶは身を乗り出す。

「もし差し支えなければ、ご担当の先生とお話しできませんでしょうか」

井野教頭は、判断の速い人だった。

「まだパソコン室で作業をしていると思います。直接、話していただいたほうがいいでしょう。ご一緒に参りましょう」

「助かります」

部活動の帰りだろうか、制服姿や体操服姿の生徒たちが、教頭に頭を下げて挨拶しながら、廊下を行き違う。彼女らひとりひとりに、井野教頭は丁寧に挨拶を返した。制服のリボンが乱れていたり、体操服の裾（すそ）がまくれていたりする生徒には、いちいち注意している。やっぱり、ロッテンマイヤー夫人だ。

――なんだか、懐かしいわね。

しのぶの高校は公立で、しかも共学だったから雰囲気はだいぶ違うが、ハイティーンの頃の気分が蘇（よみが）えるようで、胸が高鳴った。

すれ違う少女たちは、教頭と一緒に歩いている里奈やしのぶを、好奇の目で見ていく。自分はともかく、里奈が後で何か、からかわれたりしないかと、少々心配にもなった。

「早坂（はやさか）先生」

パソコン室と表示された部屋の扉を開け、教頭が中を覗いた。

「ちょっといいですか。どうですか、パソコン復旧の作業状況は」

五十台のタワー型パソコンが並ぶと、なかなか壮観だ。うち一台の前に座り、しかめ面で作業していた若い男性が、教頭の声に驚いたように振り向いた。

「ええと――はい、何でしょう」

一緒にいる顔ぶれをいぶかしんでいる。

「こちらの方と、話してみてほしいんです。探偵の出原さんよ」

探偵と聞いて、早坂は目をぱちくりさせた。神経質そうな目つきをした、二十代後半の男性にしてはずいぶん痩せた男だ。

「IT探偵の出原です」

にこやかに名刺を差し出す。今回はともかく、また何かあった時に、仕事として呼んでもらえるかもしれない。弱小事務所にとって、こまめな営業努力は大切だ。

早坂に、先ほどと同じ話を繰り返さなければならなかった。しのぶが話している間は、黙って聞いていた早坂だが、里奈の話を聞くにつれて、わざとらしくため息をついたりして、だんだん苛立ちを露わにした。おかげで、繊細な性格の里奈が縮みあがり、しどろもどろになってきた。

「やっぱり、そういうことか！　変だと思ったんだ」

「早坂先生、どういうことですか」

教頭が尋ねると、早坂は厳しい目で里奈を睨んだ。

「今朝、パソコンが全台故障していると聞いた時には、耳を疑いました。ありえませんからね――だから、誰かがウイルスを撒いて、故障の原因を作ったんだと思ったんです」

「彼女は、ウイルスを撒いたりしていませんよ。反対に、ウイルスチェックをしようとしただけです」

里奈が凍りついているので、しのぶは見かねて口を挟んだ。

「彼女がそう言っているだけでしょう。あなた、その現場を見ていたんですか」

早坂の冷たい視線がこちらを向く。なるほど、里奈の年齢なら、この視線には反論できないかもしれない。

「早坂先生、以前から、パソコンの動きが遅いとか、重いとかいった話はお聞きにならなかったんでしょうか」

こういう手合いを納得させるには、向こうの主張にまともに反応するだけではだめだ。ただ、事実を積み重ねて、説得力を増していく。最終的には、こちらの話を聞かざるをえないように追い込んでいく。

早坂は、ちらっと苦い表情を見せた。

「──まあ、そういう声を聞いたことはあります。ですが、彼女らは家に帰ると最新型のノートパソコンを持っているわけですよ。学校のパソコンは、それに比べれば型落ちですから。比べられるとそりゃ、遅くて当然じゃないですか」

「遅いというクレームはあったけれど、相対的なものだから問題はないと判断されたのですね。先生ご自身は、こちらのパソコンを触ってみたことはありますか」

「最近では、あまりないですね。ソフトのインストールなどは、集中管理しているので、一台ずつ作業することはないんです」

「では、本当に遅かったかどうかは、先生もご存じないわけですね。こちらの端末、ウイルスチェックはされてますか」

「もちろんです。ウイルスチェックのソフトも入れてます」

「誰かがUSBメモリなどのメディアを持ち込んで、データをやりとりする際には、どうされるんですか」

「防疫用の端末が一台、別にあるんです。それで、外部メディアにウイルスチェックをかけて、問題なければ使用可能です」

里奈を振り返り、問題のUSBメモリも防疫端末に差して、ウイルスチェックをかけたかどうか尋ねると、「かけました」としっかり頷いた。

「それは、日時などからウイルスチェックソフトのログに残っているはずですね」

しのぶの言葉に、早坂がしぶしぶ確認する。

「――そうですね。昨日の夕方、五時二十二分。USBメモリにウイルスチェックをかけて、結果がゼロ件です」

しかし、と早坂はあくまで食い下がった。

「これが、あなたがたの言う、ウイルスチェックソフトの入ったUSBメモリだとして、それ以外の外部メディアを彼女が持ち込んでいた可能性は、否定できませんよね」

しのぶは苛立ちを抑えた。この教師は、どうしても里奈がウイルスを持ち込んだために、パソコンがダウンしたことにしたいらしい。里奈は青ざめた顔で、首を横に振った。

「違います。私、絶対に別のメディアなんか持ち込んでいません！」

――よし、信じようじゃないの。

里奈は、善意で作業していたのだ。わけもなく疑うなんて、教育者らしくない。

心を決めた。

「早坂先生、可能性で話をしていても、埒があきません。こちらのパソコンに何が起きたのか、突き止めようじゃないですか」

早坂が驚いた顔になり、いかにも迷惑そうに首を振った。

「――やめてください。このパソコンは、管理者の僕が責任を持って直します。明日の授業に間に合うように、いま急いで作業しているところなんですよ。まだ半分以上、手付かずですから、今夜は徹夜で作業するつもりです。もし、本当に彼女がうっかりウイルスを撒いたのだとしても、生徒に損害賠償を請求すると言ってるわけじゃないし、直ればそれでいいじゃないですか」

「先生、それは違います」

しのぶは毅然と胸を張った。

「これは室月さんの名誉の問題です。先生はいま、彼女がウイルスを撒いた疑いがあると、はっきり嫌疑をかけたんですからね。でも、彼女は違うと言っている。私は彼女を信じます。彼女の名誉のためにも、何が起きたのか調べなくてはいけないわ」

早坂の目が吊り上がった。

「大げさなことを言わないでください。生徒が、まだコンピュータに関する充分な知識を持っていないのは、当たり前です。失敗もするでしょうし、気づかずにウイルスに感染することもあるでしょう。僕は、生徒が誤ってパソコンをウイルスに感染させたりしても、責めやしませんよ」

――そういう問題じゃない。

どうしてこの教師は、原因を突き止めようとせず、まるで事件をなかったことにするかのような反応をするのだろう。慌ただしくパソコンを復旧させようとしているのも、まるで証拠隠滅を図るかのようだ。

しのぶがさらに言い募ろうとした時、教頭が手を挙げて、言葉の応酬を制した。

「――待ってください。出原さんは、こちらのコンピュータが起動しなくなった原因を突き止めることができるんですね」

「できます」

本当は、調べてみるまで百パーセントとは言いたくない。だが、こうなるともう、後に引けないのがしのぶの性格だ。

「教頭先生、今さらそんな悠長なことをしていたら、明日の授業に間に合わなくなってしまいますよ」

早坂が眉根を寄せる。教頭がゆったりと彼に向き直った。

「早坂先生、明日の授業に間に合わなくても、実機なしで、座学でしのぐこともできますね？」

「まあ、そりゃ」

「私は、わが校の生徒には科学的にものごとを考えてほしいと願っています。感情や当推量で行動せず、常にデータを参照して、実態を正しく読み取る能力を身につけてほしいんです。もしも、私たち教師がこの件を原因不明のままうやむやにすれば、逆の態度を教えることになります」

早坂は反論できず、黙り込んだ。

「一日や二日、授業が遅れることよりも、生涯にわたる思考と生活の態度を身につけさせることのほうが、ずっと重要です。ここは、早坂先生と出原さんが協力して、何が起きたのか解明してください。――出原さん」

ふいに、教頭がこちらを振り向く。

「あなたはこの件で、誰かから報酬を得ているのですか？」

「いいえ——行きがかり上、ボランティアで関わっているだけです」

「それはよくありませんね」

教頭が眉をひそめる。

「プロフェッショナルに、無報酬でお仕事をお願いするのは不適切です。当校から、正式に事態の解明をお願いしたいのですが、よろしいですか。料金はご相談のうえで」

驚いた。というより、飛び上がるほど驚いた。

——なにこの教頭！　惚れる！　マジ惚れる！

タダでいいと申し出ているのに、料金を払うと言われたのは、たぶん事務所が始まって以来のことだ。それだけじゃない。しのぶの仕事を、プロの仕事だときちんと尊重してくれる。恰幅のいいロッテンマイヤー夫人だなんて考えて申し訳ない。

「もちろんです。喜んでお引き受けいたします」

こういう依頼人の仕事なら、熱意がこもるというものだ。徹夜も辞さず、としのぶが拳を固めたところに、教頭が穏やかに言葉を継いだ。

「あまり遅くなるのも感心しません。私たち大人の行動のすべてが、生徒のお手本ですから。朝は午前八時以降に作業を始め、夜は午後十時までに終わらせてください。それで、何日かかると予想されますか」

「今日を除き、二日から三日はいただきたいです。もし、原因を明確にできなければ、もちろん料金はいただきません」

「わかりました。そうならないことを願ってますよ」

　たぶん大丈夫だ。なにしろ、むくむくとやる気が湧いている。しのぶは、持参したボストンバッグから、ＩＴ探偵の七つ道具のひとつを取り出した。

「早坂先生、しばらくパソコンに触らないでください」

　復旧作業に戻ろうとしている早坂を止める。指示されるのが気に入らないのか、むっとした様子で振り返った。

「何なんですか」

「今日のうちに、フォレンジックの準備をしておきます。原因究明のための証拠を残すんです」

「フォレンジック？」

　早坂はまたしても「大げさな」と言いたそうだったが、しのぶが一歩も引かないのを見て取り、しぶしぶパソコンの前から立ち退いた。しのぶは時計を見た。午後十時までの四時間あまりで取れるだけの情報を取り、持ち帰って事務所でも調べてみるつもりだ。

「ご心配なく。以前は、フォレンジックといえば、ハードディスクの物理コピーをまるごと取るのが主流でしたけど、最近は状況が変わりました。被害の拡大に迅速に対処しないといけませんから、最低限のデータ収集や、素早い解析のためのツールがつくられているんです。それほどお時間をいただくことはありません」

「わかりました。さあ、室月さんは、もう家に帰りなさい。明日以降、結果が出たら、また話しましょう」

里奈は帰りたくなさそうだったが、教頭が諭すように家に帰らせた。去り際に、ちらりとしのぶを見た。「また明日ね」としのぶが手を振ると、ようやく安心したように帰っていった。

「ＩＴ探偵というのは初めて聞きましたね。どういうお仕事なんですか」

早坂が、名刺を凝視しながら尋ねる。

「届け出上は、普通の探偵なんです。コンピュータの知識を生かして探偵業務を遂行したり、コンピュータのセキュリティに関わる仕事をしたりしています」

「へえ」

早坂が首を振った。どうもこの教師の態度には、引っかかるものを感じる。

結局、教頭と早坂も午後十時までしのぶにつきあい、十台分の証拠データをぶじ取って、この日は解散することになった。

4

「どうしても朝八時から作業するって、早坂って教師が言うわけよ。だけど、こっちは起きて化粧して、朝八時に学校に着いてようと思ったら、どんだけ早く起きなくちゃいけないと思ってるのよ、そうでしょ？」

帰宅して、透が作り置きしてくれたビーフシチューを食べながら、しのぶが文句を垂れていると、黙って聞いていたスモモが、急に自分のノートパソコンを閉じた。彼女は、先に夕食を取るでもなく、ひたすらSの母親を捜すプログラムを書き続けていたのだ。題して〈浪子さんを捜せ〉プロジェクトだ。

「完成」

「えっ、完成って狭川浪子さんを捜すやつ？　もうできたの？　サーバーはどこ？」

「外部」

もう少し日本語らしく喋ってくれないかと思うが、今さらスモモの性格を変えるのは難しいだろう。

「ちょっとスモモ、完成したやつ見せてよ！　どこにサーバー立てたのよ」

外部というからには、レンタルサーバーでも契約したのだろうか。

台所に行き、器に自分のシチューをよそってきたスモモが、食卓につくと、さも美味しそうに食事を始めた。それはさぞかし美味しいだろうとも。この数日間、「寝食を忘れて」という表現は比喩じゃなかった。もともと痩せているスモモが、さらに痩せた気がする。

「ちょっと、スモモ」

「同期した」

「そうなの？」

スモモが書いたコードを、しのぶのパソコンの環境にも同期できるようにしたと言っているらしい。

急いで食事を終え、いそいそと自分のノートパソコンを開くと、しのぶはスモモが最終的に書き上げたプログラムを目で追った。

――うん？

今日の夕方、しのぶが見ていたものと、ずいぶん内容が変わっている。

しのぶが設計し、作ろうとしていたのは、狭川浪子の顔写真と、ネット上に大量に公開されている写真の人物の顔を比較し、顔認識して狭川浪子本人と思われる写真が見つかれば、こちらに警告を発するものだった。

だが、最終的にスモモが作り上げたプログラムは、少しばかり異なる動きをする――。

「――何なのこれ」

スモモが、最後のひと口を食べ終え、満足げにため息をついている。だが、しのぶの問いには答えようとしない。

「ねえ、スモモ、これどういうこと？　このプログラムってまさか――」

しのぶのノートパソコン上で、スカイプの呼び出し音が鳴り始めた。筏がコンタクトしてきたようだ。あの男にスカイプのアドレスなど教えただろうかと不審に思いつつ、通話を開始する。

『君たちはまた、新しい冒険を始めたようだね！』

「ハア？」

スカイプのカメラに映る筏は、今日もバットマンのお面をかぶっている。あの男、どうして普通に会話できないのだろう。

『おや、わからない？　ひょっとして同志東條の作品かな。コードの特徴から見て、ふたりの合作だと感じたのだが』

「――ちょっと待って。まさか」

なぜ、筏がこんなに早く、〈浪子〉プロジェクトのことを知っているのだ。それに、どう見ても、筏は面白がっている。大喜びしていると言ったほうがいい。――あの筏が。

これはもう、どう考えても、ろくでもない事態が出来(しゅったい)しているということだ。

『ハハン、読めてきたぞ。同志出原もコードを書いたが、こんな形で拡散するとは考えていなかったのだな。とすればこれは、同志東條のお手柄だ！』

「待ちなさい、筏。どういう意味なのよ」

筏が妙な声で高笑いしている。

『いや、すまないね！　知らぬなら、そっとしておこうよホトトギス。たいへん失礼した。アディオス、アミーゴ！』

「もう透のご飯、食べさせないわよ！」

とたんに、筏が人間とも思えない、鋼材をすり合わせるような声で唸りだした。まさか、透の食事を脅迫材料に使える日が来るとは思わなかった。そろそろ本気でアルバイト代の値上げを検討すべきだ。

『同志東條に尋ねればいいと思うのだが、彼女はなにしろ口数が少ないからな。しかたがない。それではひとつだけ、教えてしんぜよう。先ほどから、新種のウイルスがインスタグラムを介して拡散し始めたようだ』

——なんだって。

『各社のスマートフォンに感染するウイルスだ。だが、案ずることはない。害のないウイルスだし、今のところこんなものに気づくのは僕ぐらいのものだろう。僕は、世界中のウイルスを捕獲して収集するのを趣味としているのでね。たいへん慎重に制作されたウイルスで、試しにテスト用スマホにも感染させてみたのだが、バックグラウンドで動いていることに気がつかないくらい、ＣＰＵの消費量も少ないようだ。さすがだな』

しのぶは慌ててスモモの書き直したプログラムに目を落とした。

やっぱりだ。どう見ても、ウイルスのコードだと思ったのだ。

筏は、しのぶの視線が外れたのをこれ幸いと、スカイプを切って退散したらしい。

「スモモ——あんたいったい、何をやったの」

スモモが、きょとんとこちらを見た。

「サガス」

「捜すって、浪子さんを？　だけど、これは——」

言いかけて、しのぶは絶句した。

——そういうことか。

みんながＳＮＳやブログにアップするのは、「よく撮れた写真」ばかりだ。美しい景色、可愛いペット、絵になる雑貨、他人に見せるために撮影した自撮りや集合写真。

そんなものに、狭川浪子が写っているわけがない。

万が一、彼女が写っているとすれば、たまたま通りかかって写真のフレームに入ってしまったとか、そういうケースだろう。

そんな写真は、たぶん誰もＳＮＳに投稿しない。近ごろ、肖像権の意識が高まり、他人の顔がはっきり写っているような写真は、掲載をはばかる人が増えている。

つまり、狭川浪子の写真が存在する可能性があるのは、ネットではない。いまや高級カメラ並みの性能を持ち、手軽にいつでも撮影できるようになった、スマートフォンの中なのだ。

だから、スモモの判断はこのうえなく正しい。ネットを検索しても無駄だ。

スモモのウイルスは、スマートフォンに感染する。スマートフォン内部に保存された、何百枚、何千枚と撮影された写真を調べ、狭川浪子の顔を探してまわる。そして、見つけた時点でこちらに通知を送る。彼女が写っている写真と、スマホの位置情報や持ち主に関する個人情報を送ってくるわけだ。

しのぶはコードを読んで、スモモが作ったウイルスの動きを解析した。スモモに説明させるより、そのほうが早い。

「狭川浪子の顔写真から、特徴点に変換したデータをウイルスに持たせて比較するのね」

端末の内部に狭川浪子の写真がないと判断すれば、ウイルスはそのまま待機する。一日に一回、通信可能な状態の時に、コントロールセンターとなるサーバーにアクセスし、新たな指示を待つ。センターから、ミッション完了の指示が出ると、何ごともなかったかのように自分自身を削除する。

写真がないと判断した時点で、ウイルス自身を削除するほうが安全だが、そうすると、二度、三度と同じウイルスに感染する可能性がある。何度もその端末で写真のチェックをするのは無意味だし、無駄だ。

「このコントロールセンターになってるサーバーは、いったい何なの？」

「花屋。フィリピン」

どうりで、ドメインの最後がcom.phになっていると思った。セキュリティの甘いフィリピンの花屋のウェブサーバーを踏み台にして、万が一ウイルスが見つかっても、自分たちの存在を隠そうというのだ。

しのぶはため息をついた。

スモモの判断は何もかも合理的だ。これなら、ひょっとすると狭川浪子の写真がいつかは見つかるかもしれない。そう期待が持てる。

——だが、まさか自作のウイルスを無制限にばらまくとは。

しのぶは天を仰いだ。

これでは、もし狭川浪子の写真を発見できたとしても、どうやって手に入れたのか、田端には絶対に言えない。

——今から、うまい言い訳を考えておかなくちゃ。

「ダイジョウブ」

スモモが冷蔵庫からビールをふた缶、持ってきて、ひとつをこちらに押しつけた。彼女が家でビールなんて飲もうとするのは珍しい。

「きっと見つかる。デラさんの子ども」

しのぶはハッとした。

スモモは、自分の身を守ることなど考えていない。ただひたすら、デラさんの娘を助けたいと考えている。

スモモが正しい。手段を選んでいる場合じゃない。

ぐびぐびとビールを呷る、スモモの白い喉を見つめ、しのぶも肚を据えることにした。

——賽は投げられた。あとは、祈るのみだ。

5

しのぶがパソコン室のドアを開けた時には、教師の早坂が既に復旧作業を始めていた。まだ午前八時にもなっていないのに、ご苦労なことだ。

こんな時刻に登校するなんて、高校時代すらしたことがない。高校時代、しのぶは成績優秀だったが、どちらかといえば、学校や教師との相性はさほどよくなかった。独立独歩の性格が、いろいろと邪魔をするせいだ。

「おはようございます」

低血圧ぎみのしのぶは、午前中の機嫌があまり良くなく、これでも頑張って身だしなみを整え、にこやかに挨拶したつもりなのだが、早坂はちらっとこちらを横目で見て、無言で頷いただけだった。

――なに、この人。

むっとする。

初対面の印象が良くなかったのかもしれないが、大人の態度ではない。大事な話があるというのに。

「早坂先生、よろしいでしょうか。昨日、持ち帰ったデータを調査しました」

昨夜のうちに、少し事務所で調べてきたのだ。早坂が、うさんくさそうな表情で、腕の時計を見ながらこちらを振り向く。

「もう？　本当に調べたんですか。無理しなくていいですよ。これから、授業支援ソフトのメーカーのエンジニアも来ますから」

しのぶは眉をひそめた。

――どうしてこんなに最初からケンカ腰なんだろう、この人は。

とはいえ、気を取り直して、話を先に進めるしかない。

「パソコンが起動しなくなった原因は、もちろん先生もお気づきでしょうけど、パソコンのブートセクタが壊れたからです」

ブートセクタとは、コンピュータを起動するための情報や設定を納めている場所だ。

「昨日から僕も、ブートセクタの修復をしているところだからね。それは知ってる」

早坂がもったいぶって応じる。しのぶは気にせず続けた。

「やはり例のマイニングウイルスに感染していました。昨日、データを持ち帰った、十台すべてです。こちらの学園の生徒さんたちが、先週から何人も私どもの事務所に来て、ウイルス退治を依頼されたことはお話ししましたよね。それと同じウイルスだったんです。しかもウイルスに感染した日付は、これまでに私が見たどのパソコンよりも前でした」

「――つまり、何が言いたいんです？」

早坂が目を光らせる。

「つまり、パソコン室にあるパソコンから、生徒のパソコンに感染が拡大したんじゃないかということです」

「――なるほど」

不承不承(ふしょうぶしょう)、早坂が頷く。

「パソコン室のパソコンが、まずマイニングウイルスに感染した。その後、ここでUSBメモリを使った生徒らが、それを持ち帰って自宅のパソコンで使い、自分のパソコンにも感染させたわけだ。――そういうことなら、室月さんを疑ったのは僕の間違いでした」

いやにあっさり認めたものだ。自分の作業を邪魔されたくないだけかもしれないが。

しのぶは腰に手を当てた。

「――でも、疑問は残ります。ここのパソコンがウイルスに感染していたとして、なぜワクチンソフトの入ったUSBメモリを差してウイルスチェックしたとたん、全台がシャットダウンし、ブートセクタが壊れたのか」

言葉を切り、早坂の反応を待つ。黙っているとだんだん落ち着かない気分になってきたらしく、早坂の表情に苛立ちが募り始めた。じんわりと額に汗を滲ませているようだ。しのぶは彼をじっと見つめた。

「そんなこと僕にはわかりません。USBメモリと、パソコンの相性でも悪かったんじゃないですか」

「そんなこと、ありえません」

早坂のこの焦りようは、なんだか妙だ。

「それなら、何だと言うんですか」

「ウイルス感染に気づかれたら、ブートセクタを壊してシャットダウンするよう、あらかじめセットされていたんです。簡単にパソコンを調べられないように」

里奈に渡したワクチンソフトは、この学校で猛威を振るうマイニングウイルスのみに効くものだ。そんな単純なものが、ブートセクタを壊したりするはずがない。

「ここのパソコンは、集中管理されているとおっしゃってましたね。管理者用の端末があるはずです。室月さんがウイルスチェックを行った際、管理者用の端末がそれを検知し、全台に対しシャットダウンの指示を出した。そう考えているんですが」

調べてみると、いわゆる授業支援ソフトと呼ばれる、パソコンの授業を円滑に進めるための製品を、この学校も導入していた。『バリュー・クラス』という製品だ。メーカーが公開している製品情報を調べたところ、教師が使う集中管理端末があり、生徒用の端末にソフトや教材を配信することができるようになっているらしい。

ウイルスそのものも、集中管理端末から各端末に配信されたのではないか。

「調査したいので、管理者用の端末を見せていただけませんか」

眉間に皺を寄せて黙り込んだ早坂は、横目で教卓の隣にある集中管理端末を睨んだ。そわそわと指先が動いている。額に汗が滲み、呼吸は早く浅く——猛烈に興奮している。

「——先生、どうしてそんなにイライラしてるんですか」

「うるさいな！　あんたがよけいな首を突っ込んでくるからだろう！」

早坂が震える拳を教卓に叩きつけた。

「こっちは必死で仕事してるのに、生徒の言葉なんか真に受けて、人の邪魔をしやがって。探偵だか何だか知らないが、他人の領分に土足で入ってくるな」

——おやおや。

二の句が継げないとはこのことだ。教師の言葉とも思えない。呆れて見ていたしのぶは、ため息をついた。

「怒鳴ったら気がすんだかしら？　その端末を調査したいんですけど」

「なんだと！」

早坂が燃えるような目でこちらを睨んだ時、咳払いの声が後ろから聞こえた。

「――いったい、これは何の騒ぎですか」

背後から声をかけられ、しのぶは振り返った。モスグリーンのスーツを着た教頭が、スーツ姿の若い男を連れて廊下に立っていた。教頭は厳しい表情で、しのぶと早坂を見比べている。

「早坂先生。こちらの出原さんには、私が調査をお願いしたんですよ。何もよけいなことではないでしょう」

ゆで上がったばかりのタコのように、真っ赤な顔になった早坂が、憤懣やるかたない表情で黙り込んだ。

「それに、集中管理端末というのは、早坂先生しか触らない端末のことでしょう。それがもし、ウイルスに感染しているのだとすれば」

教頭が言葉を切ると、早坂が顔色を変えた。

――疑っている。

教頭も、マイニングウイルス騒動の犯人は早坂ではないかという疑問を持ったらしい。

「――僕じゃありません」

早坂が声を震わせ、絞り出すように訴えている。教頭は厳しい目で彼を見すえた。

「ちょうど、『バリュー・クラス』の大隅さんが見えたところです。管理端末を調べてもらいましょう」

「僕じゃないです！　学校のパソコンにウイルスを撒いたりしません。職場ですよ」

必死の早坂にも、教頭はびくともしなかった。沈黙のほうが、ずっと雄弁な時がある。

「それじゃ、ちょっと失礼します」

教頭の陰に隠れるようだった青年が、手刀を切りながら早坂のそばにある集中管理端末に向かった。それでは、この青年が『バリュー・クラス』のエンジニアなのだ。あいまいな微笑みを浮かべ、早坂にも小さく会釈して端末を立ち上げる。こんな現場に呼ばれるなんて、さぞかし居心地が悪いだろう。

「これを使ってください。ウイルスチェック用のソフトが入ってますから」

しのぶがUSBメモリを渡すと、気軽に受け取ってチェックを始めた。飄々とした雰囲気の男だ。

「ああ、本当だ。いますね、ウイルス。教室の全端末に送られる設定になっています」

「――やっぱり」

しのぶが顔をしかめた時だ。教頭がしのぶを手招きして廊下に呼んだ。

「――調査ありがとうございました。早坂先生には、後でよく事情を聴いてみます」

「えっ――」

ここで調査を終われと言っているのか。

「実は――」

教頭がしばし言いよどみ、表情を曇らせた。

「言いにくいのですが――早坂先生は、以前にも似たようなトラブルを起こしたことがあるんです。こちらのパソコン室を導入してすぐ、やはりウイルスに感染しましてね」

「そのウイルスを、早坂先生が作っていたんですか？」

「いえ、本人は違うと弁明していました。うっかり、自宅で感染したUSBメモリを使ってしまったのだと――本人の弁を信じるなら、ですが」

しのぶはうなずいた。ウイルス対策のソフトを使ったりして注意していても、うっかり感染してしまうことは、ないとは言えない。ただ、二度も続いたので、彼の言葉を信じられなくなっているのだろう。

「わかっていただきたいのですが――これ以上ことを荒立てたくないのです。ご存じの通り、本校の歴史は長いですから」

――ああ、教頭は早坂を犯罪者にするつもりはないのだ。

しのぶはようやく合点がいった。

パソコンは復旧すれば動くし、実質的な被害はない。パソコンの動作が遅くて困っていたのは生徒たちだが、それだって多少の不便さを感じたくらいだろう。金銭的な被害といえば、マイニングウイルスが動いている間のパソコンの電気代くらいだろうか。

マイニングウイルスというのは、こっそり他人のコンピュータでビットコインの採掘をしようという、ある意味いじましい犯罪だ。

もしこの件が公になれば、名門女子校で教師がウイルスを作って金儲けを企んだと、マスコミが喜んで騒ぐだろう。

「教頭先生がそうおっしゃるのなら――」

しぶしぶそう答えると、こちらの躊躇を感じたのか、教頭が困ったように微笑んだ。

「『レ・ミゼラブル』をご存じでしょう」

「ジャン・バルジャンですか？　銀の食器を司教の館から盗んだ」

司教が、それはジャン・バルジャンに与えたものだと証言したため、彼は逮捕を免れた。さらに司教は、銀の燭台（しょくだい）もあげたのに、なぜ持っていかなかったのかと言って燭台も与えた。これをきっかけにジャン・バルジャンは心を入れ替えて事業を興し、貧しい人々を救うことになる。

「罪を犯しても、立ち直る可能性があるなら許すべきだと思うのです」

囁（ささや）くような教頭の声に、しのぶは反論できなかった。彼女は性善説の人なのかもしれない――しのぶと違って。

「わかりました」

しぶしぶ、承諾した。

「教頭がそうおっしゃるなら、本件は終了ということで、私は手を引きます。室月さんの汚名も晴らしたことですから。でも、万が一、例のマイニングウイルスが、学校の外に漏れて蔓延するようなことがあれば、私は事実を警察に話さなければいけません」

早坂にも聞こえるくらいの声で告げた。脅しというより、こう言っておけば、早坂がウイルスの制作者でも、外部で使おうなどとは思わないはずだからだ。

「わかりました。そんな事態にならないよう、私からもよく話しておきます」

教頭がしっかりとうなずく。

「——出原さん。こんなに早く、本件が片づくとは思ってもみませんでした。あなたは優秀なIT探偵なんですね」

自分の学生時代にも、これほど人を誉めるのが上手な教師がいれば良かったのにと、教頭に惚れ惚れした。この学校の生徒たちが心底うらやましい。

「料金をお支払いしたいのですが」

「あ、それはあらためて、学校宛に請求書を送らせていただきましょうか」

一日で仕事が片づいたし、そもそも無料でする「押しかけ」仕事の予定だったので、今回は安くしておくつもりだった。

教頭がふと、眉宇を曇らせる。

「もしよろしければ、いま現金でお支払いしたいのですが。早坂先生のこともありますし、公に残る形にはしたくないんです」

しのぶが料金を告げると、「しばらくお待ちください」と姿を消した教頭が、じきに封筒を手に戻ってきた。なんとなく、これは教頭がポケットマネーで出したものだという気がした。学校宛の請求書など届けば、何かの拍子に事件が明るみに出る恐れがある。徹底した秘密主義だ。

「受け取りにサインか印鑑をいただけますか」

「ええ、もちろん」

メモ一枚に、素直にサインをして封筒を受け取った。教頭は、最初に会った時と何も変わらない「恰幅のいいロッテンマイヤー夫人」だったが、しのぶはなぜか、口止め料をもらったような、嫌な気分になった。

――私そこまで、曲がったことが嫌いなタイプじゃないんだけど。

だが、受け取った現金に罪はない。こういう場合の気分の晴らし方は、ひとつしかない。もらった金を、ぱっと使ってしまうことだ。

6

「だからって、なぜカニ？」

ダイニングテーブルの上で発泡スチロールのケースを開けたとたん、もぞもぞと足を動かすズワイガニを見て、笹塚透が心臓を素手でつかまれたような顔をしている。しのぶはつんと顎を上げた。

「だって、冬の高級食材といえばカニでしょ。明後日はクリスマス・イブだし」

それに、デパートの地下でカニと目が合ったのだ。俺を食えと迫ってきたのだ。

「今夜はこれで、ゴージャスな鍋でも作ってよ」

「しのぶさん、クリスマスなんか嫌いだって言ってたじゃないですか。だいたい、クリスマス・イブだってクリスマスの前の日なんだから、クリスマス・イブの二日前なんか、ただの日ですよ！——ゴージャスな鍋って、僕が作るんですか？」

「あたりまえでしょ！　他に誰が作るのよ」

「えーっ、だってこれ、まだ生きてるんですよ！　こ、殺すんですか？」

透が、涙目になってこちらを見た。

——食材を前にして、今日はイマイチ腰が引けていると思ったら、そういうことか。

「あんたさあ、将来はシェフになって店を持ちたいとか言ってなかったっけ」

「言いましたけど」

「だったら、頑張りなさいよ。そもそも、肉でも何でも、食べるってことはその生き物の命を奪うってことじゃない」

「だってそれは――」

透にしては頑固に抵抗している。しのぶはため息をついた。

――スーパーで売っている肉しか見たことのない十六歳では、しかたがないか。

「わかった。大きな鍋を用意して。あたしがボイルするから」

「しのぶさんが料理するんですか？」

疑わしげに首をかしげた透を睨んだ。

「あんたは横で見てなさい」

これも教育だ。

手っ取り早く片づけないと、そのうちスモモが気づいて部屋から出てくるかもしれない。スモモが活カニに妙な興味を示さないうちに、さっさと食材に変えてしまうに限る。なにしろ彼女の場合、カニを水槽で飼うなどと言いだしかねない。

そう言えば、今日は事務所でジャスティス三号を見ていなかった。また、スモモが部屋に連れ込んで、改造を始めたのだろうか。

「まずは〆ないと」

真水につけるか、脳天を千枚通しのような尖ったもので刺すか、冷凍庫に入れるか。とはいえ、事務所の冷凍庫にこんな大きなカニを入れるスペースはない。千枚通しで目と目の間を刺すなんて、しのぶだって怖い。

教育とは言うものの、活カニのボイルなんて、テレビ番組や料理屋で見たことがあるくらいだ。見よう見まねでやるだけだ。洗い桶に水を張り、カニを裏返して浸けると、じたばた足を動かして暴れだした。

「ちょっ、往生際が悪いわね！」

とは言うものの、カニも命がけ、死にものぐるいだ。水しぶきが顔にかかり、透が悲鳴を上げた。しのぶだって悲鳴のひとつも上げたいところだが——。

「おまえら、何やってんだ？」

野太い声に振り向くと、呆れ顔のデラさんがいた。コーヒーポットを提げ、マグカップを載せたトレイを抱えている。

デラさんは、ずかずかと台所まで入ってくると、ポットやトレイを置いて、平気な顔でカニの腹を押さえつけた。さすがに、力が強い。カニの動きが緩慢になってくる。

「こういうのはいっきにやらないと。苦しむ時間を長引かせるほうが可哀そうだろ？」

透が尊敬のまなざしでデラさんを見上げている。鍋が出ているのを見て、デラさんがシヤツの袖をまくった。

「茹でるんだな？」

勢いで三杯もカニを買ってしまったしのぶは、しかたなく頷いた。

「デラさん、ありがたいけど、何か用があったんじゃないの？」

「店が暇だから、コーヒー持ってきたんだ。そっちで飲んでてくれるか」

——どういう風の吹き回しだ。

首をかしげながらダイニングに向かうと、スモモが自室から顔を覗かせ、フンフンと鼻をうごめかしている。コーヒーの香りに誘われたらしい。スカートを穿いた黄色い雪だるまみたいなジャスティス三号が、スモモの横をすり抜けて出てくる。やはり、そこにいたのか。

「デラさんが持ってきてくれたの。スモモも飲むでしょ」

デラさん持参のマグカップにコーヒーを注ぎ、スモモにもひとつ渡した。ブラックでひと口すると、一階からポットで持ってきたのに、まだ舌が火傷（やけど）しそうなほど熱い。スモモはソファにあぐらをかいて、カップに大量の砂糖を入れて混ぜながら、満足げに目を細めている。

「ねえスモモ、写真の検索はどんな感じ？」

「——まだ」

スモモの返事はそっけない。昨日の今日だ。結果が出るまで時間が必要だ。

「室月さんの高校の仕事、終わったから。えらくあっさりだったけど、管理者用のパソコンからウイルスが見つかって室月さんの疑いも晴れたし、どうやらパソコンの授業を担当する先生が犯人のようだったし。あとは優秀な教頭先生がなんとかしてくれるでしょ」

スモモが、もの言いたげな視線でこちらを見つめた。

「なあに？　片づくのが早すぎるって言いたいの？」

事務所の料金は、調査にかけた時間から換算される。今回もそうだ。時間をかけるほど、事務所の収入増につながる。だが、常にマイペースのスモモがそんなことを気にしているとは思えない。

予想以上にあっさりと事件が解決した時は、裏に何かあると言いたいのだ。

しのぶは顔をしかめた。

「ちょっと、やめてよね。うまくいったんだからいいじゃない。縁起でもない」

台所では、デラさんが透にカニの茹で方やさばき方を教えている。透も熱心に聞いているようだ。二十分ほどして、タオルで手を拭きながら、デラさんが出てきた。透は教えがいのある生徒らしい。

「デラさん、コーヒーごちそうさま」

「ここに転がりこんだりして、世話になったからな。たまにはコーヒーでも持っていくかと思って、来てみたんだ」

「助かっちゃった。カニなんかさばいたことないし」

「しのぶさん、さばいたことなかったんですか！　あんなに自信満々だったのに！」

台所から透の悲鳴が上がる。デラさんが苦笑しながらソファに腰を下ろした。コーヒーを出前してくれることはあっても、こんなふうに部屋に腰を落ち着けることはめったにない。何か話があるのだ。

「今、いいか？」

「もちろん」

「あらためて礼が言いたい。いろいろとすまなかった。本当に助かったよ」

膝に手を置き、デラさんが頭を下げる。律儀な男だ。まだ午後四時だが、店はいったん閉めてきたのか、いつもかけている〈バルミ〉のロゴ入りエプロンは脱いでいた。

「お互いさまでしょ。私たちこそ、いつも助けてもらってるし」

「さっき、田端と電話で話したんだ」

どきりとした。先日、田端刑事がここに来たことは、デラさんには話していなかった。隠すつもりはなかったが、彼の古傷をえぐる会話になりそうで、怖かったのだ。

「どういう手を使うのか俺にはわからないが、狭川浪子さんを捜してくれるんだって？」

——よけいなことをするなと言われるだろうか。デラさんなら言いそうで、しのぶは慎重に彼の様子を窺った。いつも堂々とした男だが、今日は膝に手を置いたまま、わずかにうなだれているように見える。

　田端との会話は、辛い記憶を刺激したはずだ。教団内部にいた、デラさんの情報源、狭川憲一。教団から逃げたいと言った彼を説得し、情報を取り続けたことや、そのために彼が殺されてしまったこと。

　うつむくデラさんの肩から、いつになく覇気が失われている気がする。

「――変に期待を持たせたくないから正直に言うんだけど」

　しのぶは口を開いた。

「警察が七年間も捜査して見つからなかったものを、私たちが簡単に見つけられるとは思ってないの」

「わかってる。それは当然だ」

「だけど、もしも私たちに何かできることがあるのなら、やらずに諦めるのは嫌なの。たとえ、結果的にうまくいかなかったとしても、最善を尽くしたいから」

　もちろんしのぶの本音は、それだけではない。相手がデラさんだからだ。ここに事務所をかまえた時から、いつも無償の友情で、自分たちに救いの手を差し伸べてくれた男だからだ。

「――和音が消えて二年くらいは、俺も同じことを言ってたな」

デラさんが、応接用のテーブルに視線を落としたまま呟いた。

「俺も警察官だったが、仲間だけに任せておけず、自分で娘の行方を追うつもりだった。もちろん、狭川浪子さんのこともだ。だが、二年も経つと、怖くなってきてな」

「――怖く？」

デラさんの口から聞くとは思えない言葉だ。

ちらりとしのぶを見た彼は、含羞に満ちた笑みを浮かべていた。

「悪いことばかり想像してしまうんだ。いちばん怖かったのは、生きていたとしても、和音がもう俺たちの――本当の両親のことを忘れてるんじゃないかってことだ」

しのぶは困惑し、眉をひそめた。そんなこと、ありうるだろうか。

「生きていれば、連絡くらいくれそうなものだ。和音は家の電話番号も覚えていたんだ」

――デラさんは、悪い想像にとらわれてしまったのだ。

そして、冷静な警察官でいられなくなった。時おり、誘拐された子どもが、何年も経って突然、発見されることがある。窓のない、外から鍵のかかる部屋に閉じ込められて暮らしていた子どもが、何年も後に犯人の隙をついて脱出し、助けを求めることもある。

そのくらいのことを、デラさんが知らないはずはない。

彼は決して口にしないが、娘が死んでいる可能性も考えただろう。生死を知らずにいれば、どこかで娘が生きていると信じ続けることもできるだろう。シュレディンガーの猫だ。箱のふたを開けるまで、猫は生きていても死んでいてもおかしくない。

――真実を知ることが怖い。

そして恐怖で立ちすくみ、やがて自力で和音を捜すことをやめてしまった。

しのぶはそっと口を開いた。

「――ねえ、デラさん。もし、私たちが調査を続けて、何か新しい事実がわかった時、結果が良くないことなら、言わないほうがいい？」

長い沈黙が返ってきた。デラさんの目は、テーブルを見つめているようで、どこか遠くを見ている。彼は努力していた。必死で、しのぶの問いに何らかの答えを出そうとしていた。頼りがいのある、大人の男としてふるまおうとしていた。

だが、感情が彼を裏切ったらしい。突然、彼の目からぽろりと涙がこぼれた。

「――！」

我知らずしのぶが腰を浮かしかけた時、デラさんの隣に座るスモモが、コーヒースプーンを口にくわえたまま、彼の頭をぽんぽんと手のひらで叩いた。

「よしよし」

「――！」

顔から血の気が引いていく。

――何するの、何するの、スモモ――！　それは、あたしがやりたかったのよ――！

一瞬、石像のように凍りついていたデラさんが、いきなり肩を震わせたかと思うと、噴き出した。涙をぬぐいながら大笑いしている。

「おまえらは、もう——かなわんな」

しのぶは憮然(ぶぜん)として唇を曲げ、腕組みした。

「あたりまえでしょ。男はいつだって、女にとっては赤ん坊とおんなじなのよ」

「はいはい、女王様」

ついさっき涙をこぼしたくせに、デラさんがくすくす笑っている。スモモの「頭ぽんぽん」が、効果てきめんだったらしい。腹立たしいが、笑顔を見るとホッとした。

「今日の晩御飯はカニ鍋にするから、よかったらデラさんも一緒に食べて行ってね。その時に、デラさんから見た狭川浪子さんや、事件について聞かせてもらう」

田端から聞いた話の繰り返しになるかもしれないが、当事者の言葉で聞けば、新しく見えてくることもあるかもしれない。

デラさんがうなずいた。

「——わかってる。もういいかげん、俺もきちんと事件に向き合わなきゃいけないんだ。たとえどんな真実が明らかになっても」

最後はほとんど、自分に言い聞かせているようだった。

7

「憲一は、弟みたいに俺になついていた」

食べきれないほどのカニに見えたが、スモモと十六歳男子がいれば無敵だった。せっかくなので、今夜は透も一緒にご飯を食べることにして母親に電話をさせた。白菜とキノコたっぷりのカニ鍋をむさぼり、最後はご飯と卵を投入してシメの雑炊だ。

カニを食べる時、ひとは無口になる。デラさんがようやく口を開いたのは、みんながはちきれそうなおなかを抱えて、満足げなため息をついたころだった。

「僕、お茶淹れてきます」

気をきかせて透が立ち上がるのを、デラさんが制する。

「ありがとう。だけど、笹塚君も聞いてくれ。これから長いつきあいになりそうだから、隠し事はないほうがいいと思うんだ」

長いつきあいになるという言葉に、透は心を動かされたようだ。

「どんな人だったの？　狭川憲一さんは」

しのぶも興味を持ち、首をかしげた。デラさんの唇に、何かを思い出したような、温かい微笑が浮かんでいる。

「二十七歳の男にしては、おとなしすぎるくらい穏やかなやつだったな。医師の父親が、昭和の男って感じの人でさ。従順に父親に従ううちに、憲一はだんだん疲れてしまったんだと思う。医学部に行けと言われたんだが、本当は小説を読んだり書いたりするのが好きで、文学の道に進みたかったらしい。二年浪人して、三年めにやっと、地方の私大の医学部に合格した」

　親の言葉など素直に聞いたことのないしのぶは、憲一が気の毒になってきた。しのぶの両親は、彼女が米国の企業に就職した後は、自分たちに娘がいることを忘れたんじゃないかと思うくらい、自由にやっている。

「地方の大学に行ったら、気分転換になってよかったんじゃないの？」

「俺もそう思うんだが、その大学で〈救いの石〉の関係者に会ったんだ。先輩のひとりが信者で、大学構内でサークル活動に見せかけてオルグしてたんだよ」

　今どき勧誘（オルグ）なんて言葉がぱっと口から出るあたり、デラさんも本当に警官だったんだなあと感心する。

「大学三年のころにはもう、〈救いの石〉に入信して、地方支部で頭角を現していた。まじめな性格で、医学部だろ。教祖の女性からも、目をかけられていたらしい。ただ、医学部も忙しいんで、教団の仕事をまじめにやればやるほど成績が落ちて、あっという間に留年決定だ。憲一は悩んで、結局は大学を中退して、教団内部の仕事をすることにした。留年が決まった時にもひと悶着あったらしいが、大学中退で今度こそ実家からは勘当だ」

そういう父親なら、息子が新興宗教の教団で働くなどというと、どんな拒否反応を示したか見当はつく。

「俺が捜査を開始したころ、憲一は教祖のそばで、彼女の身の回りの世話をしていた。数字に明るかったから、教団の会計係のようなこともやってた。いわば組織の中枢に入り込んでいたわけだが、憲一は徹底的に権勢欲のない男でな。いたっておとなしく事務方に徹していたので、重宝されたらしい。俺たちにはまさに、うってつけの情報源だった」

「どうやって近づいたの？　信者に簡単に会えるもの？」

「彼はそういう立場だったから、ほぼ自由に教団の合宿所を出入りできたんだ。教祖の運転手でもあったから、車を自由に使えたし、教祖の頼みで買い物に出かけることもあったし。携帯も持っていたよ。俺が教団に興味を持っていると言うと、喜んで会ってくれた」

デラさんの口ぶりには、当時を懐かしむ気持ちが感じられる。弟のようになついていたという狭川憲一に、立場を超えて友情めいた感情を持っていたのだろうか。

「そのころ、信者の家族と教団の間で、トラブルが増えていてな。とりわけ多かったのが金銭トラブルだ。信者が全財産を抱えて教団に入ってしまい、家族とも音信不通になって、警察沙汰になったりするわけだ。憲一は、そういう報道を目にして心を痛めていた」

会計係なら、不審なほど多額のお布施にも気づいていただろう。後に明らかになった、安物の天然石を〈救いの石〉として高額で販売するという詐欺まがいの商法も、彼にはだいたいやり口が見えていたはずだ。どんな種類の事件でも、お金の動きを追えば解決することがある。警察にとって、狭川憲一は重要な証人だったのだ。

「本当にまじめな人だったのね」

デラさんがうなずいた。

「当時、教団の信者が急に姿を消すことがあった。権力争いに巻き込まれたり、家族が訴訟を起こしたりした人間が、殺されたんだ。憲一はどんどん不安になっていったらしい」

「教団を出たいと相談されたの？」

「助けを求めてきたと言ったほうが、正確だろうな。そのころには、俺が警察官で、教団を調べていることにも気づいていたから。教団を出て、身を隠したいと言っていた。自分の知っていることはみんな話すからとも。だが俺は、あと少しだけ教団の中枢にいて、起きていることを教えてほしいと頼み込んだんだ。その直後だよ、憲一と連絡が取れなくなったのは」

殺されていたことがわかるのは、ずっと後のことだ。だが、狭川憲一の消息がわからず、デラさんがどれだけ心配し、気をもんだか、わかるような気がした。

「憲一を殺したのは教団の奴らだが、責任は俺にもある」

違う、と言いたかった。悪いのは加害者たちだ。その時点で、まさか殺されるなんて、デラさんにわかったはずがない。デラさんが捜査していなければ、他の誰かが殺されていたかもしれない。事件を解決するため、正義のためにしかたがなかったのだ。

だが、そんなことをしのぶが指摘したところで、デラさんが満足するはずがない。

「憲一の父親は、すでに病気で亡くなっていた。息子が跡を継ぐはずだった医院は人手に渡り、残された母親は、息子が殺されたことを知ると、事情を調べ始めたんだ」

「田端さんにも聞いた。デラさんの自宅まで突き止めたんですって？　すごい執念ね」

「俺も一度、会って話したんだよ。あの人は、無念だったんだな。母親のほうは、父親と違って、息子の進路は息子が決めればいいと思っていたらしい。信仰の道に進むことには賛成していなかったようだが、そのうち目が覚めれば戻ってくると信じていた。それが――夫も息子も亡くなり、突然、ひとりぼっちになった狭川浪子の失意は、想像すると寒気がしてくる。だが、それと誘拐事件は別だ。

「俺はあの奥さんが本当に気の毒だと思う。憲一が殺された責任は俺にあるとも思う。だが、和音は事件に何の関係もないんだ。もし彼女が和音を誘拐したのなら、どうしてその怒りを、俺自身にぶつけてくれなかったんだろう。殴るなり刺すなり、すればいいじゃないか。どうしても俺のことを許せないというのなら、俺は黙って殴られたと思う。刃物を持ち出しても、抵抗しなかったかもしれない。どうして娘なんだ」

テーブルに両肘をついたデラさんが、手のひらに顔を埋めた。七年間、ひとりで苦しんだのかもしれない。奥さんにも、詳しい事情を話すことはできなかったのだ。

スモモは夢の中で漂うようなぼんやりとした表情をしているが、話は聞いているはずだ。透も黙って耳を傾けている。

「デラさん。和音ちゃんを誘拐したのが、他の誰かだという可能性はないのね？　田端さんは、あらゆる可能性を検討して、唯一残ったのが狭川さんの件だと言ったけど。聞きにくいことを聞くけど、他に心当たりはまったくないのよね？」

警察官などしていると、逆恨みされることもあると言ったのはデラさん自身だ。彼は顔を起こし、しばらく考え込んでいた。

「あれから、もちろん俺も心当たりを考え続けた。だが、他はない。友里も心当たりはないと言っていた。他のことならともかく、和音のことで、そんな嘘をつくやつじゃない」

元妻の名前が飛び出したので、しのぶはドキリとした。

「わかった。それじゃあ、このまま狭川浪子さんの線を追いましょう。あと、彼女をかくまいそうな人物に心当たりはない？　田端さんは、親戚や友人とは誰ひとり連絡を取ってないと言ってたけど」

「それは俺も確認した。間違いない。狭川浪子さんは、現金だけ持って消えた」

――彼女、まだ生きてるのかな。

ふと、そんな不安が湧き、しのぶは急いでその疑念を振り払った。

「教団の関係者にも、話を聞いてみたほうがいいかも。狭川浪子さんと面識のある人はいないのかしらね」

「信者の家族が、教団を相手どり、弁護士を立てて訴訟を起こしたりもしたんだが、彼女はその団体には参加していなかった。教祖を含む主な教団幹部は、ほとんどがテロに絡んで逮捕されたしな」

「狭川憲一さんが生きていたら、彼も逮捕されていた可能性はあるの？」

「憲一は、教団の違法な資金作りに関わっていたからな」

「教団の犯罪に深く関与していた幹部と、お布施を搾取されるだけのカモだった一般の信者とでは、家族の感じ方も違うんじゃない」

「そうだな。憲一は資金作りという面では加害者だったが、殺人の被害者でもある」

「そして、警察の協力者でもあった。家族にしてみれば、複雑な立場よね。他の家族と一緒に行動できないのもわかる気がする」

デラさんの表情が動いた。何かに戸惑っているようだ。

「どうかした？　デラさん」

「――いや。そう言えば、似たような立場の信者がひとりいたんだ。教団の違法行為を警察にタレこんだ人だ。後で自殺した」

「まさかそれ、狭川浪子さんに息子が殺された理由を教えた女性とか？」

「そうだ」

田端が話していた女性だ。教団内部で孤立していた狭川憲一と、唯一親しく会話できたという人。ふたりとも教団では浮いた存在だったと言っていたではないか。つまり、ふたりとも警察と関わっていたからなのか。

「その人の家族は、今どうしてるの？」

教団内部での立場が近いほど、遺族の心情も似ている可能性はある。彼らが近づくきっかけになったかもしれない。

デラさんが、一瞬ひるんだように見えた。

「亡くなったんだ。もともと母ひとり子ひとりの家庭で、娘さんが自殺して、半年くらい後に母親も事故死した。娘さんが死んだ時に、俺が母親にお悔やみを言いに行ったから、会ったこともある」

「事故死って――」

「飲酒運転して、猛スピードでガードレールに突っ込んだ。事故として処理されたが、俺は自殺だと思う」

言葉もなかった。宗教に救いを求めた人たちが、ある者は殺され、ある者は自殺し、財産を騙し取られ、家族まで破滅させられる。捜査に関わった警察官の人生まで、狂わせてしまう。どんな暗闇が、彼らをそこまで引きずりこむのだろう。

しのぶは、たとえどんな状況に追い込まれても、心が折れたことはいまだかつてない。世界をサイバー戦争から守ろうとして、世界中を敵に回す結果になった時ですら、戦う気力を失ったことはなかった。

——そうか。

隣で眠たげな顔をしているスモモを見やる。

自分の隣には、いつも無口なスモモがいた。自分が彼女を見捨てないように、絶対に彼女は自分を見捨てないと知っていた。だから、何が起きても怖くなかったのだ。

「——その人、なんていう人？　狭川憲一さんの知り合いの女性」

「横川紀子（よこかわのりこ）さんだ」

即答だった。デラさんにとって、骨の髄まで刻みこまれた事件なのだ。永久に落ちないインクで、心臓に書き込まれたメッセージのように。

「ふたりには、本当に感謝してる」

デラさんが、ため息をつきながら立ち上がった。

「七年のうちに、俺は自分の感情を整理したつもりでいたよ。和音はもう戻らない。〈バルミ〉の常連は、祈りを込めてカエルの置物をくれる。それは彼らの心づくしだから拒む気はないが、俺は和音が戻らないことを知ってる。覚悟はできている。——ずっと、そう思い込んできた」

まだどこかに、諦めきれない感情の残滓(ざんし)が、引っかかっている。娘がどこかで生きているかもしれない。期待しちゃだめだと思いつつ、隠しきれない心の底の底で、マグマのようにその渇望がうずいている。

もう一度、会いたい——。

「今だけ、素直になってみる」

デラさんが呟いた。

「もう一度だけ、しゃにむに和音を捜してみる。それでだめなら、今度こそ諦めがつくかもしれない」

しのぶは、ふうと長い息を吐きだして、腕組みした。

「まったくもう、プレッシャーかけてくれるわねえ」

そこまでデラさんに言われては、こちらも、死にものぐるいで頑張るしかない。

「私たちに言えるのはこれだけよ。とにかく、現時点の最善を尽くす。本気だから」

「うん。ありがとう」

いつもは百獣の王みたいに堂々としている胸板が、今日はちょっぴり普通の父親らしくしぼんで見えた。

8

土曜日――クリスマス・イブの午後、ふたたび来客があった。

「このたびは、娘がお世話になりまして」

例の女子高生、室月里奈が、父親と一緒に事務所に現れたのだ。

仮想通貨に投資していると里奈が話していたので、どんな父親かと興味津々だったが、現れたのは小柄でぽっちゃりした、人の好さそうな五十男だった。名刺によると、製薬会社の管理職だそうだ。

「教頭先生から、パソコン室の調査が終わって、本当にウイルスに感染していたことと、私のせいでパソコンが起動しなくなったわけじゃなかったことを教えてもらったんです。早坂先生も、謝ってくれました。出原さんにお礼を言いたくて」

里奈がはきはきと説明する。父親のほうが、困ったような笑みを浮かべて額の汗を拭きながら頷いている。

里奈の説明を聞いて、やっぱり教頭は、ことを荒立てず、早坂の責任も問わず、「ウイルスに感染していた」という結論にして、内々にすませるつもりなんだと悟った。

――まあ、私がどうこう言う必要もないけどね。

学校のパソコンで、内職がわりに仮想通貨のマイニングをしたせいで、職を失うことになっても哀れではある。早坂が後悔して、二度とやらなければそれでいい。

父親が頭を下げる。

「まさか、子どもが自力で探偵さんを探して仕事をお願いするなんて、夢にも思わず――。お仕事のお邪魔になったんじゃないでしょうか。一度、きちんとご挨拶をしてお礼をと思いまして」

「いえいえ、とても礼儀正しいお嬢さんですね」

しのぶはとっておきの笑顔で応じた。

――将を射んと欲すれば、まず馬を射よって言うじゃないの。

親に事務所の存在を覚えてもらえれば、万々歳だ。

「学校のパソコンが起動しなくなったのを、あやうく娘のせいにされるところだったとか。里奈はパソコンだの機械だのが苦手なので、先生に責められたら、反論できず自分が悪いんだと思い込んだかもしれません」

たしかに、最初に事務所に来た日の彼女は、機械を触るのが苦手だと話していた。パソコンにも自信がなさそうだった。それが変わったのは、しのぶが渡したUSBメモリを使って、みんなを手助けしたからだ。人の役に立つことで、自信がついたのだ。もちろん、まだ実力と言えるほどではないが、苦手意識がなくなっただけでもいいことだ。

「今は違うと思いますよ。苦手だと思い込んでいただけで、パソコンでも何でも本当はできることがわかったと思います」

しのぶの笑顔に、父親が不思議そうに首をかしげる。

「はあ——そうでしょうか。子どものころから機械なんか触ったこともない子ですから。まあ女の子ですからね、べつに必要ないかなとは思うんですけど」

父親の懐疑的な言葉に、里奈の視線が下を向くのがわかった。

——あ、まずい。

彼女の自信は、生まれて間もない柔らかい新芽のようなものだ。すぐにぐらつくし、踏まれれば簡単にぺしゃんこになる。

「生意気ですみませんが、それは違うと思います」

いきなり若い男の声がパーティションの裏から聞こえたので、父親はびっくりしたようだ。すぐ、台所から紅茶を持って透が現れた。買いたいものがあると言って、近ごろずっと、土日までバイトしている。

「お茶をどうぞ。能力と性別は関係ないと思います。失礼ですが、お嬢さんだって、この先どんなお仕事に就かれるか、わかりませんよ」

お茶を出しながら、にこやかに父親に意見する透を、パッと顔を上げた里奈が、頬をピンクに染めて嬉しそうに見つめている。

しのぶは、ハッと我に返った。

「こら、透。なに生意気言ってるの。すみませんね、室月さん。うちのバイトが」

透はいいタイミングで口を挟んでくれたと思うが、一応こう言っておかなければ、室月も顔が立つまい。

「いや、若いのにアルバイトですか。感心だなあ。しっかりしてますね」

気を悪くしたようすもなく父親が誉めると、透がぺこりと頭を下げて、台所の定位置に戻っていった。その背中を、里奈がじっと視線で追いかけている。

——おやおや。

しのぶは心の中でにやにやした。少なくとも、透なら筏よりは安心できる。年齢だって近い。

「ともかく、これで一件落着ですね」

しのぶは、里奈の表情が曇るのを見た。

「それが——実は、おかしな話を聞いたんです。今日伺ったのは、それもあって」

「おかしな話？」

「中学時代の友達が、私とは別の女子校にいるんですけど」

港区（みなと）にある、名門私立女子校に通う里奈の友達が、近ごろ学校のパソコンの動作がとても遅くなったと不満たらたらだったそうだ。同じころから、自分のノートパソコンも遅くなったという。興味を持って、他の高校に通う友達にも尋ねてみたところ、都内のさまざまな学校で、似た症状が多発しているらしい。

「それで、勝手なことをして申し訳なかったんですけど、以前いただいたUSBメモリを友達に貸して、自宅のノートパソコンをチェックしてもらったら、やっぱり例のマイニングウイルスが見つかったんです」

「――なんですって」

早坂は、あのウイルスを既に外部にも撒いてしまっていたのだろうか。

――いや、そうじゃない。

しのぶは首を振った。初めに里奈が通う高校に行って、ウイルスに接触したものだから、先入観を抱いてしまったのだ。

しのぶは、プリンタから白紙を何枚か引き抜き、ペンと一緒に里奈の前に置いた。

「室月さん、症状が出ている学校の名前を、書き出してもらってもいい？　もしわかれば、それがいつごろ始まったのかも教えて」

「私、友達にラインして聞いてみます！」

里奈が、がぜん張り切って学校の名前を書きだすかたわら、スマートフォンで連絡を取り始めた。面白いようにリストが埋まっていく。その様子を、父親が目を丸くして見つめている。

「——うちの娘が、こんなにてきぱき作業をするところを、初めて見ました」

里奈の作ったリストを見るかぎり、彼女の学校のパソコン室にウイルスが感染するよりずっと前から、他の学校でマイニングウイルスが猛威をふるっていたのだ。

「これは——私も教頭先生も、ひどい誤解をしていたかも」

しのぶはカレンダーを見た。今日は土曜で、もう午後だ。だが、あの教頭なら、何曜日だろうと出勤しているのではないだろうか。

教頭にもらった名刺を見て、直通の番号に電話してみた。案の定というべきか、すぐに井野教頭が電話に出た。

「——教頭先生。実は、たいへんなことがわかりました。これからすぐ、そちらにお伺いしたいのですが。できれば、早坂先生にも同席してほしいんです」

挨拶しようとする教頭の声を遮り、急いで言葉を継ぐ。驚いた様子だったが、今日も普通に仕事をしているというので、すぐ学校に向かうと言って受話器を置いた。

「私も一緒に行っていいですか?」

里奈が目を輝かせてこちらを見つめている。しのぶは迷い、父親の様子を窺った。せっかくのクリスマス・イブなのに、こんなことに女子高生の娘をつきあわせていいものだろうか。父親が苦笑いした。

「どうぞ、お邪魔でなければ連れていってやってください。ひとつのことに集中できないタイプだと思っていたんですが、どうやら私の勘違いだったらしい。いま止めたら、私はしばらく娘に恨まれそうだ」

「やった！」

里奈が躍り上がる。

「スモモ！　スモモ、手を貸して！　学校に行くわよ」

客が来る前から、ジャスティス三号と自室に逃げ込んでいたスモモが、ひょっこりと顔を覗かせる。「ほら」と言いながらしのぶが投げた車のキーを、素早くキャッチした。

事件が簡単に片づきすぎだという、スモモの指摘が当たったようだ。

「あっ、しのぶさん。今日のディナーは、クリスマス・イブだからちょっと豪華ですよ！もし、お客様が来られてもいいように、多めに作ってますからね。電子レンジで温めて食べてくださいね！」

出がけに、透が慌てたように後ろから追ってきて、告げた。

9

「それでは、わが校以外にも、同じウイルスに感染した例が多数あるということですか」

里奈のリストを見て、教頭が驚いたように呟いた。

教頭室に隣接する応接室には、井野教頭としのぶ、スモモ、里奈、それに早坂がこわばった顔を見せている。

スモモは、学校の門をくぐった時からずっと、妙に居心地悪そうに、視線をあちこち彷徨わせている。考えてみれば、彼女は中学生のころからずっと、自宅に引きこもっていたのだった。両親が行方不明になってから、ほとんど学校には通っていなかったはずだ。

彼女は応接室の内部をじっくり見回した後、壁に掛けられた「努力」と書かれた扁額を、気味悪そうに見上げて眉間に皺を寄せた。学校が懐かしいという表情ではなさそうで、しのぶは笑いをこらえた。

「しかも、いくつかの高校では、こちらの学校より前に感染していた形跡があるんです」

「つまり――」

「つまり、早坂先生は悪くないってことです」

たぶんね、と心の中でしのぶはつけくわえた。早坂がウイルスの制作者である可能性は低い。

がちがちに緊張していた早坂の肩がびくんと震え、昂る感情を抑えきれなかったのか、真っ赤な顔をしてうつむいた。生徒の前なので、涙はこらえたようだ。

「早坂先生。単純に疑うような真似をして、申し訳ないことをしました」

あれほど感情をむき出しにしていたので、よけいに疑わしいと思ってしまった。とはいえ、こちらの過ちは認めなければいけない。

「教頭先生は以前、原因不明でうやむやのまま、事件を終わらせたくないとおっしゃいましたよね。生徒に科学的にものを考えさせたいのだとも。素晴らしいことだと思います。だから、あと一歩、踏み込んで調べてみたいんです。ご協力願えませんか」

最初はとまどっていたが、教頭の決断は早かった。

「わかりました。もちろん協力します」

「ありがとうございます」

「実は先日、早坂先生からも事情を聴いたのですが、先生はぜったいに自分の犯行ではないと言われるのです。私はいったん、彼を信じると言いました。ですが、疑いを晴らすに足る証拠がなかった。出原さんには事件をこれで終結させたいと言いましたが、私自身、割り切れない思いをしていました」

　この教頭は、他人にも厳しいが、自分にも厳しい人なのだ。本来は、しのぶが安易に教頭の言葉を容れず、とことん調査するべきだった。これではプロ失格だ。

「それで、私は何を協力すればいいでしょう」

「こちらにリストアップされた学校に、ウイルス感染の可能性があることを知らせてほしいんです。必要なら、ウイルスチェックのソフトを送ります。それから、こちらと同じ授業支援ソフトを利用していないかどうか、尋ねていただけませんか」

教頭が頷いた。

「そんな話なら、すぐにできそうな相手が何人かいます。お待ちください」

受話器を取り、電話をかけ始めた。会話の様子を横で聞いていると、相手もどこかの学校の教頭のようだ。次々に違う相手に電話をかけ、リストにペンで書きこんでいった。

「――わかりました」

いくつか電話をかけ、教頭が振り向いた。

「連絡が取れたのはこの四校ですが、皆さん同じ授業支援ソフトを使っているそうです。パソコンが遅いのは、やはり皆さん感じていたようですね。できれば、ウイルスチェックのソフトを送っていただけませんか」

――やっぱりだ。

このマイニングウイルスは、高校とその生徒たちの間でしか出回っていない。もっと広範囲に蔓延していれば、今ごろセキュリティ関連企業が気づいて、ウイルスチェックソフトのウイルス定義ファイルにも入っていたはずだ。

「ウイルスチェッカーを、すぐ送らせていただきます。できればこちらのパソコン室の、集中管理端末を見せていただけませんか。気になることがあるんです」

「わかりました。徹底的にチェックしてください」

今度は、早坂も協力的だった。みんなで応接室を出て、パソコン室に案内しながら、しのぶに囁く。

「先日は、変な態度を取って、すみませんでした。僕は、数学の教師なんです。情報の免許も取ったので、情報科の授業を教えることもできるんですが、本当はそれほど詳しくなくて。精一杯やっているんですが、正直、僕の能力ではもういっぱいいっぱいで」

早坂が恥ずかしそうに告白するのを聞いて、気の毒になってきた。

――世の中の動きが早すぎるのよね。

新しい技術がどんどん生まれ、社会もそれを大河のように貪欲に呑み込んでいく。ブロックチェーンや仮想通貨がいい例だ。

情報の授業内容は、本来、非常に奥が深くなるはずだが、情報科を受け持つ教員のうち、専任は二割程度と言われている。教師がどれだけ頑張っても、最新の知識を保持し続けるのは難しいだろう。

とはいえ、早坂が虚勢を張り続けたように、生徒の前で「詳しくない」なんて告白するわけにもいかない。また反対に、ある程度の知識があるために、専門外のサーバーの管理やメンテナンスを任されてしまうこともあるらしい。どちらにしても、損な役回りだ。

「私、パソコンクラブを作ろうと思ってるんです」

里奈がおずおずと言いだしたので、しのぶは驚いた。

「パソコンクラブ？　あなたが？」

「はい。ちょっと興味が出てきたし、もし知識がついたら、パソコン室の管理についても、先生のお手伝いができるんじゃないかって思って」

――これは驚いた。

しのぶは里奈と早坂を見比べた。早坂も驚いているようだが、もし実現すれば、彼の負担も減るかもしれない。

「私が口を出すようなことじゃないけど、とてもいいんじゃないかしら。仲間が集まるといいわね」

「がんばります！」

里奈がにっこり笑った。

「どうぞ。これが集中管理端末です」

パソコン室に入り、教卓の隣の端末を立ち上げる。スモモは興味津々らしく、パソコン室の中を歩き回り始めた。

「この端末は、他のパソコンと同じようにダウンしたんですか？」

「いえ。これだけは無事でした。もしこの端末もダウンしていたら、いくら『バリュー・クラス』の大隅さんを呼んでも、すぐに復旧させることはできなかったと思います」

「ちょっと失礼」

早坂に断り、持参したツールセットを使って調査を始めた。

「これ、バックドアが仕掛けられてますね」

「バックドア？」

教頭と早坂が驚いている。

「つまり、ネットワーク経由で、外部からこの集中管理端末に侵入して、管理者権限で操作できるようになっています。もう少し調べてみないといけませんが、これを利用して、マイニングウイルスに感染させられたんじゃないかな」

「――この端末が、ハッキングされたということですか」

「その可能性もありますが、同じ授業支援ソフトを使っている学校が、感染しているらしいのが気になるんですよね――」

授業支援ソフトだって、数社から発売されている。どの学校がこのソフト――『バリュー・クラス』を使っているか、犯人はなぜ知っているのだろう。

「以前、ウイルスに感染した時は、どうしたんですか」

「このソフトを導入した直後でしたから、大隅さんが来てくれました」

教頭がうなずく。

「ソフトを導入した時にも、きっと来てもらったんですよね」

「もちろんそうです」

「いつも大隅さんなんですね」

教頭が早坂を見ると、彼は首をかしげた。

「ええ、そうです。『バリュー・クラス』を使用している都内の学校は、すべて担当していると言われてました」

「名刺か何か、ありませんか。メールアドレスを知りたいんですが」

早坂が探し出してきた名刺の写真を撮った。メールアドレスがわかれば、こっちのものだ。

「――ちょっと、クリスマス・プレゼントを贈ってみます」

「――はあ」

要領を得ない表情をしている早坂に、しのぶは笑いかけた。

10

応接セットのテーブルには、透が用意してくれたチキンの丸焼きや、ポテトのサラダ、ノンアルコールのフルーツポンチなどが並んでいる。来客があってもいいように、多めに作ったと言っていたが、多すぎる。

食材を買うための実費は、月にいくらと決めてあらかじめ渡しているのだが、この料理はそれを完全に超えているようだ。チキンに添えられた透のメモで、謎が解けた。

『メリー・クリスマス！　僕からのクリスマス・プレゼントです。いい聖夜を』

——あの子ったら、買いたいものがあるから土日も仕事させてくれなんて言って。

なかなか可愛いところがあるではないか。

帰宅して、透が作りおきしてくれた食事の量に気づくと、すぐさまデラさんに電話をした。店を閉めたら、来てくれるそうだ。

「それで、私が呼んだのはデラさんなのに、どうしてあんたがここにいるのよ」

「うーん、素晴らしいごちそうだね」

ソファで無駄に長い足を組み、ホクホクと笑顔を見せているのは筏だった。おそらく、スモモから食事の件を聞いたのだろう。

そのスモモは、帰ってすぐ自室に飛び込んだきり、出てこない。

「笹塚君は、わが研究所の食堂アルバイトに転職しないだろうか。バイト代ははずむと伝えてくれたまえ」

「冗談でしょ」

「胃袋の要求は優先順位が高いのだ、同志出原君」

「違うわよ。どうしてうちの大事な賄い要員を、あんたに渡さなきゃいけないのよ」

「むう、直接交渉をすべきか」

いよいよ、観念して透のバイト代を上げる時が来たようだ。筏の毒牙が伸びる前に。

「おお、いい匂いだな」

玄関が開いたかと思うと、コーヒーのポットを抱えたデラさんが上がってきた。

「見なさいよ、デラさんはちゃんと差入れを持ってきてくれたわよ。呼ばれてもいないあんたは、手ぶらで来たというのに」

筏のやつは、しのぶの嫌味もどこ吹く風で鼻歌を歌っている。

「スモモ！　スモモ、もう食事にするわよ」

数秒の後、自室から走ってきたスモモが、印刷した紙をしのぶに押しつけた。

「——あら。早いわね」

スモモは帰ってくるなり、『バリュー・クラス』のエンジニア大隅に、早坂先生を装ってメールを送り、ハッキングを始めたのだ。土曜日なので、社用のメールは見ていないかと思ったが、すぐにメールを確認したらしい。

スモモが贈ったマルウェアは、大隅のパソコンを隅々まで駆け回り、マイニングウイルスの開発環境が存在することを確認した。

「ビンゴ——だけど、これを警察に提出するわけにもいかないのが困っちゃうわよね」

「メールした」

「は？　誰に？」

「遠野(とおの)警部」

けろっとした答えを聞いて、あっけにとられる。遠野警部は、スモモの才能を見込んで警視庁に勧誘した張本人だが、彼の親友が事件に絡んで自殺した後、しのぶたちとは距離を置いていたのだ。

――よくメールできるわね。

しのぶなら、相手の気持ちを考えて躊躇してしまう。だが、良くも悪くも他人との距離の取り方をいまだに理解できないスモモには、それが平気でできるのだ。

「で、警部は何て？」

スモモが、自分のスマホをこちらに突き出した。「通話中」と書かれた画面に、しのぶは目を丸くした。

――こいつ。

遠野警部に電話して、こちらに通話を押しつけようという魂胆だ。

『もしもし？　おい、スモモ？　もしもし？』

スモモのスマートフォンから声が漏れてくる。しのぶは慌ててそれをひったくった。

「もしもし、警部？　出原です」

『何なんだ、スモモは？　いきなりメールを送ってきて、電話をかけてきたかと思えば』

こうなればしかたがない。覚悟を決めて、事情を説明し、協力してもらうしかない。

あちこちの高校で、ウイルス騒ぎが起きていることなどを説明すると、案の定、雷が落ちた。

『――またお前らは、ハッカーを特定するために、相手にマルウェアを送りつけたのか！　お前らがやってることも犯罪だぞ！　わかってるのか！』

「だって、しかたがないじゃない。きれいなやりかたにこだわっていたら、捕まえられるものも捕まえられないいんだから。灰色の部分を担う人間だって、必要なのよ」

だからこそ、自分たちはお堅い職業から身を引いて、たったふたりで探偵事務所を立ち上げたのだ。

遠野警部が長いため息をついた。

『――ともかく、後は任せろ。学校には、こちらから捜査員を送って調査する。そのエンジニアにも、こちらで事情を聴いてみる』

「マイニングウイルスなんて、けちな犯罪だとは思うけど、そのせいで生徒や先生の中に疑われる人が出てるのがしゃくにさわるの。よろしくね」

『――まったく』

遠野警部が、ふいに笑いだした。

「何よ、警部」

『いや。そのうちお前らに電話しようとは思ってたんだが、タイミングを失ってな。このまま、なんとなく音信不通になるのかなと思ってたよ。まったく、スモモの天然に感謝しないとな』

しのぶは眉を跳ね上げた。

——まあこれで、事件は解決できそうだし、遠野警部との縁も復活したようだし。

「同志のやり口が、日増しにダーティになっているようで、喜ばしいね」

通話を終えると、筏がいかにも嬉しげに両手をこすり合わせて続けた。

「その通り！　灰色こそが正義を担うこともある！」

「あんたに言われると、自信なくすわね」

「チキン」

鶏を前にしたスモモが、目を輝かせる。デラさんが、笑いながらナイフを取り上げて切り分けてくれようとしている。

その時だった。

突然、どこからともなくサイレンの音が聞こえ、しのぶは仰天して立ち上がった。

「なに？　これ何の音？」

かん高いサイレンを鳴らしながら廊下を疾走してきたのは、黄色い雪だるま——もとい、ジャスティス三号だった。

「三号、うるさいからやめなさい！」

三号は、そのまま食卓にすべり寄ると、真っ赤に輝く目を事務所の白い壁に向けた。サイレンはやんだものの、プロジェクタのように、壁に四角い映像が投影される。

「ちょっ、何なのこれ」

「同志スモモが改造したようだね」

筏がうっとりと目を細めた。

——スモモがこそこそしていたのは、これか。

三号が壁に映し出したのは、一枚の写真だった。アイシングで雪だるまの絵を描いたパンが写っている。おそらくパン屋の店内で、イートインしようとしているのだろう。かごに入ったパンと、ミルクティーを撮影したものだ。絵がよく見えるように、パンをかごに立てて撮影したせいで、テーブルの向こうを横切る女性も写りこんでいる。

髪をまとめてスモーキーピンクの帽子をかぶり、エプロンをかけ、客が去った後のテーブルを片づけようとしている。つまり、店員だ。年齢は六十前後、細面(ほそおもて)の厳しい顔立ちで、視線をテーブルに落としているせいか、どことなく印象は暗い。

デラさんが立ち上がるのが、目の端に映った。目を離せないでいる——壁の写真から。

「まさか、これ——」

しのぶは囁いた。

「彼女だ」

心ここにあらずの様子で、デラさんが呟く。

「間違いない。狭川浪子さんだ」

——見つかった。

まさか、こんなに早く見つかるとは思わなかった。呆然と写真を見つめ、しのぶは首を振った。携帯電話やスマートフォンの膨大な写真フォルダを検索し、狭川浪子が写っている写真を、もう見つけてきたというのか。

「信じられない。マルウェアが行き渡るまで、もっと時間がかかると思ったのに——」

ゴホンと筏が咳払いする。

「それはまあ、この私が感染拡大に力を貸したからね」

「何ですって？」

「なに、礼には及ばないよ。同志諸君がマルウェアを利用して人捜しをしているのに気がついたから、ちょっと協力させてもらったのだ。あちこちのクリスマスイベントのサイトに、マルウェア入りの画像を置いてね」

呆れた男だ。だが、今回ばかりは助かった。

「この写真、いつどこで撮られたの？　撮影した人は誰？」

スモモが、すぐ自分のノートパソコンを開き、操作を始めた。今度は、三号の投影する画面が、スモモのノートパソコンの画面と同期されたようだ。スモモがコマンドラインにコマンドを打ち込むと、次々に文字が表示されていく。

写真の日付は、去年のクリスマスだ。写真に位置情報はついていない。撮影したスマホの現在位置は東京都世田谷区で、持ち主の電話番号やメールアドレスはわかった。

しかし、消えた狭川浪子が東京にいたとは思えない。去年のクリスマス、スマホの持ち主はどこか別の場所にいたのではないか。

スモモはスマホの持ち主が、フェイスブックをしていることを突き止めた。スマホにアプリが入っている。

「この人のフェイスブック、見られる？」

魔法のように、壁面にスマートフォンの画面が現れた。もしスマホの持ち主が、今も端末をさわっていたら、いきなり自分の入力を受け付けなくなった端末に、驚いているはずだ。しかも、フェイスブックを開いて、一年前の記事を検索しているのだから、仰天ものだろう。

「旅行していたのね」

「角館」

当時の投稿内容から読み取る。

「秋田の仙北市ね。ねえスモモ、さっきの写真、狭川浪子さんの手元だけ拡大できる？」

さっそく壁の画面が切り替わり、写真の一部がズームアップされる。しのぶが気になったのは、狭川浪子が片づけようとしているトレイに載った、ナプキンの模様だった。

――やっぱり、文字だ。

拡大してスモモが画像を調整すると、はっきり読めた。

「ヒビノカテ？　日々の糧って、アルファベットで書いてある？」

しのぶも自分のパソコンに駆け寄り、仙北市に「ヒビノカテ」という店名のパン屋がないか検索してみた。

――ビンゴ。

「田沢湖の近くに、パン屋がある。たぶんこれだわ」

狭川浪子は、この店で働いている――あるいは、働いていた。

一年前のクリスマスに。

「一年前か」

デラさんが押し殺した声でささやく。

「――ありがとう。俺は、すぐ現地に行ってみる」

夢から醒めたように、慌ただしく上着に袖を通し、出て行こうとするデラさんをしのぶは急いで引き止めた。

「待って。今から行っても、もう飛行機も新幹線もないから」

「車で――」

「大丈夫。すぐ準備して、私たちも行くから」

「それはダメだ。俺の個人的な事情で、そこまで迷惑はかけられない」

「止めても無駄よ。デラさんひとりで行かせたら、高速で事故でも起こしそう。透が作ってくれたご馳走は、すぐタッパーに詰めるから、車内でのお弁当にしましょう」

せっかくの透の心づくしだ。食べないという選択肢はない。

筏がスマートに肩をすくめた。

「私なら新幹線が動きだす朝まで待つがね。車で行くなら止めはしないよ。私はここで君たちの帰りを待つとしよう」

「そうしてくれる？」

しのぶはハッとした。

——しまった、うっかり聞き逃すところだった。

「何言ってるの！　あんたにもちゃんとお弁当を詰めてあげるから、さっさと持って帰りなさい！」

こんな男を事務所にひとり残したりすれば、何をしでかすかわからない。戻ってきた時には、そこら中が監視カメラだらけになっているに違いない。冗談ではない。

「つれないねえ、同志出原君。まあ、そこが君たちの良さでもあるのだが」

ぶつぶつ呟いている筏は無視だ。

再び写真の狭川浪子から目が離せなくなっているデラさんに、視線を移す。

――やっと、動きだす。

デラさんの娘が、生きているのかどうか。

これでようやく、何かつかめるかもしれない。

断章　ラフト工学研究所だより

スモークサーモンとグリーンアスパラのコンソメゼリー寄せが、光を浴びてサンストーンのように輝いている。

ううむ、トレビアン！

ぽってりと厚みのあるサーモンの、不埒(ふらち)なまでに誘惑的なピンクと、アスパラガスの重厚なグリーンのコントラストが、このうえなく空腹を刺激する。

宝石箱のように美々しく並んだ佳肴(かこう)は、まず視覚でわが脳をやさしくノックし、食欲を活性化させ、嗅覚でそれを増進する。さすれば泉のごとく口中に唾液がわきあふれ、胃袋がのたりと活動を始め、ぐうと音をたてるのもつかの間、箸をもってそっと舌に運んだとたん——味覚が脳に与える刺激の強烈さときたら。

「む——さすがだ、少年よ」

ひとくち味わい、私は満足の吐息を漏らした。研究所にぜひとも欲しい人材が、もうひとり増えた。

私はデスクに向かい、同志らが折詰にしてくれたご馳走を、最後の晩餐(ばんさん)のようにじっくりと噛みしめ、味わっている。

研究所の職員らは、もう全員が帰宅し、今夜ここにいるのは私ひとりだ。所長室——私の城——には、現在開発中のさまざまなロボットのパーツや、サーバーなどが足の踏み場もないほど押し込まれているのだが、デスクの上には、たった一台のノートパソコンと、折詰が載っているだけだ。

私は時計を見た。どうやら、そろそろのようだ。

キーボードから短いコマンドを打ち込むと、カーソルがしばらく明滅した後、何ごともなかったかのように、再び入力を受け付ける状態に戻った。

さてこれで、世界が私にひれ伏す準備は整ったようだ。

第三章　キボウはこの手の中に

1

「まさか、雪が積もってるとはね」

ドアを開けたとたん、車内に吹き込んだ冷気に、しのぶは思わず全身を震わせた。東京と同じ感覚で、スーツにトレンチコートを羽織っただけで来てしまった。もっと暖かい服装をしてくればよかった。

秋田街道沿いのコンビニの駐車場には、数センチの雪が積もっている。慌てて飛び出したとはいえ、ふだん使いのパンプスを履いてきた自分の足元を、恨めしく見つめる。

――そう言えば、東北地方では雪で道路が通行止めになったって、ニュースで言ってたっけ。

車を降り、冷えた手のひらに息を吹きかけて温めながら、周囲を見回す。知識として知っているのと、五感を使って体験するのとでは、大違いだ。スモモがトランクにチェーンを積んでいたから良かったが、そうでなければ立ち往生したかもしれない。

「パンと熱いコーヒーでも買ってくる。寒いから、車の中にいてくれ」

デラさんが、さっさと助手席から降りてコンビニに向かった。デラさんの親切にあえて異を唱える気力もなく、しのぶはおとなしく運転席に戻る。借りてきた猫の気分だ。

表参道の事務所から、スモモのアクアを飛ばして来た。首都高速、東北自動車道と、途中に短い休憩を挟みながら乗り継いで、およそ九時間。最初はスモモがハンドルを握ったが、体質的に〈シンデレラ〉の彼女は、午前零時を過ぎると突然、スイッチが切れたかのように眠ってしまうので、そうなる前にしのぶが交代した。後は、デラさんと交互にハンドルを握りながら、ここまで来た。ほとんど眠っていないので、頭の中に刻んだ藁でも詰めたような気分だ。

午前七時の秋田街道は、盛岡インターチェンジから降りてきたトラックや、通勤らしい乗用車でにぎわっている。

高層建築に圧迫されるような気分を味わう東京と違って、田畑が続き、民家やせいぜい低層の集合住宅や郊外型の店舗が建ち並ぶ程度のこちらは、実に空が広く、町のはるか向こうまで見晴らすことができる。

「——見つかるといいんだけど」

目指しているのは、田沢湖畔にある「ヒビノカテ」というベーカリーだ。そこに、去年のクリスマス、狭川浪子がいた。

「クリーム、砂糖入りでいいよな」

「さすがデラさん！」

カップを三つ抱えて戻ってきたデラさんが、ひとつこちらに渡してくれる。朝は甘いものが欲しくなる。後部座席で眠っていたスモモが、コーヒーの香りに誘われたのか、目をこすりながら起き出した。

熱いコーヒーが、きゅっと胃にしみる。気がつくと、ひどく空腹だった。昨日の夜、透が用意してくれた、クリスマス・イブのご馳走を弁当にして食べた後、飲み物以外は口にしていない。デラさんが買ってきてくれたデニッシュパンをかじり、コーヒーで流し込んだ。

「ここからパン屋までは俺が運転するよ。開店が九時だから、途中で朝飯休憩にしよう」

たしかに、パンひとつでは足りないくらいの、猛烈な食欲がわいている。夜通し起きていたようなものだから、当然なのだが。どこかで思いきり、ストレッチしたい気分だ。

食べ終えると、デラさんはかいがいしくゴミを捨てに行き、戻ってくるとしのぶと席を交代した。スモモは昼まで使い物にならないだろう。

「デラさん、大丈夫？——焦らないでね、って意味だけど」

だんだん、目的地が近づいている。何くれとなく世話を焼いてくれるデラさんの態度も、そわそわと落ち着かないようだ。

「大丈夫だ。俺が、慌てて先を急ぐんじゃないかって意味なら」

デラさんは振り向き、ちらりと唇に笑みを浮かべた。作り笑顔っぽく見えたが、それでも笑えるならまだマシだ。

「ふたりがネットで、パン屋はまだ営業してることも調べてくれたしな。——七年も待ったんだ。今さら、慌てたりはしないよ」

「——そうね」

狭川浪子が、今も同じ店で働いているように、そして和音が見つかるように。そう、しのぶは祈るような思いだった。


「この人なら、春ごろに辞めましたよ」

開店したばかりのベーカリーの店主は、丸顔で生き生きと表情の動く、人の好さそうな女性だった。しのぶより少し年上のようだ。

イートインできるテーブル席がいくつかあり、アール窓の向こうに真っ青な田沢湖が見える。日本で最も深い湖で、冬でも凍ることはないそうだ。

朝から、店内には焼きたての菓子パンやお惣菜パンの、心が浮き立つような香りが満ちている。籠に並ぶ「ヒビノカテ」のパンは、見た目も可愛いものが多かった。

デラさんが狭川浪子の写真を見せ、七年も捜した伯母が、たまたま知人が撮影した写真に写っていたので捜しに来たと話すと、驚いていろいろ教えてくれた。

「店を開いたのが二年ちょっと前なんですけど、オープニングスタッフでアルバイト募集したら来てくれて。一年半くらいは、いてくれたのかなあ。しっかりした、真面目ないい人でした」

店主は浪子に好意的だった。

狭川浪子は、この店では白石俊子と名乗っていたそうだ。採用の際に履歴書を提出してもらったが、辞める時に返却したので、今はもうない。

「電話番号か住所など、ご存じありませんか」

「それが、携帯の番号は聞いていたんですが、辞めた後に携帯を変えたみたいで、今はもう通じないんです。それきり会ってません」

デラさんが肩を落とすのが、後ろで見ていてもよくわかった。

──せっかく、ここまで来たのに。

写真の浪子もかぶっていた、スモーキーピンクの帽子で髪をまとめた店主は、なんだか申し訳なさそうな顔をした。

「──トシコさん、とっても頑張ってくれていたんです。私もずっといてほしかったんですけど」

「そう言えば、どうして辞めてしまったんですか」

「たぶん、私がマイナンバーを尋ねたせいだと思うんです」

え、とデラさんが首をかしげる。

「ほら、お給料を支払った相手のマイナンバーを、税務署に報告しなくちゃいけなくなったでしょう。私も、気軽に『マイナンバー教えてくださいね』ってお願いしてしまって。そしたらしばらくして、辞めますって言われちゃったんですよ。一応、家族の介護をしなくちゃいけないからとは言ってましたけど」

しっかり者の店主は、細い眉を八の字形に下げ、眉間に皺を寄せた。

「まさか、あの人が七年も行方不明になってたなんて――。事情は知りませんが、きっと素性を隠したい理由があったんでしょうね。運転免許も持ってなくて、自転車でここまで通っていましたし。身分証明書も、そう言えばひとつも見たことがないんです。マイナンバーの通知書だって、そういう事情なら彼女の手元には届かなかったでしょうし」

しのぶは啞然（あぜん）とした。

――マイナンバーとはね。

「自転車で通っていたと言われましたね。それは、自宅からということですか」

ふいに、デラさんが息を吹き返したように生き生きと質問を始めた。どうやら、何かを思いついたらしい。

「ええ、自宅からだと思いますけど」

「何か、彼女の自宅を探すヒントになるようなことを覚えていませんか。通り道にあるものとか、誰と住んでいるとか、近所にどんなものがあるとか――」

「ご主人と住んでらっしゃったはずですよ」

「ご主人？」

狭川浪子の夫は、息子と同じころに病死している。息子を亡くした後の、彼女の激しい行動を見ると、他につきあっている男性がいたとは思えない。ここに逃げてきてから、つきあい始めた相手だろうか。

「詳しいことは知らないんですけど、介護すると言われていたのも、ご主人のことだと思います。かなり年配の方のようでした」

「子どもはいませんでしたか。十五歳くらいの女の子なんですが」

「さあ、私も中学一年の娘がいるので、そんな子どもさんがいたのなら、話に出そうなものですけど――」

首をかしげているところを見ると、そんな気配はなかったようだ。浪子が慎重に隠していたのかもしれない。

「店を出て道をどちらに向かったか、覚えてませんか。あるいは、行き帰りに見たもののこととか、話しませんでしたか」

「いつも、店を出て左に行きましたよ。家は、枝垂桜（しだれざくら）のあたりじゃないかと思うんです」

「枝垂桜ですか？」

デラさんが戸惑っているので、しのぶはスマホで検索してみた。田沢湖畔の枝垂桜は、すぐ見つかった。

「潟の枝垂桜ですね」

「そうそう。潟という集落の近くに、樹齢二百五十年くらいの枝垂桜があるんです。そのあたりから通ってきてるんだと思ってました。ここから、湖に沿ってずっと行くんです。よく、湖の風の話をしてましたしね。今日は風がきつかった、とかってね」

「ここから枝垂桜までだと、かなり距離がありますね」

「五キロくらいじゃないでしょうか。トシコさん、元気だなあと感心してましたよ」

雪が積もる冬場は危険だが、自転車で五キロなら、通えない距離ではない。

何か思い出せば連絡してもらえるようにと、デラさんが電話番号をメモする間に、しのぶはパンをいくつか買った。

車に戻ると、おなかをすかせたスモモが待っていて、目ざとくパンの袋を漁りはじめた。近くのレストハウスで、朝食がわりに味噌たんぽという秋田名物を食べはしたが、大食漢のスモモには足りなかったのだろう。

デラさんは、なかなか運転席に戻ってこなかった。「ヒビノカテ」の、五台くらい車を停められる駐車場の一角に立ち、絵の具を垂らしたように青い田沢湖を眺めている。ひとりで何を想っているのだろう。

「――ここで、どんな風に暮らしてたのかしらね。狭川浪子さん」

スモモ相手だと、ひとりごとみたいだ。

「白石俊子か」

夫と一緒に暮らしていると、「ヒビノカテ」の店主は思い込んでいた。ひょっとすると、その男性の家に転がりこんだのかもしれない。彼の名前が白石というのではないか。

「ねえ、スモモ。この近くに白石って家がないか、調べてみてよ」

カレーパンとあんパンをぺろりと食べたスモモは、素直にパソコンを開いた。ネット上に、全国の電話帳から情報を取りこんだデータベースがあり、住所、電話番号、氏名のどれかから、検索することができる。スモモが県内の「白石」姓を検索したが、仙北市内には一軒もなかった。

「まあ、電話帳に掲載してない家も多いもんね」

そう簡単に見つかるとも期待はしていない。

「このへんに、交番か駐在所はあるかな」

やっと運転席に戻ってきたと思えば、デラさんがそんなことを尋ねた。元警察官だけに、正攻法で調べるつもりらしい。長いあいだ雪の中に立っていて身体が冷えたのか、車内の暖かさに触れてホッとしているようだ。

「距離的に近いのは、桧木内(ひのきない)駐在所みたいだけど。ちょうど湖の反対側ね」

「まずはそこで、白石俊子について聞いてみよう。駐在所なら、近在の住人のことは詳しいから、やみくもに潟という集落で尋ねてまわるより、確実だと思う」

デラさんが、さっそく車のエンジンをかける。彼も寝ていないので、本当ならしばらくどこかで眠るか、休憩したほうがいいのだが、口では焦らないと言いつつも、逸る気持ちを抑えられないのだろう。

旅の目的が観光なら、これほどの絶景もまたとない。澄んだ田沢湖の向こうには、雪をかぶった清冽な尾根が連なっている。湖の周囲を走る県道六十号線からの景色に、しのぶはつい見とれてしまったが、デラさんは目を向ける余裕もなさそうだ。

チェーンを巻いた車でガラガラと派手に音を立てながら、湖の反対側に向かっていたデラさんが、急に車を路肩に寄せて停めた。

びっくりしているしのぶの前で、無言でハンドルに突っ伏し、目を閉じている。

「ど――どうしたの、デラさん。眠いの？」

突然の行動に、何が起きたのか理解できず、しのぶは急いでデラさんの額に手を当てた。強行軍で熱でも出たか、気分でも悪くなったのだろうか。

――ううん、熱はない。

デラさんがぱちりと目を開けた。

「――すまんな。急に迷いが出て」

「迷い？」

「俺が駐在所に行って、白石俊子――いや、狭川浪子について尋ねれば、昔の事件のことが当地の警察にも知られるだろう。あれから七年だ。もし、狭川さんが和音の事件に無関係で、この土地で静かに暮らしているのなら、取り返しのつかないことになる」

しのぶは黙り込んだ。

——デラさんは、こういう人だった。

自分の娘を誘拐し、家庭を粉々に破壊したかもしれない女性にまで、優しい。だが、その優しさは時として、デラさん自身をがんじがらめに縛る。

しのぶはデラさんの肩に手を置いた。

「あのさ、やっぱり、少しどこかで眠ったほうがいいと思う。寝てないから神経が昂ぶって、ものを考える力が弱ってるのかも。少し眠れば回復して、思考力が戻るよ」

「——そうかな」

魂の抜け殻のようなデラさんと、運転を交代した。これからホテルをとっても、午後にならないとチェックインできないだろう。

「スモモ、助手席に来て。デラさんは後ろに行って、休んでてちょうだい。ホテルを探して、早めにチェックインできないか交渉してみる。あるいはどこか、ゆっくりできる場所を探してみるから」

「すまん」

デラさんは、憔悴(しょうすい)した表情で頷いた。彼がハンドルを握っていた間、しのぶは助手席で少し眠ることができたが、しのぶが運転を交代しても、彼は輾転反側するばかりで、ちっとも熟睡できなかったようだった。体力より、気力の限界を超えてしまったのに違いない。

とりあえず車を出し、スモモがネットでホテルを探す間に、車を停められる場所を探した。しばらく車を走らせていると、ようやく後部座席からかすかな寝息が聞こえてきて、ホッとした。

警察に和音の靴が送られてきた日から、心の休まる時はなかったはずだ。口では諦めているなどと言っていても、もしかすると生きているかも、娘を取り返すことができるかもと、わずかな期待にすがりつく思いでいたのだろう。そうなって当然だ。狭川浪子の行方が明らかになりそうな今は、よりいっそう胸が締め付けられるような気分だろう。

「――ない」

早めの時間から泊まれるホテルを検索していたスモモが、絶望の一歩手前のような声で唸った。めったに感情を表に出さないスモモにしては、珍しいことだ。

「ねえ、こんなに早くから泊まれるところは、まずないから。どこでもいいから、今夜空室があって、近くで良さそうなホテルはない？　私が電話で交渉するから」

「――空室、ない」

スモモの言葉に、ハッとする。

――しまった、クリスマスか。

自分に縁がないので考えもしなかったが、世間は冬休み期間中だ。子連れのファミリーやデート中のカップルなら、クリスマスに田沢湖畔のホテルだなんて最高ではないか。いちゃつくのはイブだけで充分じゃないかとひがんでいたら、行き過ぎたばかりの看板に目が留まった。

「いま、農家民宿って書いてあったよね」

少し先で転回し、道を引き返すと、やはりそうだった。民宿と蕎麦屋がセットになっているらしい。すぐそばに畑もあるようだ。しのぶは駐車場に車を入れた。もちろん予約はしていないが、しばらくデラさんを休ませることはできないだろうか。

「私、ちょっと行って聞いてくるから。ここで待っててね」

パンプスの踵（かかと）が雪で滑りそうになる。「蕎麦」と大書された店の引き戸を開けようとした時、スマホが鳴りだした。画面に「明神」と表示されたのを見て、「今それどころじゃないのよ」と目を吊り上げそうになった。

だが、思い直した。例のマルウェアの件なら、ひょっとすると顧問契約につながるかもしれない。

「――ねえ、いま手が離せないの。手短にお願いね」

高飛車に電話に出た。サイバー防衛隊勤務の明神海斗は、しのぶを扱う呼吸を心得ていて、すぐさま話しだした。

『しのぶさん、大変です。世界中で、パソコンが一月二十一日になってしまったんです』

「ハイ？　なに言ってるの？　今日はクリスマスでしょ」

この男も、時々おかしなことを言いだす。

『ネットワーク・タイム・プロトコル（ＮＴＰ）サーバーですよ。各地の主要なタイムサーバーがハッキングされて、それを使っていて、たまたま今日、同期を行う設定になっていたパソコンの時計が、一月二十一日になっちゃったんですよ』

「――ちょっと待って。一月二十一日と言えば、マルウェアの〈キボウ〉が動きだす日付じゃないの」

『そうなんです！』

ＮＴＰサーバーとは、コンピュータの時計を自動的に合わせてくれるものだ。たとえばウィンドウズのパソコンを買うと、たいてい初期値として「time.windows.com」というタイムサーバーがＮＴＰとして指定されている。多くの人は意識せず使っているかもしれない。

一般の人が使うパソコンでは、そこまで正確な時刻を必要とすることはないのだが、処理の順番が重要なシステムでは、コンピュータの時刻が狂うことで、不都合が起きることもある。たとえば、金融機関のコンピュータなどがそうだ。ネットワーク上にあるすべてのコンピュータの時刻が、正確に一致している必要があるのだ。

『NTPサーバー側で対処したので、今はもう正しい日付に戻ったんですが、気づいた人たちの間で騒ぎになっているんです。急にカレンダーがおかしくなったので、自分のパソコンがウイルスに感染したんじゃないかって』

「それって——金融機関のコンピュータは被害を受けなかったの？ もし、時計が狂った状態で取引をしてしまったら、データの修復が必要になると思うけど」

『幸いなことに、たまたまなんですが、金融機関のシステムは同期のタイミングがずれていたようで、今のところ被害の報告はありません。他の企業のシステムに被害が出ていないか、現在、確認中ではありますけど』

「とすると、直接の危険は〈キボウ〉か」

カレンダーが一月二十一日になるだけなら、一般的には大きな問題はないだろうが、もし日付の狂ったパソコンが〈キボウ〉に感染していれば、マルウェアが活動を開始する。

「困ったわね。私たちいま、別件の調査で秋田に来ているの。機材はあまり持ってきてないし、身動き取れないわ」

正直、〈キボウ〉が動きだすのは来月だと考えていたから、油断していた。スモモが準備した〈キボウ〉監視用のシステムも、事務所に置いたままだ。

『えっ、秋田ですか？ またどうして秋田に——』

失望と驚愕のあまりか、明神が裏返った声で呻く。

「しかたがないじゃない、こっちも仕事なんだから。それで、〈キボウ〉はもう動きだしたの？」

『そのようですが、今のところ目立った被害の報告はありません。こちらも、〈キボウ〉に感染したパソコンを用意して、何が起きるか監視しています』

「秋田にいて何ができるか考えてみる。本格的な調査は東京に戻ってからになると思う」

引き続き、変化があれば知らせるように頼み、明神との通信を終えた。

――まさか、日付を変えるとはね。

しのぶは小さく舌打ちした。

〈キボウ〉を作ったハッカーは、なかなかの策士だ。マルウェアは一月二十一日まで動きださないとみんなを油断させて、まさかのタイムサーバーのハッキングときた。

しかも、ふだんは東京に常駐するしのぶたちが、たまたま遠出をしている時を狙いすましたかのように、仕掛けてくるとは――。

――本当に、偶然だろうか。

そんな思いが、ふとよぎる。〈キボウ〉の開発者は、しのぶたちが〈キボウ〉を監視していることを承知のうえで、彼女らの行動を逆に監視しているのでは――。

「いやいや。それはいくらなんでも、自意識過剰よね」

それよりも、今はデラさんの件が最優先だ。引き戸に手をかけ、しのぶは呼吸を整えて店に飛び込んだ。

2

秋田県仙北市は、平成十七年に仙北郡田沢湖町、角館町、西木村が合併してできた新しい市だ。いわゆる「平成の大合併」で生まれた市のひとつだった。日本一の水深を持つ田沢湖周辺の景観、江戸期の武家屋敷町を残し「みちのくの小京都」の異名を持つ角館、秋田駒ヶ岳や田沢湖高原など、豊かな自然と歴史の溶けあう土地柄だ。

人口はおよそ二万六千人。六十五歳以上の高齢者が四割弱を占める。

「白石さんというお宅は、このへんでは聞いたことがないですね」

畑を守りながら、自宅の一部を民宿とし、広い庭に店舗を建て増して蕎麦屋を開いたという夫婦が、しのぶの問いに首をかしげた。

今日は予約が入らなかったので、民宿は休業のつもりだったが、困っていると聞いて、急遽、宿を取らせてくれることになった。そのかわり、食事が蕎麦と天ぷらくらいしかないと言われたが、それで充分だ。

長年、一緒に暮らす夫婦は、服装やしぐさが似てくるというが、この民宿の川添夫妻も並んでにこにこと笑みを浮かべた顔が、まるで双生児のように似ている。

ひとまずデラさんを部屋に寝かせ、しのぶは先に川添夫妻から情報収集を行うことにした。いきなり駐在所を目指すから、狭川浪子の現在の生活を壊すかもしれないなんて、無駄な心配をすることになるのだ。

「この女性を見かけたことはありませんか。レストハウスの向こうの、〈ヒビノカテ〉というパン屋さんで働いていたんですけど」

「あら、知ってますよ」

奥さんのほうが写真を見て目を輝かせた。

「あそこのパン、美味しいのよね。うちも買ってます。この人はもう、辞めたみたいですけど」

「どこに住んでるか、ご存じじゃありませんか。あるいは、辞めた後にどこかで見かけたとか──ないですよね」

さあ、と呟いて奥さんは首をひねっている。

「どこかで見たような気もするんですけど──」

本当のことを話すだけが能ではない。しのぶはここぞとばかり、身を乗り出した。

「この女の人、向こうで寝ている男性の伯母さんなんです。七年前から行方不明なんですが、去年たまたまこの近くで見かけたという人がいて、パン屋さんで働いていたことまでは突き止めたんですけど」

「まあ――」

「長いこと生死もわからなかったので、昨夜は車を飛ばして東京からここまで来ました。心配で、彼は夜も眠れなくて」

「だからあんなに、疲れ果てて眠ってしまったのね」

気の毒そうに奥さんが隣の部屋を見やる。嘘も方便だった。結局、彼女は狭川浪子の住所も、どこで見かけたかも思い出すことはできなかったが、もし何かの拍子に思い出すことがあれば、きっと知らせてくれるはずだ。

遠野警部なら、人の気持ちをもてあそぶような手を使うなと言って、苦い顔をするだろうか。

「このあたりで、食材や日用品を買うというと、どんなお店がありますか？」

「そうねえ。湖の周辺にはあまりないんですよ。新幹線の、田沢湖駅の近くまで行けばね。スーパーやコンビニが何軒かあるんですけど」

「秋田新幹線ですね」

「そうそう。ここから、車なら二十分から三十分くらいですよ」

――デラさんが寝てる間に、ちょっと行って来よう。

もし狭川浪子がまだこのあたりに住んでいるなら、スーパーで買い物をすることもあるだろう。店で尋ねたら、意外にすぐ居場所がわかる可能性もある。

それに、この民宿では、パジャマや歯ブラシなどの日用品は、宿泊客が自分で持ち込むことになっているらしい。お風呂は近隣の温泉利用だ。パジャマはともかく、しのぶは寝起きに歯ブラシで磨かなければ、起きた気がしないタイプだ。

「ちょっと、スーパーまでひとっ走り行ってくる。車、借りるからね。スモモは、引き続き〈キボウ〉の件、調べててくれる?」

明神から連絡があったことを話すと、スモモは目を丸くしてパソコンを開き、現状を調査し始めていた。とっくにそちらに集中しているので、しのぶの声にも無言でこくりと頷くだけだった。

日本の地方都市を観光する外国人は、田園や山河の風景からさほど離れていない場所に、ふいに現れる小さな町と、どこにでもあるコンビニに驚くらしい。

東北の街でよく見かけるチェーンのスーパーマーケットの自動ドアをくぐり、しのぶはかごを手に取って、店内を見て回った。買い物半分、情報収集が半分だ。歩いているうちに、狭川浪子とすれ違う可能性だってある。

——そんなにうまくいくわけはないか。

歯ブラシとタオル、カミソリに洗顔用の石鹸、ペットボトルの飲み物など、思いつくかぎり必要なものをかごに入れていく。お昼と夕食は、お蕎麦を用意してくれるそうだが、それだけで大食漢のスモモが満足するとは思えない。お酒のつまみになりそうなチーズやサラミ、朝食用にパンも買う。冷えたビールも少し、用意したほうがいいだろう。緊張でガチガチに固まったデラさんの気分もほぐれるかもしれないし、無理を頼んで泊めてもらう民宿の夫妻とも、ひょっとすると一緒に飲めるかもしれない。

そんなことを考えながら品物を選んでいると、レジに運ぶころには、ずいぶんな重さになっていた。

このあたりでは一番大きなスーパーだが、それほど混む時間帯ではなさそうだったので、レジにいた何人かの従業員に狭川浪子の写真を見せたが、見覚えがあるという声はなかった。買い込んだ荷物を車に載せた後、店舗の前にあるベンチに腰を下ろし、浪子らしい人物が来ないか張り込んでみたが、そんなにかんたんに巡り合えるわけもない。

――後で靴でも買いにいくか。

しのぶは自分の足元を見下ろした。車を降りて雪道を歩くたび、パンプスの踵が滑りそうになって怖い。スーパーにはなかったが、この分なら近くに靴屋くらいあるだろう。もうこの際、雪で滑らない底のついたスニーカーで充分だ。

この町には、スーパーが二軒、コンビニも二軒あった。郊外型のドラッグストアもある。念のために、一軒ずつ回って写真を見せたが、浪子を知っているという従業員は、ひとりも現れなかった。

――さすがに、これっておかしいよね。

たった一年前まで、浪子は田沢湖畔のベーカリーで働き、五キロほど離れた自宅から通っていたというのだ。それなのに、近隣のスーパーやコンビニに一度も足を運んだことがないのだろうか。

あるいは、もっと離れた場所のスーパーまで、買い物に行っていたのか。ひょっとして、同居しているという男性が、買い物担当だったのだろうか。

ふと、木の葉が風で吹き込むように、ひらめく。

――このへんに住んでなかったのかも。

人口二万六千人の仙北市は、田沢湖、角館、西木の三つのエリアに分けられ、田沢湖周辺でもっとも人口が集中しているのは、しのぶが今いる駅周辺の生保内（おぼない）という地域だ。この周辺で、買い物をする姿を見たことがないということは、彼女は角館や西木地区から、田沢湖のベーカリーまで通っていたのではないか。

――ということは。

「自転車じゃなかったのかもしれない」

〈ヒビノカテ〉の店主が、浪子は自転車で通っていたと証言したので、自転車で通える範囲にこだわりすぎていた。それが浪子のトリックだったのかもしれない。浪子の運転免許証は失効している。誰かに運転してもらったのなら、店まで送ってもらうはずだ。浪子自身が、無免許で運転していたのだろうか。無免許だということは店主にバレているから、車では行けない。

少し離れた場所に車を停め、トランクに積んだ自転車で店まで通うのだ。浪子は自宅の住所も隠したいから、一石二鳥だ。だが、パトカーに停められて無免許だとわかったら逮捕されるし、そこから自分の正体がバレてしまう。浪子の度胸には、舌を巻くしかない。

最後に確認したコンビニから、急いで車に戻った。そろそろデラさんを起こしてもいいころだ。

3

「白石俊子という名前に、覚えがあったんだ」

民宿に戻るとデラさんはもう起きていて、なぜか路上でひとり電話をかけていた。しのぶが戻ると、電話を切って慌ただしくこちらに手を振った。

「いま友里に聞いて、やっと思い出した」

――へえ、ちょっと目を離すと、元奥さんと電話しているわけね。

しのぶの恨めしげな視線には気づかず、デラさんは興奮ぎみに話し続けている。

「友里の親戚に、いたんだよ。白石俊子という名前のひとが。友里のおばあさんの妹の娘とか、そういう遠縁で、俺は一度も会ったことがないんだ。だけど、友里は子どものころに何度か会ったらしくて、結婚した後も、手紙のやりとりを続けていたんだ」

「どういうこと？　それって」

「本当の白石俊子というおばさんは、今も九州に住んでるんだ。問題は、狭川浪子さんが、俺たちの親戚の名前まで調べ上げていて、それを偽名に使ったということだ」

「——そうか、つまり彼女が誘拐犯だという裏付けになりうるんだ」

「そうだ。夢の中で、誰かが白石俊子という名前を囁くのを聞いて、思い出したんだ。すまなかったな、宿探しまでさせて。よっぽど疲れていたんだな、俺」

先ほどまで、ほとんど気絶するように眠っていたのに、デラさんはもう、すっきりとした顔で動いている。無理やりにでも睡眠を取らせたのが、功を奏したようだ。

「石鹼とカミソリも買ってきたから、顔を洗ったら？」

しのぶの視線を感じたのか、デラさんが無精ひげの伸びた顎に手をやった。

「そうか、ありがたい」

「私も、気づいたことがあるの。この近くのスーパーやコンビニに行って、従業員と話してきたんだけど、狭川浪子さんを見かけたひとは、ひとりもいない」

「ひとりもいない？」

「そう。いくらなんでもおかしいでしょう。ひょっとすると、彼女は勤め先の近くに車を停めて、自転車通勤を装っていたんじゃないかな」

「なるほどな。それなら、やっぱりこれから駐在所に行こう」

「行っても大丈夫？」

「浪子さんが、もし事件にかかわっていなければ彼女の生活を壊してしまうかもしれないと不安だったが、白石俊子という偽名の由来がわかればもう間違いはないし、俺にも迷いはない。駐在所なら、白石俊子の車について、何か知っているかもしれない」

　ふたりして民宿の建物に戻る。

「そういえば、どうして外で電話してたの」

「民宿のご夫婦に、俺が行方不明の伯母を捜してると言ったんだろ」

なるほど、室内で電話すれば、様子が違うのがバレてしまう。

おかえりと言って、民宿の夫妻が迎えてくれた。スモモは蕎麦屋の隅で、他の客がいないのをいいことに、能面のような表情でノートパソコンに向かっている。

「お昼、蕎麦定食でいいかしらね」

　奥さんに勧められるまま、昼食を摂る。美味しいが、正直、いまは食べ物のことより狭川浪子と〈キボウ〉の件が気にかかる。

「スモモ、何かわかった？」

目の前に蕎麦が来たとたん、ノートパソコンをそっちのけで、勢いよく蕎麦をすすり始めたスモモに尋ねる。

「サーバー立った」

「一月二十一日になると、〈キボウ〉がアクセスするはずだったサーバーのことね」

こくりとスモモが頷いた。

「落とした」

あまりに言葉を省略しすぎるのが難点だが、つまりスモモは、ハッカーが用意したサーバーから、〈キボウ〉が新たなマルウェアをダウンロードしたと言っているのだろう。それが本来のハッカーの目的だったはずだ。

「解析は？」

「まだ」

ともあれ、そちらはスモモに任せておいてよさそうだ。食事を終えると、スモモをひとりで宿に残して〈キボウ〉の解析作業を委ね、しのぶはデラさんと一緒に駐在所に向かうことにした。

「すまないな、本当に──」

駐在所に向かう車の中で、あらたまってデラさんに礼を言われ、しのぶは戸惑った。

「――何言ってんの。お互いさまだって言ったじゃない。水くさいって」

「わかってる。だけど、こんなところまでついてきてもらってさ。恥ずかしい話だが、心強いよ」

もし和音が見つかったら、という言葉を、しのぶは呑み込んだ。

まだ、気が早すぎる。ぬか喜びさせるのだけは、断じて控えなければいけない。

県道六十号線は、整然と天を目指す杉林の間を走っている。雪が深く、ヒーターはなかなか効いてこなかった。三十分近く走り、そろそろ駐在所に到着するというころになって、ようやく車内が温まる。

「パトカーがあるな」

駐在所の駐車場を覗き、デラさんが呟いた。巡査が中にいるようだと言いたいらしい。車を停めて、「ごめんください」と扉を開く。

平屋の駐在所は、引き戸の向こうが交番のようなスペースで、その奥に巡査と家族の暮らす官舎があるようだ。

「どうされました」

にこにことこちらを振り仰いだ、四十がらみの穏やかそうな男性に、デラさんが女性を捜していることを手短に説明した。

「〈ヒビノカテ〉というパン屋で働いていた、白石俊子さんをご存じありませんか」

この人です、と写真を見せる。しのぶは懐疑的だったのだが、菅尾という巡査は、しばらく写真を見つめると膝を打ち、「覚えてますよ」と言いだした。まさか、管内すべての住人を記憶しているのだろうか。

「あそこの店ができた時から、働いてましたね。ずいぶん前に、辞めたと聞きましたが」

「その方です。今どこにいるか、わかりませんか」

「おふたりはどうして白石さんを捜しておられるんですか。遠くから来られたようですね。車のナンバーが東京だし」

菅尾は、にこにことパイプ椅子を勧めながら、見るべきところは見ていたようだ。素性のよくわからない人間に、住民の住所をべらべらと教えるほど、甘くもない。

この場は、デラさんに任せるつもりだった。探偵がでしゃばるより、元警察官で、娘を誘拐された当事者が事情を説明したほうが、伝わりやすいはずだ。

デラさんはもう、狭川浪子の状況を斟酌するのはやめたようだ。宗教法人〈救いの石〉で起きた殺人事件から、和音の誘拐事件、最近また犯人と思われる人物から和音の靴が届いたことなどを彼が丁寧に説明していくと、菅尾が引き込まれるのがよくわかった。

「私の運転免許証はこの通りです。今の話の内容が正しいかどうかは、警視庁のこの人に確認を取ってもらえればわかります」

最後にデラさんが、免許証と田端刑事の名刺を出すと、菅尾がしばらく考えてそれを受け取り、「ちょっと待っていてもらえますか」とだけ言って、奥の部屋に姿を消した。

――信じてくれたように見えたけど。

デラさんの説明は、真摯でわかりやすく、バランスの取れた人間性を感じさせた。

おそらく、奥の部屋から電話か無線で、警視庁の田端と連絡を取り、確認しようとしているのだろう。

「――懐かしいな」

ふいに、デラさんがぽつりと言ったので、何の話かとしのぶは彼を見つめた。

「警察に入った後、二年だけ、俺も八王子の駐在所に行かせてもらったんだ。まだ独身だったから、単身での赴任だったけど。警視庁にも、二百五十以上の駐在所があってさ」

「デラさんが、駐在さん？」

駐在所の内部を見回しているデラさんは、当時のことを思い出したのか、穏やかに微笑んでいる。

「地域の住民との距離が近くて、いかにも『町のおまわりさん』になった気分でさ。楽しかったな。友里と会ったのも、駐在所時代だし」

ちくりと胸を刺される気分だ。

「それじゃ、友里さんは駐在さんと結婚するつもりだったのね」

「そうだな。たぶん彼女は、駐在の妻という形で、自分も町の人の世話を焼くのが楽しみだったんだ。面倒見がいいから。だから、結婚してすぐに俺が機動隊に転属になり、数年で公安に行くことになって、内心ではがっかりしていたんじゃないか」

そこで、デラさんはふと、視線を宙にさまよわせた。

「時々、考えることがある。もし俺があの時、駐在を希望せず、別の交番に勤務していたらどうなっていたんだろう」

「どうって――」

「友里とは出会わず、和音は生まれなかった。その状態で、俺がもし〈救いの石〉に関わっていたらさ。和音が誘拐されることもなかったわけだよな」

――そんな。

もし娘の誘拐事件が起きなければ、デラさんは今も刑事だったかもしれない。そうすれば、〈バルミ〉を開店することもなく、しのぶたちと知り合うこともなく――。

しのぶは唇を噛んだ。そんなのは嫌だと口にするのは、利己的な気がしてできなかった。しのぶがデラさんと出会ったのは、和音が誘拐されたからなのだ。なんという皮肉だろう。

奥の扉が開き、「お待たせしました」と言いながら、菅尾が戻ってきた。手に、ぶ厚いフォルダを抱えている。

「警視庁の田端さんとお話しして、確認が取れました。後で電話してほしいと言われてましたよ」

きっと、お小言だ。田端には、秋田に来ることを告げずに飛び出してきてしまった。

「そちらは探偵さんなんですってね」

田端がよけいなことまで喋ったらしい。菅尾はしのぶににっこりすると、机にフォルダを置き、何かを探してページを繰りはじめた。

「白石俊子さんのことは、もちろん顔は覚えてるんですが、名前は『トシコさん』としか記憶していないんです。〈ヒビノカテ〉のオーナーが、そう呼んでいましたからね」

「彼女がどこから店に通っていたか、ご存じありませんか」

「〈ヒビノカテ〉のオーナーは、潟のあたりから通ってると言っていたんですが、あのへんにあんな女性が住んでいた覚えがなくてね。確認しようと思いつつ、なぜかいつも、上手に逃げられるというか、はぐらかされていましてね」

菅尾が苦笑いし、探し物を見つけたらしく、「あった」と小さく言った。

「俊子さんの住所は知らないんですが、さっきのお話を聞いて、この件に関係があるんじゃないかと思いましてね。潟の分校という、廃校になった小学校の跡があるんです。今は、一般公開されて、ロケ地やイベント会場として使われているんですけどね。その近くに、日中いつ見ても路上に停まっている車があったんです。ある時、ナンバーを控えて、照会をかけたんですよ」

デラさんが身を乗り出すそばから、菅尾が「これだ」と言いつつ、報告書から住所と氏名、電話番号、車種とナンバーなどを書き出してくれた。

――嘉川吉雄（かがわよしお）。

住所は角館だ。

「嘉川さんに電話して確認したところ、車は嘉川さんの名義ですが、奥さんが仕事に行くのに使っているとのことでした。嘉川益美（ますみ）さんと言われてました」

でもね、と菅尾が笑って言葉を続ける。

「後になって調べたら、嘉川益美さんは、十年くらい前に亡くなっていたんですよ。おかしな話でしょう」

「その、奥さんがどこで働いているか、嘉川さんは言いましたか」

「アルバイト先のことは、自分もよくわからないなどと言ってましてね。妙だとは思うんですが、それだけで自分が角館まで調べに行くのも何だし、同僚に調べてもらうのもね。誰が乗ってくるのか突き止めてやろうと思った矢先に、車がぴたりと現れなくなったんです。いま思えば、同じころに俊子さんが〈ヒビノカテ〉を辞めましたね」

しのぶの勘が当たっていたようだ。

浪子は、潟の分校の近くに車を停め、そこから自転車で店に向かっていた。

浪子が急に店を辞めたのは、マイナンバーを聞かれたせいではなかった。車をよそに停めるトリックが、警察官にばれそうになったのを潮に、ベーカリーを辞めたのだ。

デラさんが、菅尾のメモに視線を落とした。

「――ありがとうございました。これからちょっと、角館まで足を延ばしてみます。電話より、会って話したほうが確かですから」

菅尾が頷いた。

「お嬢さんに、ぶじお会いできるようお祈りします」

気持ちのこもった声に、デラさんが胸を衝かれたような表情をして、握手を求めた。

「しのぶの推理した通りだったようだな。浪子さんは、住まいを知られたくなかったんだ。田沢湖の近くに住んでいると思わせて、本当は角館にいた」

車に戻りながら、デラさんが目を輝かせる。車の持ち主の嘉川吉雄という男性は、おそらく浪子と同居していたのだ。問題は、彼らが今もその住所にいるかどうかだった。

4

嘉川吉雄は、今も同じ住所に住んでいた。

田沢湖から車で三十分、みちのくの小京都と呼ばれる武家屋敷群とは、桧木内川を挟んだ対岸で、戸建ての住宅が並ぶ静かな通りに、その二階建ての住居はあった。和風建築で、二階の窓はとても小さい。ひょっとすると、このあたりは雪が深いために、開口部を小さくして外気温の影響を受けにくくしているのだろうか。

近くに店舗らしきものはなく、さりげなく嘉川家の住人について尋ねたかったらしいデラさんは、しばらく空しく周辺を歩き回ったあげく、問題の家を直撃することに決めた。

「俊子さんなら、とうに出て行きましたよ」

白い蓬髪（ほうはつ）を、ちょっと手で撫でつけただけの頭をして、嘉川は玄関先で目をしょぼつかせた。七十代だろうか、疲れた表情の、いかにも「年寄り」と呼びたくなる男だ。

外から見た印象より古い家のようで、こまごまとした荷物が乱雑に積み上げられた玄関の向こうには、木枠に模様入りのすりガラスをはめ込んだ引き戸があり、奥の和室に立派な仏壇が見えている。廊下の板は、長年のうちに足の裏でつるつるに磨かれ、線香の香りも、家中に染みついているようだ。何から何まで、年季を感じさせる家だ。

「白石俊子さんを捜して、東京から参りました。彼女が今どこにいるか、ご存じではありませんか」

デラさんが穏やかに尋ねた。声を荒らげたりするわけではないが、一歩も引かない気迫を感じる。こうなるともう、ＩＴ探偵の出番はない。元警察官の独擅場（どくせんじょう）だ。

「いや。知りません」

嘉川はあいまいな微笑みを浮かべている。

「失礼ですが、白石俊子が本当の名前ではないこと、ご存じでしょう」

嘉川が無言で、何度も瞬きを繰り返した。もちろん、知っていたのだ。

「本当は、狭川浪子さんと言います」

「――そうですか」

嘉川は淡々と頷いた。玄関から上には、あげてくれないようだ。

「彼女は、いつからこちらに住んでいたんですか」

「さあ、三年か――四年近く前になりますか」

「以前からご存じだったんですか」

「いや、知り合ってすぐ、うちに泊めてあげたんですよ。旦那さんのDVに遭っているという話を聞いて、気の毒に思って。私は妻を亡くしてから、ずっと気楽なひとり暮らしでしたからね」

「彼女の夫は、七年以上も前に亡くなりました。家に泊めたのは彼女ひとりですか」

「亡くなっていたとは知らなかったな。つまり、彼女が嘘をついていたというんですね？泊めてあげたのは、彼女ひとりです。なんとなく、そのまま居ついてしまいましてね」

「子どもはいませんでしたか」

「彼女の子どもですか？　いませんでしたよ」

嘉川は感情が表に出にくいようだ。デラさんの質問に事務的に答えていくのを見ていても、何を感じているのか、よくわからない。

「彼女、田沢湖の近くのパン屋で働いていましたよね。生活費を入れていたんですか」

「うん、いくらか入れてくれました」

「あなたの車を借りて」

「私はもうほとんど乗りませんからね。使ってくれて、むしろよかった」

「彼女の免許証が失効していたって、知ってましたか」

「無免許運転だったんですか？　それは知りませんでした。知ってたら車なんか貸しませんからね」

おおげさに目を丸くする。

デラさんも、攻めあぐねている感じだ。突破口が見つからない。この男はまだ何か知っていて、隠している。その気配はするのに、何を尋ねればいいのかがわからない。

「彼女が出て行ったのはいつですか」

「もう半年になるんじゃないかな。春頃でしたよ、仕事を辞めて、急に荷物をまとめて」

「どうしてそんなに急に？」

「——さあ。私にはよくわかりません」

「喧嘩(けんか)でもしましたか」

「いいえ。そんな覚えはないです」

何を尋ねても、のらりくらりと当たり障りのないことを答える嘉川に、デラさんが不満を募らせている。

「――嘉川さん。仏壇にお祀りされているの、奥さまですか」

しのぶは口を挟んだ。急に無関係なことを聞かれ、嘉川は虚を衝かれたようだ。

「ええ、家内です」

「お位牌がふたつありますね。奥さまと、もうひとつはどなたのですか」

「――そんなこと、あんたに関係ないでしょう」

急にむっとした表情になり、嘉川は答えようとしなかった。

――これが、嘉川の弱みかもしれない。

デラさんが、瀕死の魚が清流に飛び込んだように息を吹き返した。

「もしよろしければ、上がらせていただいて、お線香の一本でも上げさせてください。差支えなければ、白石俊子さんが暮らしていた部屋を、少し見てみたいのですが」

戸惑っていたが、隠すとよけいに怪しまれるとでも思ったのか、しぶしぶ頷いた。

「――いいでしょう。汚いところですが、どうぞ」

「風情のある日本家屋ですね。ずっとこちらにお住まいなんですか」

「いや、ここは妻の実家でね。妻の両親が亡くなった後、受け継いで住んでいるんです。メンテナンスの手間がかかるので、けっこうたいへんですよ」

すりガラスの引き戸は、木の敷居が湿気でふくらんでいるせいか、びくとも動かないことがわかった。それで、しのぶたちが来た時にも、開けっ放しだったのだ。

仏壇のある和室には、こたつがあり、部屋の隅で灯油ストーブが赤々と燃えている。テレビがないことが意外だった。この年齢の高齢者は、テレビをよく観るものだ。茶箪笥と、腰丈の小さな本棚がある他は、家具もろくにない。

今までそんなことを考えたこともなかったのに、しのぶはふと、自分自身の老後を想像した。自分はいつまで、スモモとの探偵稼業を続けていられるのだろう。

「今、お茶を淹れてきます」

デラさんが、言葉通り線香に火を移していると、嘉川が台所に消えた。

しのぶは、素早く位牌の裏を確認した。ひとつは十一年前に五十二歳で亡くなった嘉川益美のもの、もうひとつの位牌には、戒名がふたつ書かれているが、裏には俗名や行年などが何も彫られていなかった。

「ふたり分のお位牌って、ふつうなら夫婦のものよね」

だが、これはそうではない。戒名はふたつとも「大姉」で終わっており、女性のものだ。なんとも謎めいた位牌だ。じっと見つめていると、そのふたつの戒名には、決定的な違いがあるように思えてきた。

「ねえ、デラさん。これ、親子じゃない？」

「そうか？　どうしてそう思うんだ」

「左のほうは、若い人向けの戒名じゃないかな。選ばれている漢字が、なんとなく華やいでいて若々しい気がする。右のほうはもっと地味で落ち着いた印象でしょ」

裏が空白なのも不思議だ。奥さんの嘉川益美さんのものは、ごく一般的なこしらえなのに、なぜこちらのほうは、雑な作りになっているのだろう。

狭川浪子と若い女という組み合わせを、一瞬想像し、しのぶは急いでその縁起でもない考えを脳裏からかき消した。それではまるで、浪子と和音が、もう死んでしまったかのようではないか。

嘉川が戻ってきたので、彼らは沈黙した。

「俊子さんが家のことをしてくれていたので、彼女がいなくなると、しばらく困りましたよ。どこに何が置いてあるのかも、よくわからなくなっていてね」

座卓にお茶を並べながら、嘉川が話しだす。

「いなくなって、心配ではないですか。家族のような存在だったんでしょう」

しのぶが尋ねると、やや居心地悪そうに眉をうごめかす。

「彼女が自分の意思で出て行くと言ったのだから、心配することは何もありません」

デラさんが、じっと嘉川の顔を見つめていた。

「奥さんは、早くにお亡くなりになったと言われましたね。失礼ですが、お子さんはいらっしゃらないんですか」

「授からなくてね」

　嘉川がさらりと受け流す。

　――何だろう、このもどかしさは。

　何かがひらめきかかっているのに、どこかで引っかかっている。嘉川が何か隠しているのは確かなのに、どう尋ねればいいのかわからない。

「俊子さんが住んでいたのは、二階ですか」

　デラさんが天井を見上げた。嘉川は、困惑したような顔をしたが、やがて諦めたように立ち上がった。

「見ますか？　汚いところですが」

　どうせ、見るまで帰らないつもりだろうと言いたげに、こちらを見つめている。

　しのぶはデラさんと顔を見合わせ、相手の気が変わらないうちに、二階を見せてもらうことにした。

　人の気配はしなかったから、二階に誰かが隠れていることを疑ったわけではない。だが、何ごとも念には念を入れよだ。

　古い日本家屋らしい、勾配の急な狭い階段を三人で数珠つなぎになって上がった。日に焼けた畳の六畳間が三つ。嘉川がそのうちのひとつに入り、天井から吊った照明のスイッチを入れる。

「ここを、俊子さんが使ってました」

なるほど、彼女が使っていたという部屋は、空っぽだった。隅に、小さな座卓があったのか、畳に丸い脚の跡が四つ、ついている。嘉川がつかつかと押入れに近づき、ふすまを開いた。見てくれと言わんばかりに振り向くと、その中も空っぽだった。蒲団も何もない。みんな、彼女が持ち出したのだ。

「他の部屋も見てもらっていいですよ。私の寝室と、もうひとつは簞笥部屋ですがね」

デラさんはまったく妥協せず、遠慮なくあとのふたつも確認した。嘉川の言葉に嘘はないようだ。

「気がすみましたか」

嘉川の口調が勝ち誇ったようなのが、気になる。

——大丈夫かな、デラさん。

収穫はない。みんなで一階に下りながら、しのぶはデラさんの表情をそっと窺った。

「子どもさんはおられないと言われてましたね」

「——そうです」

一階に戻るとすぐ、デラさんは先ほどの仏間に入った。大股で近づいたのは、丈の低い書棚だった。いちばん下の段から、一冊の本を抜き出す。古い、小学生向けの歴史の本だ。何度も繰り返し読まれたのか、表紙がぼろぼろになって、破れかけている。嘉川の顔から、表情が消えた。

　しのぶは、デラさんの観察力に舌を巻いた。この部屋にいた時に、既に気がついていながら、先に二階を確認するため黙っていたのだ。

「子ども向けの本に見えますが」

　嘉川が、ひったくるように本を奪った。

「親戚の子どもが忘れていったんですよ」

「失礼ですが、親戚の子どもさんというのは、どういったご関係の方ですか。お名前と連絡先をぜひ伺いたいのですが」

「詮索（せんさく）好きだな！」

　嘉川が怒ったように目を吊り上げた。

「どうしてそんなことまで、あんたに話さなきゃいけないんだ。いいかげんにしろ」

「正直に話したほうがいいですよ、嘉川さん。俊子さんは、子どもを連れていたんじゃないですか。女の子です。今は十五歳になっているはずだ」

「そんな子は知らんと言っただろう。俊子さんはひとりでうちに来た」

「本当ですか」

「出て行ってくれ！　ひとの家に上がり込んで、何なんだ、あんたたちは」

デラさんは素直に嘉川の言葉に従い、玄関に移動した。

「もし俊子さんと連絡が取れるなら、ここに電話をするように伝えてください」

デラさんが渡そうとした名刺を、嘉川は受け取るそぶりすら見せなかった。デラさんは肩をすくめ、下駄箱の上に名刺を残した。

「——それはそうと、カーポートに車がありませんでしたね」

しのぶは、靴を履きながらハッと顔を上げた。そうだ。家の前には、一台分のカーポートがあったが、車はなかった。浪子が乗っていた車はどこに行ったのだろう。

嘉川はもう何も答えなかった。最初に玄関に現れた時の、くたびれ果てた年寄りではなくなっていた。激しく噴出する怒りを目に溜め、デラさんを睨んでいる。ことさら口をつぐんでいることが、嘉川の内心を表明しているようにも感じた。

「今日はこれで帰りますが、またすぐ来ます」

デラさんが確信ありげに宣言し、家の敷居をまたいだ。しのぶも急いで彼を追う。後ろでぴしゃりと引き戸が閉まる音がした。

「——和音は生きてる」

デラさんの目が、生き生きとした輝きを取り戻している。車に戻り、ハンドルを握ったしのぶは、行く当てもないまま車を出した。希望を持つのはいいことだが、あまり期待しすぎると、万が一、そうではなかった時の反動が怖い。そう思いはしたが、言葉にはできない。

「あの本は、彼らが和音ちゃんに与えたものなのね」

「和音もここにいたんだ。見たところ、監禁できるような設備はなかった。──なのにどうしてあの子は、逃げようとしなかったんだ」

「ストップ、デラさん。そんなことを考えるのは、後にして」

そのまま放っておくと、どんどんマイナス思考のスパイラルに陥りそうだ。しのぶはデラさんの肩を叩いた。

「──そうだな。すまん」

「彼女たち、どこに行ったのかな」

「二階の部屋は、空っぽになっていた。蒲団やテーブル、家具のいっさいを持ち出したんだ。つまり、浪子さんは引っ越したんだよ。車の件で、警察に見つかるんじゃないかと恐れて、仕事を辞めて住まいも移した。だが、身元を証明できないのに、彼女が自分ひとりで次の住まいを見つけられたはずがない」

「嘉川さんが手を貸したわけね。車も、自分ではもう乗らないから、彼女に貸したか、実質的にはプレゼントしたのね」

「あるいは、無免許の彼女が運転していると、警察に発見される可能性が高くなるから、車を処分したのかもしれない」

アパートひとつ借りるのでも、収入を証明する公的な書類や、身元保証人を求められるのが一般的だ。そんなものを提出できない浪子が、少なくともここ数年、行方不明であり続けられた理由は、嘉川が住まいを提供していたからだ。

「とにかく、あの男は浪子さんの居場所を知ってる」

デラさんの低い囁き声を聞き、しのぶは不安を覚えて助手席を横目で見やった。どうも、和音のことになると彼は危なっかしい。

「ねえ、デラさん。そろそろ田端刑事に知らせて、警察に介入してもらったらどうかな。駐在の菅尾さんも、田端さんに電話してくれって言ってたじゃない」

しばらく、デラさんは無言だった。何かをじっと考えている。

「——なあ、しのぶ。このあたりで、降ろしてくれないか。近所の人を捜して、聞き込みをしてみようと思うんだ。和音や浪子さんを見かけた人がいるかもしれないし、ひょっとすると、その後どこに行ったのか、知ってる人がいるかもしれない」

「聞き込みなら、私も一緒に行く」

「——しのぶ」

「そんなこと言って、ひとりで嘉川さんの家に戻るつもりなんでしょう」

答えないのが、デラさんの答えだ。

嘉川の家に戻り、力ずくでも浪子の行方を吐かせる。そんなことを考えているのなら、絶対に彼を行かせるわけにいかない。

「和音ちゃんが生きてるなら、ぶじに取り返した後のことまで、ちゃんと考えて行動してよね。取り戻して終わりじゃないんだから！」

しのぶはアクセルを踏み込んだ。このまま田沢湖畔の農家民宿に戻るつもりだった。

「もしも、デラさんに何かあったら、たとえ和音ちゃんを取り戻しても、その後どうなると思ってるのよ。私たちが何のためにここまでついてきたか、わかってる？」

デラさんは頼りになるが、娘のことになると頭に血が上りやすい。ぶじに東京に戻るまで、事故を起こしたり、問題を起こしたりしないよう、そばにいるつもりだ。

デラさんが長いため息をついた。

「すまん。だが、和音に近づいている実感があるんだ。あと一歩で、あの子を取り返せるかもしれないと思うと、他人に任せてじっとなんかしていられないよ」

「和音ちゃんを取り返した瞬間から、本当の生活が始まるんでしょ。焦ってはだめ」

運転席と助手席の間に置いた鞄のポケットから、スマホの着信音が聞こえてきた。電話のようだ。スモモだろうか。

「デラさん、ごめん。誰からの電話か見てくれない？」

「――明神海斗と出てるぞ。サイバー防衛隊の後輩だろう。出なくていいのか」

車を停めると、デラさんが飛び出していきそうで怖い。しのぶの考えを読み取ったらしく、デラさんが含み笑いをした。

「この手前にコンビニがあっただろう。あそこまで戻って停めろよ」

「いいわ。私は明神くんと話すから、デラさんは田端さんに連絡して」

田端と会話してしまえば、無茶はできないはずだ。Uターンして引き返し、コンビニの駐車場に車を入れた。着信音は止んでいたが、かけ直す。

『よかった、かけ直してくれて。例の〈キボウ〉の件なんですが』

「何かわかった?」

『日付が一月二十一日になったパソコンから、〈キボウ〉がサーバーと通信して、マルウェアをダウンロードしたことまでは聞いてます? そのマルウェアの内容を、スモモさんとも協力して、解析したんですけど』

なんと、明神は既にスモモと会話できるようになっているのか。ちょっとびっくりした隙に、デラさんが自分の携帯を持ったまま、ひょいと助手席のドアを開けた。

「コーヒー買ってくる」

「ちょっと、デラさん!」

睨んだが、デラさんは軽く片手を挙げて、店に入っていった。店の出入り口から、目を離さないように注意しなくてはいけない。

『しのぶさん、聞いてます?』

「聞いてる。それで？」

『なんだか変な話なんですよ。まだ全部を解析できたわけじゃないんですけど、〈キボウ〉は感染したパソコンのセキュリティチェックを行なって、すでに見つかっている脆弱性についてのパッチを当ててるかどうか、ひとつひとつ尋ねてくるんです。だけど、それが大量なものだから――延々とその状態が続くので、いまパソコンのメーカーのサポートセンターや、電気店のサポートセンターに問い合わせの電話が殺到していて、どこもパンク状態です』

「ちょ、何なのよ、それ！」

――パソコンのセキュリティチェックをするマルウェアだと。

つまり、〈キボウ〉という名前が示す通り、自分は「善玉」だとでもいうのだろうか。

『まるで〈ハジメ〉みたいですよね』

「確かにあった、そんな善玉気どりのマルウェアが」

『ＩｏＴデバイスが、〈ミライ〉に感染する前に〈ハジメ〉に感染すれば、結果的に〈ミライ〉の感染を防いでくれる。〈ミライ〉に感染すると、ＤＤｏＳ攻撃の踏み台として利用されますが、〈ハジメ〉に感染しても、そういう悪さはしません。何分かおきに、自分はシステムを守るホワイトハッカーだ、警戒を怠るなと注意喚起するメッセージを表示するのが、うっとうしいだけで』

「だけど、〈ハジメ〉の作者が、いつまでもホワイトハッカー気どりを続けるかどうかは誰にもわからないからね」

そのうち気が変わって、〈ミライ〉を駆逐した後、〈ハジメ〉に感染したIoT機器が、DDoS攻撃のボットと化し、攻撃の踏み台にされることだって、ないとは言えない。

『この騒ぎで、〈キボウ〉に感染していた端末が、予想以上に多かったこともわかりました。NTPサーバーの時間が狂わされたのって、サーバーにもよりますが、管理者がハッキングに気づくまでの数分から数時間なんですが、その間に世界中で数万台レベルのパソコンが、〈キボウ〉のサーバーにアクセスして、マルウェアをダウンロードしたようです』

「だけど、今のところ、具体的な被害は出てないわけね。それなら、後はどこかの会社が〈キボウ〉のワクチンを作って万事解決ね」

『でもね、しのぶさん。今回、日付が狂ってマルウェアをダウンロードした人は、〈キボウ〉に感染したと気づいたでしょうけど、そうでなかった人もいると思うんですよ。その人たちが、今度は来年の一月二十一日になった時点で感染するんですよね』

その時まで、〈キボウ〉が「善玉」かどうかはわからない。次は別のマルウェアで、攻撃をしかけてくる可能性もある。

「〈キボウ〉のサーバーはまだオープンしてるの？　調べてみた？」

『スモモさんが調べてくれています』

「それなら、スモモに任せるしかないわね。私は今、そっちまで手が回らないから」

『だけど、スモモさんと連絡が取れなくなっちゃったんですよ。メールで連絡してたんですけど、一時間前に返信をくれたきり、後はうんともすんとも――』

「メールでやりとりしてたの？」

『だって、電話じゃ喋ってくれないんです。スモモさん、メールならちゃんとした文章になるんですよ』

――知らなかった。

スモモとメールのやりとりをすることなんか、ほとんどない。

「で、今はメールでも連絡取れないのね」

いやな予感がした。

「わかった。私から電話してみる。後でかけ直すから」

コンビニの出入り口を見つめる。店内の様子をガラス越しに窺うが、棚にさえぎられて店の奥はよく見えない。

スモモのスマホに電話をかけたが、呼び出しているだけで応答はなかった。思いついて、農家民宿の番号にかけてみた。

「すみません。今日、そちらに宿泊をお願いした出原です。東條という女性が、そちらに残っていると思うのですが、私に電話するように伝言をお願いできませんか」

『東條さんというのは、パソコンをさわっていたお嬢さんですね。あのう、何か私たち、あのお嬢さんの気に障るような、申し訳ないことをしたのかもしれませんけど、実はさっき急に、荷物をまとめて出て行かれましたんですよ』

民宿を経営する夫妻の、奥さんのほうが、どことなく不安そうな声で答えた。

「えっ、出て行った？」

詳しく状況を聞いてみると、蕎麦屋の隅を借りて、あれからずっとノートパソコンとにらめっこを続けていたスモモは、一時間ほど前に、自分のパソコンと身の回りの品だけ抱えて、「帰る」とひとこと告げただけで、宿を飛び出したそうだ。

おそらく、スモモの意識のなかでは「飛び出した」わけではない。ちゃんと説明したつもりか、あるいは説明が必要だとすら、考えていないのだ。

——あのお子ちゃまめ。

「帰る」と言ったのだから、何か理由があって、緊急で事務所に戻らなければいけない用件ができたのかもしれない。この時間帯なら、田沢湖駅から秋田新幹線に乗れば、四時間半ほどで東京に戻れるはずだ。

あと何時間かすれば、自分が民宿に戻るからと平身低頭して詫び、通話を終えた後、すぐスモモにメールを送った。

『何やってるのよ、スモモ！　今どこにいるの？　大至急、連絡ちょうだい』

――絶対にデラさんの娘を見つけると、スモモだって意気込んでいたくせに。

秋田新幹線の時刻表も検索してみた。一時間前に民宿を出て、すぐタクシーでも呼んだのなら、二時過ぎに田沢湖駅を出る新幹線には乗れたはずだ。

東京駅に到着する時刻もわかる。

――誰かに、東京駅までスモモを捕まえに行かせようか。

だが、今日はクリスマスで、バイトの透には久々の休みを取らせた。デラさんはここにいるし、筏にはもちろん頼めない――というか彼は喜んで引き受けるだろうが、頼みたくない。スモモの実家にいる執事、三崎（みさき）の顔が浮かんだが、こんな時だけわざわざ本牧和田（ほんもくわだ）から出てきてもらうのも気がひける。渦中にいる明神には、もちろん頼めない。

とっさに思い浮かぶのは、たったの五人だ。

「私たちって、友達少ないのよね」

自分で口にして、軽く落ち込む。

とにかく、スモモが連絡してくるのを待つしか手はない。

電話をしまい、ハッとした。

――デラさんの買い物、長すぎない？

電話に気を取られて、コンビニの出入り口の監視がおろそかになっていた。店内をガラス越しに覗いても、デラさんの姿は見えない。

慌てて車を降り、コンビニに飛び込んだ。「いらっしゃいませー」という、高校生くらいの女性の声を聞きながら、棚の間を急ぎ足に確認して歩く。

——どこにもいない。

「ねえ、すみません。さっき、大柄で体格のいい、短髪の男性が入ってきたでしょう。彼、どこに行ったか知りません？」

若い店員に尋ねると、目を丸くしながら出入り口のガラスのドアを指した。

「もう出て行かれましたよ」

聞くなり外に飛び出したが、デラさんの姿はどこにもない。

——やられた。

しのぶは唇を噛みしめた。

電話している間に、置いてきぼりを食らってしまった。だが、車はこっちが押さえている。デラさんが向かう先もわかっている。

——嘉川の家だ。

急いで車を出そうとした。それほど時間は経っていないはずだ。デラさんより早く、自分が嘉川の家に着けば問題ない。

スマホが鳴っている。「小寺」と表示されているのを見て、しのぶは目を瞠った。

「ちょっとデラさん、どこにいるの！」

『すまん。ひとりでもう少し、調べてみたいんだ。悪いが、しのぶは先に民宿に戻っていてくれないか』

「どうして私を置いていくの。ただ調べるだけなら、そんな必要ないじゃない」

返す言葉に迷うように、デラさんが沈黙している。

「デラさん！」

『――すまん』

通話が切れた後も、しのぶは呆然とスマホを耳に当てたままだった。

5

しのぶが田沢湖近くの民宿に戻ったのは、午後七時を回ったころだった。

――どこ行っちゃったんだろ、デラさんとスモモは。

コンビニでデラさんに逃げられた後、嘉川の家まで戻ってみた。もういちど会って、問い詰める気だと思ったのだ。

だが、インターフォンを鳴らしてみても、嘉川本人が留守だった。しのぶとデラさんが辞去してから、まだ三十分かそこらしか経っていなかった。まるで、ふたりの訪問を受け、慌てて逃げ出したようだ。

少し離れて車を停め、二時間ばかり様子を見ていたが、日が落ちても照明がつくことはなく、嘉川が戻った気配もしない。デラさんが現れることもなかった。

「車で戻ったんだから、私のほうが先に着いたはずなのに」

運転席でぶつぶつ言いながら待ったが、デラさんの姿はどこにもなかった。

そう言えば、周辺で聞き込みをすると言っていた。だが、嘉川の家の周辺は、似たような民家ばかりだ。突然、見知らぬ男が現れて話を聞かせてほしいと言われて、近所の噂をべらべらと喋る人がいるだろうか。

「お帰りなさい。お食事にします？」

三人で泊まるはずが、しのぶだけ戻ったことに怪訝そうな顔をしつつ、民宿の奥さんが夕食の支度をしてくれる。温かい汁蕎麦と天ぷらを見て、本来なら隣にいたはずのスモモと、デラさんの不在が胸に迫った。

――どこにいるのよ。

スモモは、とっくに東京に着いたはずだが、まだ電話やメールに応答しない。

明神海斗にもスモモが東京に向かったことは伝えたが、連絡が取れないと聞くと、ぶつくさ文句を言っていた。

(しのぶさん、何やってるんですか。スモモさんの保護者なんだから、しっかり面倒見てくださいよ)

——誰が保護者だ、誰が。

しのぶが大学生のころ、スモモは高校生だった。それほど年齢は離れていない。だが確かに、雨のなか、ずぶ濡れで無表情に街を歩いていた美少女と出会ってからというもの、手厚い保護が必要な猫でも拾った気でいる。

——猫というより、珍獣感があるけど。

ふたりとも、いい歳をした大人だ。彼らが自分の判断で決めたのなら、しのぶがいちいち心配することではない。

狭川浪子がいた家を見つけたことは、デラさんとはぐれてすぐ後に、田端刑事に知らせた。驚いていたが、彼ならデラさんと連絡を取れるかもしれない。

「お食事足りました？　お蕎麦ならまだあるから言ってね」

奥さんが、何かと気を遣ってくれる。

「あの男のひとは、まだ伯母さんと会えてないのね。お気の毒に」

民宿の川添夫妻には事情を話して謝ったが、突然の飛び込み客を親切に受け入れてもらったのに、三人がひとりになり、向こうもさぞかし不審だろう。

——もう、ビールでも飲んじゃおうか。

日用品を買った時に、ビールも冷やしておいた。車の運転ができなくなるが、自分を置いてどこかに消えた連中など知ったことか。

「本日の営業は終了！」

半ば自棄を起こして、しのぶは冷蔵庫から缶ビールを取り出した。

「あの、よかったらご一緒にいかがですか。ひとりで飲んでも、味気ないんで」

奥さんの顔がほころんだ。

「あれま、いいんですか」

「民宿経営って楽しそうですね。お話を聞かせてくださいよ」

川添夫妻を誘い、ビール片手におしゃべりに花を咲かせながらも、頭の片隅からデラさんとスモモのことが離れない。しばらく楽しい時間を過ごした後、午後十時にはひとりで部屋に引きあげた。ノートパソコンで〈キボウ〉の状況を確認したが、マルウェア配布用のサーバーはネットの海から消えた後だった。

――まるで何かの実験みたいね。

今日だけサーバーをネットにつなぎ、データを収集して、接続を切った。〈キボウ〉に関する騒動は、すっかり沈静化している。

タイムサーバーの管理者も、そうそうハッカーの侵入を許すことはないだろうから、同じやり方は通用しない。次に動きがあるとすれば、一月二十一日だろうか。

メイクは落としたものの、まだ寝るつもりはなく、服を着て電気をつけたまま、蒲団でうとうとしていたようだ。

人の気配がして、ハッと目を開くと、すぐ前にデラさんの顔があった。

「――いま帰った。すまんな、起こして」

「いま何時――」

スマホの時計は、十一時半を指している。

「やあ。深夜にすいませんね」

他の声を聞いて目を丸くした。廊下に田端刑事が立っている。

「田端さん？」

「電話をもらってすぐ、東京から新幹線に飛び乗ったんです。狭川浪子さんがいたと聞けば、放っておけないから」

秋田新幹線に乗れば、三時間もかからずに田沢湖に着く。

「スモモはどうした？　一緒じゃないのか」

デラさんが怪訝そうに尋ねた。

「別件で東京に戻ったの」

ようやく、すっきりと目が覚めて仰天した。

「ちょっと！　レディの寝室にずかずか入ってこないでよ、まったく！」

飛び上がる。なにしろこっちは、メイクを落とした後なのだ。着替えてなくて不幸中の幸いだったが、すっぴんの寝込みを襲うとは、デラさんも人が悪い。

「悪かった。ここ数時間でわかったことを、お前にも知らせたくて」

部屋を出ると、心配そうに奥さんがこちらを見ていた。

「ごめんなさいね、どうしても話をしたいからって」

強引なふたりが、宿に戻ってすぐ、川添夫妻を説得し、しのぶを起こしに来たらしい。

気の毒なことに、奥さんはもうパジャマにガウン姿だった。

「こちらこそ遅くに申し訳ありません。お店の隅をお借りしてもよろしいですか」

蕎麦屋の隅を借り、デラさんと田端が向かいに並んで腰を下ろした。

「先に謝るよ。さっきは本当にすまなかった」

デラさんが腿に手を置き、頭を下げた。

「何よ、すっぴんの寝込みを襲われたくらいでもう驚かないけど」

「そうじゃない。コンビニから、お前の隙を見て消えたことだ」

――そうだ、ビールで気が大きくなって忘れかけていた。

「しのぶがどれだけ心配してくれてるか、よくわかってる。だが、巻き込みすぎたことが心苦しくもあって」

今さら、そんなことを言われても困る。ぷっと頰をふくらませつつ、顎を上げた。

「こっちが好きで巻き込まれてるんだから、放っておいてよね。この時間まで何をやってたの？」

デラさんが田端と視線を合わせた。

「――嘉川さんの素性を調べていたんだ」

やっぱり、という言葉を呑み込んだ。ここは、黙って彼らに喋らせるに限る。

「奥さんは亡くなっているが、会ったばかりの見知らぬ女性と子どもを家に住まわせて、何年も一緒に生活するなんて、妙だろう。彼女が名前や身元を偽っていることも知っていたようだし」

「嘉川さんが、狭川浪子さんと共謀していたって言ってる？」

「最初から、ここに和音を連れてくるつもりだったなら、誘拐した後、浪子さんが完璧に姿を消せた理由がわかる」

狭川浪子は、現金だけ持って消えた。おそらく、和音を連れて。

生きていれば、痕跡が残る。寝泊まりし、食事をする。病気にもなる。山深くで仙人のような暮らしでもするなら話は別だが、浪子は東京で生まれ育った普通の都会人だ。

――しかし、協力者がいたのなら。

「それで、嘉川さんはどういう人だったの？　何かわかった？」

「昔、東京にいたことはわかったよ。田端を通じて、嘉川さんの運転免許証の履歴を調べてもらったんだ。二十代で初めて免許を取ったのは、東京にいた時だ」

――東京か。

「三十代後半になると、免許証の住所が転々とする。秋田に来たのは四十代だ」

「それじゃ、東京にいた時に、狭川浪子さんと知り合った可能性があるってこと？」

だが、ただの「昔の知り合い」が、子どもを誘拐した女をかくまったりするだろうか。

「そのあたりは、まだよくわからないんです」

田端刑事が重い口を開いた。

「狭川浪子については、七年前の事件の後、私たちも詳しく調べました。友人、知人、それこそ昔つきあっていた相手にいたるまで、詳細に調べ上げたんです。しかし、嘉川の名前はそのどこにも上がらなかった。犯罪者をこれだけ長年にわたりかくまうのだから、よほどの関係でないとありえないでしょう」

嘉川吉雄とは、何者なのだろう。

「明日は、嘉川吉雄の親戚や友人を探して、話を聞くつもりです。七年前の事件との関わりが見つかればいいんですがね」

田端も懐疑的なようだ。

コンビニから嘉川の家に戻った時には、すでに彼が姿を消していたことを思い出し、デラさんたちに話した。

「ひょっとして、浪子さんに知らせに行ったんじゃないかと思って」

「他の場所にかくまってるのかもしれないな。明日は、それも調べてみよう」

そう言ってから、デラさんは首をかしげた。

「スモモはどうしたんだ？　別件で東京に戻ったって、まさかケンカでもしたのか？」

「違う。マルウェアの騒動を調べてるんだけど、手がかりをつかんだらしくて、知らない間に東京に戻ってしまったみたい」

「あいかわらず、あいつも鉄砲玉だな」

連絡が取れないと正直に話せば、デラさんのことだから、お前も東京に戻れと言うかもしれない。スモモは説明が足りないが、行動力はあるし頭もいいし、腕っぷしも立つ。あまり心配はしていない。

田端刑事も宿が取れなかったそうで、川添夫妻にわけを話し、スモモの分を変更して、代わりに田端がデラさんと同じ部屋に泊まることになった。

すべては、夜が明けてからだ。

6

デラさんは、レンタカーを借りていた。白い軽自動車で、昨日のうちに嘉川の調査を進めるため、田端と合流して走り回っていたようだ。足が二台あると便利で、田端刑事がレンタカーに乗り、別行動をとることになった。警察署と市役所に行くという。

「俺たちは、嘉川がまだ家に帰ってなければ、近所の人の話を聞いてみるよ」

デラさんとまた角館に向かう。少しずつ狭川浪子に近づいている実感があるからか、デラさんは生き生きとして、目つきにも力がこもっている。

嘉川の家は、インターフォンに応答がなく、カーテンも閉まったままで、室内に人の気配もない。居留守でもなさそうだ。

嘉川の家の前に車を停め、降りて窓を見上げていたデラさんが、急に「すみません!」と声をかけて歩きだした。ゴミ集積所の掃除に現れた中年女性に声をかけたようだ。しのぶも急いで車を降り、後を追った。

「突然すみません。東京から訪ねてきた者ですが、こちらの嘉川さんのことで、お尋ねしたいことがありまして」

女性は怪訝そうに頷いた。

彼女は嘉川吉雄のことはあまり知らないと言ったが、ずいぶん前に亡くなった吉雄の妻、益美とはよく喋ったそうだ。

「益美さんが亡くなられて、もう十一年になります。社交的な方で」

「ここで生まれ育った方だったんですか?」

「ええ、こちらが実家でね。ご両親が亡くなった後、旦那さんと一緒にこちらに移られて。友達も多かったですよ」

夫の吉雄はあまり近所づきあいをしないタイプで、ほとんど見かけたこともないという。

「吉雄さんは何のお仕事をされてたんですか。ご存じありませんか」

「さあ——」

女性は言葉を濁したが、しのぶはピンときた。彼女は自分で話しているよりずっと嘉川家の内情に詳しいが、得体の知れない初対面の人間にはむやみに話したくないのだ。

「嘉川さんのおうちに、女性と子どもが住んでいたのをご存じないですか」

しのぶが横から声をかけると、戸惑ったように彼女はこちらを見て、口をつぐんだ。その表情を見て、デラさんも腹を決めたようだ。

「私たちが知りたいのは、その女性と子どものことなんです。女性はここで、白石俊子と名乗っていたようです。本当の名前は、狭川浪子さんと言います」

女性の顔に驚きが広がる。このまま逃げ出したい衝動にかられた様子だったが、眉をひそめながらも残ったのは、好奇心に負けたせいなのかもしれない。

デラさんの次のセリフが、とどめを刺した。

「子どもは、誘拐された私の娘かもしれないんです」

都会っ子のしのぶは、地方都市には住めないと思っている。

なにしろ、近所同士のつきあいが濃い。三代前までさかのぼって知られていたりするし、子ども時代の悪行を持ち出されたりもする。

だが、地方都市ならではの良さもある。いま、しのぶの目の前で展開されている光景が、まさにそれだった。

「後妻さんかと思ってたんだけど、結婚したわけじゃなかったんだね」

最初の女性が近隣の主婦に声をかけたので、嘉川家の様子を知る人々が、次から次へと現れる。

「益美さんとは小学校からの友達だったけど、ご主人はよく知らないの」

何人かが嘉川の家のインターフォンを鳴らしたり、「嘉川さーん」と呼びかけたりしたあげく、様子がおかしいと思ったようで、デラさんとしのぶの身元を根掘り葉掘り尋ねた後で、ようやく口を開いてくれた。用意周到なデラさんが、七年前の新聞記事のコピーを持ち歩いていたのも功を奏したようだ。誘拐事件の記事は彼女らを驚かせ、口の堅さをほぐしてくれた。

「後妻さん——俊子さんも、あまり人づきあいのいいほうじゃなくて、自治会でたまに会うくらいかな」

「女の子がひとりいたね。友子(ともこ)っていって、うちの孫と同い歳だったけど、学校には通ってなかった。身体が弱いとかで、ホームスクールっていうの？　自宅で俊子さんが勉強を教えていたみたい。ずっと家にいたから、たまに二階の窓から見えたね」

「ふつうの子だったよね。おとなしい感じだった。誘拐された子どもだったなんて、信じられない」

「友子と言っていたんですか」

「たしかそう」

あまり態度には出さなかったが、和音と思われる子どもの様子を聞いて、デラさんの中でスイッチが入ったようだ。

「今年の春、俊子さんが仕事を辞めて、家を出たことは知ってましたか」

デラさんが尋ねると、いっせいに頷いた。

「引っ越しのトラックが停まってたからね。離婚したんじゃないかって」

「行き先を知りませんか」

この質問にはみんな、首をかしげるばかりだ。嘉川家の自家用車が消えたことに気づいたのは、すぐ前の家に住む女性だった。車をどうしたのかは知らないと言った。嘉川吉雄は、近所づきあいが希薄だったのだ。

「嘉川さんと仲が良かった人はいませんか。あるいは、嘉川さんがよく通ったお店とか」

「──本屋かな」

てっきり、飲み屋や食堂の名前が上がるのかと思えば、嘉川は自炊をするし、妻が生きていたころは妻が、白石俊子と同居していたころは彼女が、身の回りの世話をしていたようだという。食材は宅配で届けてもらうので、買い物に出かけることもあまりないらしいが、本だけは別だ。

「嘉川さんは、仕事をしてなかったんですか」

主婦たちが顔を見合わせた。

「もうお年だからさ。それに、益美さんのご両親が遺したアパートがあるんじゃない」

「アパート？」

「ご両親が賃貸アパートの経営をしてたの。ご両親が亡くなると、益美さんたちが管理もしなきゃいけなくなって、盛岡のほうから引っ越してきたの」

彼女らは、嘉川が妻から相続したアパートのだいたいの場所も知っていた。二階建て、八戸ある古いアパートだという。

——そこかもしれない。

狭川浪子が、嘉川の自宅を出てそこに隠れたのなら、嘉川の態度も納得できる。自宅の内部をしっかりとデラさんに見せ、浪子が出て行ったことを印象づけようとしたのだ。

「——田端に知らせよう」

彼女らに礼を言って車に戻り、デラさんが田端刑事に電話をする間、しのぶは運転席から嘉川の家の窓を見上げていた。

和音はなぜ、逃げようとしなかったのだろう。電話すらできなかったのだろうか。

――それにしても、あの女性ふたり分の名前が入った位牌は、誰のものだろう。

スマホが震えた。メッセージの着信だ。しのぶは、メッセージを暗号化する、シグナルというアプリを使っている。送受信の両側が同じアプリを使わなければならないが、大事な会話は他人に見られたくない。

『東京』

スモモからだった。明神が、メールならスモモと会話できると言っていたのが嘘のようだ。それとも彼女は、その気になればまともな会話もできるしメールも打てるが、しのぶなら省略しても理解できるとでも思っているのだろうか。

「もう知ってる！　黙って飛び出して、何やってんの」

『見つけた』

「見つけたって何を？　まさか〈キボウ〉のサーバー？」

『そう』

――呆れて、ものも言えない。

「それ、明神君に伝えて。すぐサーバーを押さえて、犯人を探すの」

『了解』

「それで、いま東京のどこにいるの？」

そこで、ふっつりとメッセージが返ってこなくなった。もう慣れたとはいえ、スモモの気まぐれには頭を抱えたくなる。

「——田端も、嘉川のアパートに気づいていたそうだ。正確な住所がわかった」

デラさんが電話を終えて、助手席に乗り込んできた。

アパートの住所をナビゲーターに設定し、車を出した。

7

住宅地を離れると、一面の白い広原だった。雪がなければ、見渡すかぎりの田畑に違いない。ところどころに、農家とその納屋らしき建物が寄り添っている。

「こんなところに？」

「あれじゃないか」

デラさんが指さす方角に、二階建ての建物が見えた。その前にパトカーが一台と、田端刑事が乗っていったレンタカーが停まっているのが見えたので、そちらに向かう。

ささやかな駐車スペースに何台か車が停まっていて、グレーの軽自動車も一台あった。狭川浪子が乗っていたのと同じ車種だ。

しのぶは車を降り、アパート周辺を見回した。視界を遮るものが何ひとつない、純白の雪景色だ。

アパートは一階に四戸、二階に四戸。飾り気のない鉄の手すりがついた階段がある。デラさんは、まっすぐアパートに向かった。田端刑事と制服警官は、二階の右から二番目のドアの前にいた。田端がデラさんに気づき、手を振っている。しのぶも階段を上がり、そちらに向かった。

「ここなの？」

静かに、と言いたげに田端が唇の前で指を立てる。

「一階に住んでる男が、春ごろ、この部屋に女性と子どもが越してきたと言ってる」

田端の囁きにデラさんが顔をひきつらせた。

田端がインターフォンを鳴らし、ついでドアを拳で何度もたたいた。

「開けてください。警察です」

応答はなく、内部は静まりかえっている。

「裏は？」

デラさんが小声で尋ねた。

「大丈夫だ。窓から逃げられないように、裏にも警官をひとり配置済みだ」

頷いたデラさんが、いきなりドアを蹴りつけた。田端が止める間もない。

「和音！　来たぞ、父さんだ！　いるなら声を上げてくれ！」

びくともしないドアを拳でたたき、和音の名を呼ぶ。

——暴走するタイプよね、けっこう。

「今ここにいるとは限らないですよ！」

「そんな悠長なことを言ってられるか」

「まずいですって。話を聞きにきただけで、令状も持ってないんだから」

大慌てで田端がデラさんを止めようとするのを横目に、しのぶは、ざっと窓や建物の構造をチェックした。通路側に、小さな換気扇がついている。

「ねえ、中に彼らがいることがはっきりしたら、なんとかなる？」

田端が戸惑うようにこちらを振り返る。

「——そうですね。和音ちゃんが中にいることがわかれば、強硬手段が取れます」

「任せて」

しのぶは階段を駆け下り——たかったが、雪で滑りそうなので、へっぴり腰で手すりにしがみつきながら階段を下り、黄色いアクアのトランクルームを開けて、仕事道具の詰まったボストンバッグを取り出した。ＩＴ探偵の七つ道具だ。

「申し訳ないけど、警察の皆さんはちょっとこの場を離れてくれます？」

戻って、腰に手を当てて微笑んだ。

田端が渋い顔をしたが、制服警官に「一階の住人に、もう一度話を聞くぞ」と声をかけ、素直に下りて行った。

——これで少し、気楽にやれそうだ。

バッグから、長さ十メートルのケーブルを取り出し、USBでパソコンに接続した。

「何だそれは」

デラさんが眉をひそめる。

「ファイバースコープよ。ケーブルの先がカメラになってるの。お医者さんが使う、内視鏡のお化けみたいなもの」

換気扇の羽根の隙間から、ケーブルを差し入れて室内に押し込むのは、背の高いデラさんが手伝ってくれた。

「うん、見えてる」

ピントを合わせたり、ケーブルを見たい方向に押し込んだりするのが難しい。少しずつ部屋の奥へ、奥へと差し入れていく。

うなぎの寝床風の、間口の狭い造りだ。入ってすぐが台所で、流しはステンレスだが古いタイプだった。台所のすぐ向こうに畳の部屋が見えている。そこに、人の足が見えた。

「——デラさん、誰かいる。もっとカメラを部屋の奥に」

デラさんにも見えるように、ノートパソコンの向きを変える。デラさんは、食い入るように画面を睨みつつ、ケーブルを押し込む。

「――そこにふたりいる。ちょっと待って。奥に何か見えるみたい」

インターフォンとデラさんたちの呼び声に怯えたような、奥の和室にいるふたりの輪郭が見える。ひとりは立ち上がり、背を向けて窓の外の様子を窺っている。髪型と服装から見て、嘉川のようだ。あとのひとりは、女性だった。写真で見たのと同じ顔、狭川浪子だ。ずるずると中に侵入するケーブルに気づいたらしく、ぎょっとした表情でこちらを見て、何か言っている。残念ながら、音声は聞こえない。

――いた。

奥の和室に、座卓があった。畳に座り、座卓に向かう若い女性の顔が見えている。若い女性というより、少女のようだ。顔の部分を、しのぶは拡大した。窓の外に向かっている嘉川と、ケーブルに向かって何か叫んでいる浪子を、かわるがわる見て、不安そうな表情を浮かべている。

画面を睨んでいたデラさんが、ノートパソコンに飛びついて、かぶりつくように目を近づけた。

「――和音だ」

「間違いない?」

七年だ。大人になってからの七年ではない。八歳からの七年だ。顔立ちだって、すっかり変わっているはずだ。

デラさんは目の色を変えていた。

「間違いない！　田端！　来てくれ」

一階に下りていた田端と制服警官が、駆け上がってくる。パソコンの画面に室内の様子が映っているのを見て、驚いている。ちょうど、嘉川が大きなハサミを持ってカメラに近づいてくるところが映っていた。嘉川の身体で、少女の姿が隠されてしまった。

――あ、しまった。

ケーブルを切断するつもりだ。

「和音だ。さっき、しばらく映っていた」

「本当か？」

「和音は、眉と眉の間に小さいホクロがあった。間違いない」

お世辞にも画質がいいとは言えないファイバースコープなのに、一瞬でそんな小さな特徴を見分けるとは、さすがに親だ。その言葉と同時に、スコープからの映像が、ぐらりと乱れたかと思うと、途絶えてしまった。

「ケーブルを切られたみたい」

しのぶは舌打ちした。

「よし、わかった」

いよいよ、田端も腹をくくったようだ。言うなり、再びドアを叩いた。

「嘉川吉雄、狭川浪子、ここを開けろ！　小寺和音さん誘拐の容疑で、現行犯逮捕する！」

荒々しい足音が聞こえる。狭いアパートだけに、室内の声も丸聞こえだ。

「やかましい！　こっちはガスを開いたぞ」

驚いて、しのぶは顔を上げた。ガスの元栓を開くなんて、室内にガスが充満すれば、火花が飛んだだけで大爆発だ。嘉川は、狭川浪子や和音を道連れにして自殺するつもりなのだろうか。

「嘉川、馬鹿な真似をするな！　そんなことをしたところで、逃げられないぞ」

田端刑事が説得しようとしている。デラさんが、制服警官に声をかけた。

「プロパンガスの、ボンベの元栓を閉めればどうでしょう」

「見てきます」

急いで階段を下りていく。しのぶも室内に向かって声を張り上げた。

「嘉川さん！　どうしてこんなことするの」

「お前らにわかるもんか！」

嘉川が怒鳴っている。

「狭川浪子さんに同情した？　それとも他に理由があるの？」

「お前らには、絶対にわからないんだよ！」

デラさんが心配だった。ただでさえ、和音のことになると自制心を失いやすいのに、ガスの元栓を開いたなどと脅されて、キレてしまったらどうしよう。

「――田端。下でプロパンの元栓を閉めたら、窓ガラスを割ろう」

意外に冷静な声が聞こえてきた。

――じゃなくて。

デラさんが上着を脱いで腕に巻きつけるのを見て、しのぶは慌てて彼の腕を引っ張った。いっけん冷静そうだが、やっぱりキレているようだ。

「ダメ、そんなんじゃ怪我（けが）するって。それに、はずみで火花が散ったりしない？」

「そうですよ、小寺さん。無茶せず、嘉川たちを説得しましょう。逃げきれないことはわかっているんですから、落ち着いて話したほうが、彼らも投降しやすくなります。窓を割るのは非常手段ということで」

田端刑事も加勢して、なだめにかかったが、デラさんは苦しげに眉をひそめ、燃えるような目をドアに当てている。

「なんだこれ！　ガスを止めやがったな」

室内で嘉川が騒ぎ始めた。

「嘉川！　そのへんにしておけ」

「そうよ嘉川さん、ここを開けて出てきて！」

どうすれば嘉川の頭を冷やし、ぶじに和音を外に出すことができるだろう。しのぶは嘉川家の仏壇にあった位牌を思い出した。

「嘉川さん！　あなたが狭川浪子さんをかばうのは、位牌のふたりに関係があるの？」

何の話だと、田端刑事がこちらを見ている。室内は急に静かになった。嘉川が、こちらの言葉を聞き漏らすまいと、全身を耳にして聞き入っているような気がした。

「聞いてるんでしょ、嘉川さん？　あのふたりの女性は、親子じゃない？　あなたの奥さん——益美さんのお位牌は別にあったから、奥さんのものではないわね。あれは誰なの？」

嘉川は狭川浪子をかくまった。狭川浪子の動機は、息子が殺される原因をつくった、警察への不信感だ。

「あなたも——あなたも警察に恨みがあるの？　あのふたりは警察のせいで亡くなったと考えているの？」

「考えてるんじゃない！」

急に、嘉川が怒鳴りだした。

「あいつらは、警察のせいで死んだんだ！　警察が殺したんだ！」

驚いたように、田端刑事とデラさんが壁に耳を寄せる。そのまま話し続けろと、田端が合図をした。どうやら、嘉川から話を引き出す役目は、しのぶに一任されたらしい。

「どういうこと？　ちゃんと話してくれないと、わからない」

「警察はなあ！　事件を解決するためなら、平気で誰かを犠牲にするんだよ！　浪子さんの息子だってそうだろ！　そこの男が殺したようなもんだろ！」

デラさんが悪いわけじゃない。狭川浪子の息子に協力を頼んだのは、事件を解決し、被害者を増やさないために、内部の情報が必要だったからだ。

「嘉川さん、あなたは誰を亡くしたの？」

それが嘉川の秘密であり、弱点だ。位牌を見かけた時から、そんな気はしていた。狭川浪子と嘉川は、愛する人を奪われた悲しみと怒りをデラさん個人にぶつけて八つ当たりしたのだ。

「あのふたりは、あなたの何だったの？」

答えは返ってこなかった。

――どうしてよ。それが一番、聞いてほしいところなんじゃないの？

その激しい感情が、嘉川を犯罪に走らせたはずだ。それを訴えたくて、浪子に手を貸したはずだ。

――嘉川は、必ず動機を喋る。

そう信じて、じっと待っていると、中からかすかに呻き声が聞こえた。デラさんと田端刑事が、顔を見合わせた。

「いかん――」

「これは」

その時、小走りの足音とともに、アパートのドアが開き、中から顔面蒼白になった浪子が顔を覗かせた。声をかけようとする男たちを遮り、叫んだ。

「救急車を呼んでください、嘉川さんが倒れました！」

田端刑事が真っ先に部屋に飛び込んでいく。一瞬、躊躇していたデラさんも続き、その後に、プロパンガスの元栓を閉めに行っていた警察官も駆けてきた。田端が次々に窓を開け放って、空気を入れ替えている。

しのぶは、恐る恐る室内を覗き込んだ。

台所の流しの前に、嘉川が苦悶しながら倒れている。制服警官がそばにしゃがみ、脈を診て、無線で救急車を呼ぼうとしている。嘉川が右手でずっと胸を押さえているところを見ると、心筋梗塞(しんきんこうそく)を起こしたのだろうか。

「嘉川さん、しっかり」

狭川浪子が、離れた場所から不安そうに声をかけた。震える手を揉みしだいている。

「――狭川さん」

しのぶが声をかけると、真っ赤に充血した目をこちらに向けた。

「こっちに来てください」

嘉川のために、彼女らができることはなさそうだ。だが、奥の六畳間で、途方にくれたように立ち尽くしているデラさんのためになら、できることはあるはずだった。

「――デラさん」

彼が手を差し伸べようとしているのは、畳にぺたんと横座りし、かすかに震えながら見上げている若い女性だ。デラさんが一瞬で見分けた通り、眉間に小さなホクロがある。色白で、十五歳にしては大人びて、可愛いというよりきれいな少女に成長していた。デラさんが、娘とのどんな再会シーンを思い描いていたにせよ、七年のブランクはあまりにも長すぎて、どうすればいいのか、彼自身わからなくなってしまったようだ。

「――和音」

大きな声を出すと、娘がガラス細工のように壊れるんじゃないかと感じているように、デラさんがそっと呼びかける。

「和音だろう。――父さんだよ」

少女はデラさんより、その背後にいる狭川浪子に救いを求めるような視線を送っている。彼女自身も何が起きているのか理解できず、浪子に説明してほしがっているのだ。

「わたし、白石友子ですけど」

おずおずと少女が言った。デラさんが激しく首を横に振る。

「違う。和音だ。小寺和音だ」

少女は怯えていた。長く一緒に暮らしていた、嘉川と浪子の家に、警察官や見知らぬ男女が押し入ってきた、と彼女には見えているのかもしれない。嘉川は発作を起こして倒れ、浪子は警察官の前で萎縮している。

「なあ、和音。怖がらなくていいんだ。捜しにきたんだよ」

デラさんが、雪の結晶に話しかけるように、やさしく言った。

「──父さんと母さんは死んだって。俊子おばさんが言ったもん」

少女が「あれ」と言いながら指を差したのは、部屋の隅にある小さな仏壇だった。ここにも、位牌がふたつ並んでいる。

硬直して舌もこわばったかのようなデラさんは、位牌を見に行こうともしない。

──じれったいわね。

しのぶはずかずかと畳に上がり、仏壇に近づいて位牌を確認した。ひとつは、狭川憲一のものだ。もうひとつは、男性と女性のもの。裏側の俗名を確認すると、小寺恒夫と小寺友里と彫られていた。

──ずいぶんな小細工だ。

「死んでなんかないわよ」

しのぶは、デラさんの腕を引っ張って、少女のそばに連れて行った。さっさと抱きしめるなり、手を握るなりすればいいのに、デラさんはまるで初恋の人の前に出た少年みたいに棒立ちになっている。

「小寺和音さんね？　あなたのお父さんもお母さんも元気なの。お父さん、ずっとあなたのことを捜してたのよ」

しのぶはデラさんの肘をたたき、膝をつけと合図した。彼は素直に畳に膝をついた。しのぶも和音と目の高さをそろえて視線を合わせた。

「あなたが戸惑うのは当然よ。あの女の人に何を言われたのか知らないけど、あなたの両親は元気なの。昨日、やっと居場所がわかったから、お父さんは東京からここまで飛んできたのよ」

少女の目が、浪子からしのぶに、しのぶからデラさんへと移っていく。

「あの女の人の名前は、狭川浪子さん。白石俊子さんじゃないの。彼女は、本当は——」

——八歳のあなたを誘拐したのよ。

言うべきかどうか、しのぶも迷って言葉を切った。十五歳の女の子が、突然現れた見知らぬ女からいっぺんに受け取るにしては、いくらなんでも情報量が多すぎやしないか。

「嘘」

少女がかぶりを振った。

「あなたたち、本当に警察の人？　俊子おばさん、いい人だけど」

後ろにいる浪子は、それを聞いて小さく嗚咽を漏らした。

デラさんが、自分の顔を和音の視界に入れようと、身体を縮めた。

「なあ、和音。父さんのこと、覚えてるか」

和音は不思議そうに見上げた。

「――父さんのことは覚えてる、けど」

こんな人だったかな、と言いたげな彼女からは、次の言葉が出てこない。人間の記憶はあいまいなものだ。七年も経てば、八歳児の記憶は美化されるし、現実のデラさんが予想外に小柄に見えるかもしれない。

再会はしたものの、デラさんが本当の意味で娘を取り返すには、長い時間が必要になりそうだ。

「救急車が来ます」

制服警官が声をかけてきた。しのぶは頷き、立ち上がって和音に手を差し伸べた。

「さあ、ひとまずここから出ましょう」

和音が驚いたように目を丸くした。

「出ちゃだめ」

「どうして？」

「外に出たら、父さんと母さんを殺した奴に、私の居場所がばれるって。生きてることがわかったら私も狙われるから、隠れなきゃって――」

しのぶはデラさんと顔を見合わせた。

遠くから、救急車とパトカーのサイレンが聞こえてきた。嘉川を病院に搬送し、浪子を逮捕する。和音も病院で健康状態のチェックを受けさせる必要があるだろう。

サイレンの音に、和音が不安そうな眼差しを上げた。

8

「それじゃ、スモモからはまだ連絡ないの？」

『昨日、しのぶさんに電話したじゃないですか。あれからずっと待ってますけど、メールも電話もないですよ』

明神海斗が電話の向こうで、情けなさそうな声を出した。仕事の面では文句ないが、ちょっぴり気の弱い後輩だ。

「今朝、シグナルで連絡が取れたの。明神君に連絡するように言ったんだけど。〈キボウ〉のサーバーを見つけたと言ってた」

『サーバーを？』

しばし、明神が言葉を切る。

『まさか、ひとりで飛び込んで行ったりしてないですよね』

まさか、とは言えない。スモモは鉄砲玉だ。気の向くまま、どこにでも飛んでいく。

「こっちの用事も片づきそうだから、今夜中には東京に戻れると思う。戻ったらスモモと合流するわ」

『よろしくお願いします。ほんとに〈キボウ〉のサーバーが見つかったのなら、いいんですけどね』

懐疑的な明神との通話を終え、周囲を見回した。仙北警察署に、デラさんや田端刑事らと一緒に来ている。東京から狭川浪子を追ってきた田端は事情聴取にも参加しているし、デラさんは和音の事情聴取に実父として同席している。だが、しのぶはここでは単なる「お邪魔虫」だ。

せめて、嘉川がどうなったかくらい教えてくれればいいのだが、さっきからひとりでぼんやり待機しているだけだ。

取調室のドアが開いた。

出てきたのは、田端刑事と仙北署の警察官だった。取調室に狭川浪子がいるはずだが、ドアを閉めた後、難しい表情でなにか話し合っている。浪子に聞こえないように、相談しているらしい。

しのぶはソファから立ち上がり、そっと近づいた。

「――しかし、被害者の家族を同席させるというのは、いくらなんでも」

仙北署員が難色を示している。

「ですが、小寺さん本人も、彼女の話を聞きたいでしょうから」

「――自分の娘のことですから当然ですよ」

いきなりしのぶに声をかけられ、ふたりがギョッと振り向く。

「突然、失礼しました。私は、小寺さんの友人で、東京でＩＴ探偵事務所を開いている者です。お嬢さんの行方を一緒に捜していたものですから、気になりまして」

こういう時、にっこり微笑み、立て板に水のなめらかな口調で口上を述べられる自分がありがたい。

「変則的ですが、いったん事情聴取という枠を外しませんか」

田端刑事が、しのぶを見て思いついたように提案した。

「小寺さんと、こちらの出原さんにも同席してもらって、狭川浪子の話を聞くんです」

「しかし――」

「狭川が、小寺さんが同席するなら話すと言っているんですよ」

田端が素早く説明してくれる。しのぶの援護射撃を期待しているのだ。

「たしかに、一般的にはありえないことかもしれませんが」

しのぶは微笑みながら捜査員を見つめた。

「七年前、娘さんを誘拐されてから、小寺さんはそれを自分の責任だと考えてきました。

離婚して、警察官も辞めてしまって。小寺さんは、狭川さんの口から真実を聞きたいはずです。それに、七年も娘のそばにいた女性から、娘について聞きたいはずです」

デラさんは、狭川浪子とふたりきりで、じっくり話を聞きたいかもしれないが、ふたりきりにするつもりはない。どちらがどちらを傷つけてもいけない。

捜査員は、上司と相談すると言って、どこかに消えた。

「出原さんは、小寺さんが好きなんですね」

手持ち無沙汰な警察署の廊下で、田端がなにげなくそんなことを言いだした。あんまりあっさり尋ねられたので、つい頷きそうになったしのぶは、自制しつつ咳払いした。

「冗談キツイわね」

「どうして冗談にしてしまうんです？　小寺さんが好きだから、はるばる秋田まで和音さんを捜しに来たんでしょう」

「デラさんにはいつも助けられてるから、恩返しよ」

「それはあなたの言い訳ですよね。和音さんが生きて見つかるなんて、私だって半信半疑でしたが、現実になった以上、今後が心配なんです」

もちろん、しのぶも同様だ。和音は小学校の勉強からやり直しだし、心のケアも必要だ。彼女にはこれから、手厚く面倒を見てくれる大人が必要になるのだ。

「どうしてそんな話を私にするの？　つい先日まで、お邪魔虫扱いしていた私に？」

「今まで黙っていましたが、小寺さんの奥さんは、再婚して家庭があります。子どももいるし、和音さんを引き取ることはできないでしょう。和音さんがぶじに戻ったのは喜ばしいですが、すべての負担が、小寺さんひとりの肩にかかってくる」

――あの人、再婚してたんだ。

複雑な気分で、ふんと、しのぶは軽く鼻を鳴らした。

「大丈夫。田端さんが心配する気持ちもわかるけど、デラさんの肩は、あなたが思ってるよりずっと頑丈だから」

「――だといいですが。私が心配なのは、小寺さんだけじゃありません。七年間も、世間とほとんど接触せずに暮らしていた和音さんも心配なんです。いくら元気そうで、明るい性格に育ったように見えても、それを額面通りに信じていいものかどうか。いつか心の傷が、表面化するんじゃないかとね」

田端がため息をつく。彼の心配はもっともだ。両親のもとから誘拐され、そうとは知らず七年も犯人と暮らしていたのだとわかれば、和音はどう感じるだろう。

「だけど、今からそれを心配するのは早すぎる」

しのぶが言うと、田端が肩をすくめた。

「まあそうですけどね。どうしてあなたは、そんなに素直じゃないんですか？」

しのぶは肩をそびやかした。

「――硬派だからよ」

「お待たせしました」

仙北署の捜査員が戻ってきた。身体を二つに折って大笑いしている田端刑事を見て、不思議そうにしている。

「この人のことは、放っておいていいから。小寺さんと狭川さんを直接、対決させてもよくなりました？」

「ええ、上司の許可を取りました」

別の取調室で、和音の事情聴取に同席していたデラさんが呼ばれた。

和音の事情聴取は、年配の女性の警察官が穏やかに話しかけ、誘拐された当時や、この七年間のことなど、思い出せる範囲で聞き出そうとしているらしい。彼女が元気そうで、何が起きたのか聞きたがるので事情聴取を優先し、その後で病院に連れて行き、検査を受けさせるそうだ。

狭川浪子と直接、会話できると聞き、デラさんは硬い表情で現れた。

取調室に入ると、事務机の奥の席に座った狭川浪子が顔を上げ、そのままデラさんを凝視している。先ほど、アパートでも会っているが、まるで初めて見る相手のように、食い入るような視線だった。

しのぶも、浪子を観察した。

耳にかかるくらいのショートヘアは、昔の写真よりずっと、白髪が増えている。以前はふっくらしていた頰は、痩せて、たるんだ感じになっている。全体にくたびれた印象だった。この七年間は、彼女にとってとても長かったのだろう。

「今からここで話されることは、記録は取らない。だが、私たちも同席はさせてもらいます。そこの探偵さんもです」

田端刑事が、狭川浪子とデラさんの双方に宣言する。

「先に伝えておきますが、嘉川さんは一命をとりとめたそうです」

取調室で相対してすぐ、口火を切ったのはデラさんだった。浪子の正面に座った彼は、両手を机の上で組み、浪子の表情やちょっとした手の動きにも注意を払っているようだ。

「そう、よかった」

浪子が言った。あっさりした口調だった。

「あまり心配してなかったようですね」

「だって、お互いに歳ですからね。嘉川さんは、長い間、恨みを晴らす喜びだけで生きていたようなものだったし。いつ逝っても、もういいねって言ってたの」

「嘉川さんの恨みとは何なんですか」

浪子は取調室に集まる顔ぶれを見渡した。正面にデラさんが座り、少し離れたパイプ椅子に田端刑事としのぶ、仙北署の捜査員がふたり、扉の前とデラさんの隣に立っている。

何があっても浪子をこの部屋から出さないようにという、配慮のようだ。

「その人が言ってたじゃないですか」

いきなり、浪子がしのぶを指さした。

「位牌を見たんでしょう」

「位牌は見ましたが、俗名が書いてなかった。あれはいったい、誰の位牌なんですか」

「嘉川さんの娘さんと、その母親よ」

——娘がいたんだ。

軽い驚きと好奇心を覚えたが、なぜそれが今まで誰にもわからなかったのだろう。

「覚えてるかしらね。紀子さんのこと」

デラさんが小さく息を吞んだ。

「——横川紀子さんか」

その名前は、しのぶも聞き覚えがある。

狭川浪子の息子、憲一と、ただひとり〈救いの石〉教団内で親しくしていたという女性だ。憲一が殺され、教団が警察の摘発(てきはつ)を受けた後に、自殺した。教団の悪事について、警察に漏らしたことを責められたのだ。

「紀子さんは、嘉川さんの娘さん。認知してなかったそうだけど」

浪子の説明によれば、嘉川は東京にいた若い頃に、紀子の母親と交際していた。だが長続きせず、紀子が生まれる前に別れてしまった。紀子が生まれたことは後になって知ったが、母親は嘉川に認知を迫ることもなく、なんとなくそのままになっていた。嘉川が各地を転々として、奥さんの益美と結婚したのは、ずっと後の話だ。教団の事件が発生し、紀子が自殺した時には、益美は既に亡くなっていた。週刊誌で紀子の名前と写真を見かけ、若い頃の紀子の母親とそっくりな容貌と同じ名字に仰天し、母親と連絡を取ったところ、自分の娘だとわかったそうだ。その後、紀子の母親も自殺同様の事故死をした。

「嘉川さんとは、教団の被害者家族が集まる会で知り合ったの。だけど、ふたりともそこでは居場所がなくてね」

狭川憲一は、教団の内部抗争で警察のスパイだと疑われて殺されるまで、教祖の右腕として会計を担当していた幹部のひとりだ。被害者やその家族には、憲一も加害者のひとりに見えた。

横川紀子は幹部ではないが、嘉川は自分と彼女の関係をうまく説明できなかった。無関係な他人が、面白半分に事件に関わっているように見えなくもなかった。ジャーナリストの潜入調査と疑われたこともあり、家族会には参加しにくくなった。

「それで、嘉川さんと手を組んだんですか」

話が核心に近づき、デラさんの声にも力がこもっている。狭川浪子は、取調室のグレーの壁に視線をやった。

「彼が紀子さんの父親だと知って、私が相談したの。彼女は憲一のたったひとりの友達だったし。紀子さんが警察に話したのも、憲一が殺されたからだった。それで、憲一を死に追いやった警察官に、後悔させたいって」

デラさんは沈黙していた。ぶ厚い背中を丸めて、視線を机の上に落としている。

――なんとか言ってやってよ、デラさん。

しのぶは、膝に載せたバッグを握りしめた。

デラさんは、今も罪の意識を感じている。だが、そんな姿勢は彼には似つかわしくない。

「なんとか言いなさいよ」

浪子が厳しく詰（なじ）った。これでは、どちらが取調べを受ける立場なのかわからない。

田端たちが黙っているのは、浪子の口を開かせるために、彼女がこの七年、ずっと腹に溜めていたことを吐き出させるつもりだからだろう。だが、これではまるで、デラさんが彼女のサンドバッグみたいだ。

「前にも、あなたと会って話したことがあった。あなたがまだ警察官だったころ。あなたは、警察の対応に落ち度はなかったと言った。憲一君が殺されたことは残念だし、自分もショックを受けていると言いながら、警察に責任はないと言った。そうでしょ」

「憲一君に、しばらく教団に残り、内部の様子を教えてほしいと頼んだのは私です」

デラさんの背筋が伸びた。

「あの時すぐに教団から逃げていたら、彼は生きていたかもしれない。私のせいです」

浪子とデラさんが、怖い顔をして、じっと睨み合っている。

「――ずるいわね」

先に目を逸らした浪子が呟いた。

「そうやって自分の罪を認めてしまえば、私が追及を諦めるとでも？」

「そうじゃない。私は自分の責任を逃れようとした覚えはありません。前にお会いした時も、同じことを言ったはずです」

「憲一を返して」

浪子がまっすぐデラさんの目を見つめた。

「あの子を返して。他は何もいらないから」

――七年経っても、浪子は息子の死を受け入れていないのだ。

狭川憲一の遺体が見つからず、彼の死は、教団幹部らの証言により確定されたことを思い出した。浪子のなかで、憲一はまだ生きている。どこかでひっそり暮らしていて、いつか自分のもとに戻ってくると信じたいのだ。

「憲一君を返せたら、どんなにいいか」

デラさんが静かに呟く。

「憲一君は真面目な青年でした。素直すぎたので、教団に利用されたんです。もし彼が戻ってくるなら、私もどれだけ肩の荷が軽くなるだろう。――和音を誘拐したのは、憲一君を失った悲しみを、私にぶつけるためだったんですか」

「そうよ」

浪子の声が、一瞬ひび割れた。激しい感情が、彼女を揺さぶっていた。

「誰も憲一のことなんか、気にかけてなかった。殺されたのは自分が悪いって、親戚にも言われたわ。なんにも知らないくせに。憲一のことなんか、なんにも知らないくせに！」

浪子が手錠のかかっていないほうの手で、机を何度も叩いた。見かねて、しのぶが腰を浮かしかけた時、田端が制止した。

「小寺さんに任せましょう」

しのぶは不承不承うなずいた。

「あなたも子どもを失えば、私の気持ちがわかると思った。しばらく預かって、とことん心配させて、だけど、その後すぐ返すつもりだった。何日もかけてあなたの身の回りを調べた。親戚、友人、奥さんの親戚も。もちろん、和音の通学ルートも調べた。友達と一緒に自宅のすぐそばまで帰ってくるけど、そこから二百メートルはひとりきりになることもわかった。その瞬間しか、和音と話す機会はなかった。だから」

彼女が、ふと視線を浮かす。

「あの日、初めて間近で和音を見て、話しかけたの。おばさんのこと覚えてる？　って。白石俊子と名乗って」

「和音は、本物の白石俊子さんに会ったことがないはずだ」

「知らなかった。だけど、ふだん会うことのない親戚なら、名前は憶えていても顔まで覚えてないかもしれない。八歳の子どもなら特にね。だからその人の名前で話しかけた」

「あの子は賢い子でしたよ。会ったこともない親戚の名前を出されたくらいで、あなたについて行くとは思えないんだが」

「お父さんとお母さんが、恨みを持つ人に殺されたと言ったの。犯人はあなたのことも探していて、すぐに姿を隠さないとあなたも殺されるから、一緒に来てと言った。あの子はびっくりしていたけど、私が用意したつくり話を信じたようだったわね。お父さんは警察官で、〈救いの石〉教団の捜査に関わっていて、そして教団の恨みを買ったんだと言ったら、あの子、あなたの仕事の危険さをよく知っていたから、泣きながら車に乗ったの」

浪子が顔を歪（ゆが）めた。

「可愛かった。睡眠薬を少しだけ砕いてお茶に混ぜたのを飲ませて、眠らせた。そのまままっすぐ、秋田の嘉川さんの家に連れていくつもりだったから。あなたが、憲一を失った私の悲しみを少しでも味わったら、ちゃんと返すつもりだった。だけど、和音が本当に可愛かったの。子どもがあんなに可愛いってこと、すっかり忘れてた」

「冗談じゃない！」

立ち上がって怒鳴ったしのぶに、浪子がギョッとこちらを見上げた。

「和音ちゃんが可愛かったから、手放せなかったって言いたいの？　あなたのその身勝手さのせいで、デラさんたちは七年も子どもに会えなかったのよ！　さっきから聞いてたら、デラさんはひとつも言い訳しないのに、そっちは言い訳ばっかりじゃないの。あなたに彼を責める資格なんかないわよ——！」

腰に手を当てて大声で叫ぶ。ゼイゼイと息を切らしていると、のけ反って目を丸くしていた田端が、小さく「お疲れさん」と呟いて拍手した。

目を瞠っていた浪子が、うつむいて涙をこぼしている。気の毒に思う気持ちは封印した。浪子が犯罪に走ったのは、デラさんが優しすぎたからだ。デラさんだけじゃない。浪子は周囲が息子を責めたと言うが、そんな人はおそらく例外で、ほとんどは腫れ物に触るように接したはずだ。だからよけいに、浪子は自分の気持ちを消化しきれなくなってしまったのだ。

「あたしだって、あなたを気の毒だと思う。だけど、あなたはデラさんに甘えてるだけじゃない。あたしがデラさんだったら、自分の娘を七年も誘拐されていたら、会った瞬間にあなたのこと叩きのめしてるから！」

「おいおい」と言いながら、田端がしのぶの腕を引き、椅子に座らせた。

「気持ちはわかるが、言いすぎです」

憤懣やるかたなく、しのぶは肩をそびやかした。本当のことを言ったまでだ。

「だが、よく言いました」

ムッとして見返すと、田端がにやりと笑っている。デラさんが、しのぶの絶叫には何も言わず、静かに話し始めた。

「狭川さん、私はこんなことを考えていたんです。教団がやっていることは詐欺だと知りながら、会計担当として教祖に仕えていたころの憲一君の行動は、感心できなかった。だが、その後の彼は、警察に協力して、捜査の手助けをしてくれた。その断面で見れば、ヒーローです。そして殺された。その時点で彼は被害者になり、狭川さん、あなたも被害者の遺族になりました。私は憲一君の死に責任を感じていました。ところが、あなたは和音をさらった。今度はあなたが加害者で、私は被害者です。どの瞬間を切り取るかで、私たちは善にも悪にも被害者にも加害者にもなれる。私たちは断面の連鎖を生きているんだ」

デラさんは、淡々と話し続けている。

「私のこの七年について、話していいですか。警察を辞めて、喫茶店のマスターになりましてね。妻とも別れて、新しい人生に踏み出したわけです。それまでの生活や和音のことを忘れようとしたわけじゃない。和音に、戻ってきてほしい。ずっと、そう願っていました。店でコーヒーを淹れたり、トーストを焼いたりしながら、もし狭川さんと和音が見つかったらどうするか、考え続けていました。最初は私も、あなたに対して怒りをぶつけるつもりだったんです。ですが、七年のうちに、想像のなかで怒りをぶつけつくしてしまいましてね」

——驚いた。

デラさんが、かすかに笑っている。

「もし和音が戻るなら、私が本当に望むのは何なのか、じっくり考えてみたんです。少なくともそれは、あなたを攻撃するとか、そういうことじゃない。和音にお帰りと言いたい。ゆったりとした時間を一緒に過ごして、七年間の空白を取り戻したい。和音を幸せにしたい。辛い気持ちにさせたくない。憎しみと怒りに曇った目では、あの子を心から楽しい気分にさせられない気がする。ここから先、どの断面で切り取っても、私と和音は、被害者にも加害者にもなりたくない」

それが、七年かけてたどりついたデラさんの答えだった。彼は狭川浪子を許そうとしていた。許すという行為は、加害者に与える贈り物だとしのぶは考えていたが、そうではなかった。デラさんにとっては、自分のため。自分と和音が、次の善き断面を準備するためのステップなのだ。いつまでも憎み、怒りを抱えたままでは、晴れ晴れとした気持ちで幸福な人生を送ることができないから。

「もちろん、私がこんなふうに言えるのは、あの子が生きているからです」

デラさんが言葉を継いだ。

「だから、もう憲一君を抱きしめてやれないあなたには、本当に申し訳ないと思う。そして、和音を大事に守ってくれて、ありがとうと言いたい」

取調室の机に両手をつき、静かにデラさんが頭を下げた。浪子の表情が歪む。

もし、七年前に狭川浪子が和音を誘拐しなかったら。もし、デラさんが警察を辞めず、〈バルミ〉のマスターにならなかったら。もし、狭川憲一が教団から逃げていたら。もし、憲一が教団に入らず、デラさんとも会わなかったら——。

ささやかなすれ違いが、みんなの人生を変えたはずだ。

浪子は机に突っ伏して泣いていた。

9

「俺は、もうしばらくここで、和音につきそって検査の結果を待つよ」

病院の検査室の前で、和音は検査衣を身に着け、女性警察官からなにやら素直に説明を受けている。ふたりの姿を遠巻きに眺めるデラさんは、目を細めている。

「それじゃ、私は東京に戻ってスモモと合流する」

しのぶが言うと、デラさんが頷いた。

「また叱られるかもしれないが、しのぶのおかげで和音がぶじに戻ってきたような気がする。ありがとうな」

「なに言ってんのよ」

笑いとばす。

狭川浪子は、デラさんと対面した後、事情聴取にも素直に応じるようになった。誘拐の後、和音に言うことを聞かせるため、いろんな嘘を積み重ね、位牌を含む小道具を用意したそうだ。

死んだ両親に会わせることができないのは、とても無残な殺され方だったからだとか、和音を守るために新聞記事は控えめに書かれていて、東京の新聞にはこう載ったと小さな記事のコピーを捏造(ねつぞう)して見せたことなどを、訥々(とつとつ)と告白したと田端は言った。

最初の一年は、和音はよく両親を思い出して泣いたそうだ。だが、少しずつ浪子との生活になじんでいった。ニュースを見せられないので、嘉川の家ではテレビを置くこともできなかった。和音には、東京の知り合いなどに連絡を取れば、必ず追手がかかるから連絡するなと厳命したそうだ。

最近までは、どうにかそれでもちこたえた。七年も、よくごまかしてきたものだ。おそらく、和音自身も、七年も一緒に暮らすうちに、浪子らになついたのだろう。

だが、近ごろでは、自分の置かれた環境に疑問を持つようになった。

（このまま一生、隠れて暮らさなくちゃいけないの）

和音は賢い子どもで、七十代の嘉川や、六十代の浪子は、いつまでも自分の庇護者ではいられないとわかっていた。名前を隠してでも学校に行きたい、そして大人になったら働きたいと、当然の要求をする彼女に、浪子はだんだん断りきれなくなっていったのだ。

——もう、隠しきれない。

それで、最近になって靴の片方を警察に送り、反応を見ようとしたのだ。

（たぶん、この七年間ずっと、彼女は後悔し続けていたと思いますよ）

だからこそ、せめてもの償いにと、和音の好きな本をたくさん買い与えた。その中の一冊が、嘉川の家に置き忘れていた歴史の本だ。

自宅を売った金は手付かずだった。浪子が外に働きに行ったのは、和音を残して嘉川や自分が死んだ後、彼女がひとりでも生きていけるように、資産を残そうとしたからだ。浪子が外に働きにいく間は、嘉川が和音を監視していた。

「——デラさんは大丈夫？」

まだ夢心地のように、和音を遠目に見ているデラさんに声をかけた。いつものように、「大丈夫」と即答されるかと思っていたら、しばらく返事がなかった。

「——デラさん？」

「大丈夫じゃない。だけど大丈夫だ」

「どういうこと？」

「浪子さんに言ったのは、嘘じゃないってことだ」

憎しみと怒りには溺れない。自己憐憫（れんびん）に浸るのも、デラさんらしくない。浪子さんに言った通り、被害者にも加害者にもならず、これから先の断面を、善き人生を模索しながら描いていく。

人生は、続く。

「――そうね」

しのぶは頷いた。

――どうしようもなくなったら、私たちがそばにいるから。

そう言おうかと迷う。結局、黙って口を閉じた。言わなくても、わかってくれているはずだ。車のほうに歩きだしながら、振り向いた。

「〈バルミ〉のカエルの置物。縁起がいいから、これからますます増えるんじゃない？」

「そのうちカウンターを占領されそうだな」

デラさんが破顔（はがん）した。

10

スモモは電話に出ない。これから東京に戻るとメールを送っても、返事もない。民宿の経営者夫妻に挨拶して荷物を引き揚げ、田沢湖を発った時には、もう午後四時になっていた。

東北自動車道を飛ばして——と言いたいところだが、今日も高速道路には雪がちらつき、車は適度な速度と車間を保ちながら、南に向かっている。

途中のサービスエリアで休憩するついでに、スモモのスマホの位置を調べた。お互いに、スマホの位置情報がわかるように、設定してある。ふたりともGPSは嫌いで切っているが、ある程度の範囲までは絞りこめる。

スモモのスマホは、京橋（きょうばし）のある一点を差していた。ひょっとすると、スモモはわざわざGPSを入れたのかもしれない。自分の居場所をしのぶに伝えるために。

——気に入らないわね。

行きはデラさんとスモモが一緒だったが、帰りは自分ひとりきりだ。どんなに気が急いても、焦らず休憩を挟みながら、八時間近くハンドルを握った。京橋に到着した時には、日付が変わりそうになっていた。

東京では珍しくもない、高層のオフィスビルだ。ビルの前に人間の背丈くらいの金属板が立ち、著名なＩＴ企業のロゴがいくつか彫り込まれている。ビルの大部分はこれらの企業のオフィスとして使われており、残りはその関連企業などが借りているようだ。この時刻、表玄関のガラス扉の向こう側にはシャッターが下りている。

車を路肩に停め、夜間出入り口を探していると、電話が鳴った。

「スモモ？」

画面を見て驚く。

「今どこにいるの」

『十七階』

スモモはビルの名前と八桁の数字を告げ、通話を切った。まさに、間違いなく目の前の高層ビルだ。夜間出入り口は、裏通りの目立たない場所にあった。植え込みに隠れて、うっかりすると通りすぎてしまう。

夜間出入り口の脇に、暗証番号を入力するキーパッドがある。スモモの告げた八桁の数字を入力すると、それがまさに鍵だった。ガラスのドアが開く。

入ってすぐの守衛室も真っ暗で、ひと気がなかった。建物の構造が複雑なのは、盗難などを恐れて不案内な人間が入り込みにくくしてあるせいだろう。

エレベーターを見つけ、十七階を目指す。ここでも暗証番号の入力を求められる。

──本当に、〈キボウ〉のサーバーがここにあるの？

罠の臭いがする。スモモは本当にここにいるのだろうか。さっきのぶっきらぼうな声は、間違いなく本人のものだったが。

十七階のフロアは、一階と違って煌々と照明が点いていた。エレベーター六基が並ぶホールを出て、廊下を歩きだす。何メートルか置きに現れる金属やガラス、さまざまな意匠を凝らした扉は、ぴったりと閉まっている──一か所だけを除いて。

その開いたガラス扉の横には、〈ＨＯＰＥ〉とだけ書かれた金属板が貼られている。〈ＨＯＰＥ〉──キボウ。

「スモモ！　いるの？」

しのぶは万が一のため鞄に忍ばせている、護身用のスタンガンを取り出した。そろそろと扉の奥を目指す。見えるのは殺風景な光景だ。企業の受付をイメージさせる白いカウンターはあるが、そこには何ら企業の情報はない。〈ＨＯＰＥ〉の扉の向こうには、何も書かれていない金属の扉が見える。

「スモモ！」

しのぶは、金属の扉を押し開けた。とたんに、低い唸りが聞こえてきた。多数のサーバーが稼働するサーバールームの音だ。

部屋の中央に、モニターの載った机があり、その前の椅子にスモモが腰かけ、目をキラキラさせてこちらを見ていた。二十畳ほどの部屋の四方には、薄型のサーバーが並んでいる。

「スモモ、大丈夫？」

こくりとスモモが頷く。

「待ってた」

「どうしたのよ、メールにも電話にも応答しないで」

これ、と言いながらモニターを指さす。とりあえず、スモモの様子に異常はない。というか、いつも以上に変わったところはない。

しのぶはスモモに近づいた。電子音声がスピーカーから流れた。

『ようこそ、〈キボウ〉の部屋へ。君たちは最初のお客様だ』

——この声が〈キボウ〉の作成者か。

しのぶは眉間に皺を寄せた。音声のみで映像はないようだ。予想通り罠だった。背後で扉が閉まる音がする。外側のガラス扉も閉まった。

「ひょっとして、ここに閉じ込められて、出られなかったの？」

スモモがこくりと頷いた。

「通信ダメ」

『残念だが、もうあまり時間がないのだ。とりあえず、君たちがここまでたどりついたことに敬意を表する。私のことはホープ博士と呼んでくれたまえ』

「何がホープ博士よ。ひとをこんな部屋に閉じ込めて」

『君を待っていたんだ。閉じ込めると言っても、その部屋には何日か住めるくらいの食料やシャワールームまで完備しているよ。システム開発者が泊まり込みで仕事をしていた部屋だったからね』

「何が目的なの」

『憂き世に夢と希望を与えるため』

「ハイ？　なに言ってるの」

しのぶは顔をしかめた。

「こいつ、筏みたいなやつね」

ぼそりと漏らすと、スモモも賛成らしく、こくこくと頷く。

『単刀直入に言おう。私の仲間になりなさい』

――またおかしなのが現れたみたいね。

半分げっそりして、しのぶは画面を睨んだ。どうして自分たちは、こういう妙な連中と関わり合いになってしまうのだろう。

「却下。さようなら」

『待ちなさい。君たちも見ただろう。〈キボウ〉は、何万台もの端末が、おそまつなセキユリティの不備を抱えた状態で利用されているのを発見し、それを修正した。世界の多数の人々は、パッチを当てて自分と周囲の人間の安全を守ることすらできないのだ。がっかりしないかね』

「べつに、そんなものだと思ってるから」

それに、みんなが充分な知識を持ってしまえば——IT探偵の仕事は必要なくなるではないか。

ホープ博士が、笑い声をあげた。

『君は寛容だな。だが私は、世界中のCPUは、知識があり熟練した人間の管理下に置かれるべきだと考えている。でなければ、いつかどこかのCPUが、システムの不備により戦争を始める命令を出すだろう』

「嫌な想像だけど、可能性としてはありうるわね。だけど、そういうことを防ぐために、私たちみたいな仕事をする人間がいるの」

サイバー防衛隊時代から、自分たちがやってきたのはそういうことだ。

「〈キボウ〉は、感染した端末のセキュリティの不具合を教えて、パッチを自動的に当てる。それだけなら善玉ウイルスよね。でもそれは、あなたが本当にやりたいことではないんでしょう。一月二十一日に、何をしでかすつもりなの？」

返事はない。これだけの部屋を借りていれば、犯人の正体を暴くのは朝飯前だ。

――必ず捕まえてやる。

『フフ、部屋の借主から私にたどりつけると考えているね。だがその部屋は、倒産した企業が年末まで借りているものだ。私は勝手に使わせてもらっているだけだよ』

しのぶは小さく舌打ちした。さすがに、そこまで甘くはないのか。ホープ博士の電子音声が、含み笑いをするような音を立てた。

『君たちだけに教えてあげよう。今回の実験目的は達成できたのでね。一月二十一日は、もう何も起きない。約束するよ』

「あなたの約束を信じて大丈夫なの？」

『もちろんだ。私の約束は鉄壁だよ。いいかね、探偵諸君。世界は、人間の能力では管理しきれないほど複雑になった。じきに、人工知能の力を借りた統治が始まるだろう。その時わたしは、愚かな人間の手に、その人工知能を委ねたくないのだ。君たちは、未来を愚か者の手に託すことができるかね？』

その意見にはしのぶも賛成だ。人工知能による社会の管理は、未来の話ではなく、とっくに始まっている。中国ではすでに、国民ひとりひとりの行動や発言から個人の政権への親和性をポイント化して、移動制限をかけられるようにしつつある。その利用は、細心の注意を払って行われるべきだ。

――だけど、つい最近、似たような言葉を聞いた気がするのは気のせいだろうか。

『能力のある人間が、支配権を握るべきだとは思わないか』

「それほど自分の能力に自信があるのなら、選挙にでも打って出ればどう」

しのぶは腕組みして顎をつんと上げた。どうせ、どこかからカメラで見ているだろう。

「人類は、たったひとりの優秀な人間に統治されるより、平均的な能力を持つ人間が集まって、集合知で統治するほうが結果的にうまくいく」

『おや、仲間になるのを拒むのだね』

「当然でしょ。犯罪者の仲間にはならない」

ホープ博士がため息をついた。

『アノニマスには入ったくせに。――ではしかたがない。今回は諦めよう。だが、覚えておいてくれ。私は君たちを高く買っている。いずれは、私の主張を理解してもらえると信じているよ』

「いい、ホープ博士。あなたがこれからもマルウェアを撒き続けるなら、私たちは必ずあなたを捕まえてみせる」

『それは楽しみだ』

「ちょっと待って。一月二十一日って、何の日付なの」

犯人や身近な人間の誕生日ではないかと、考えていた。それなら、何かの折に犯人の正体を知る手掛かりになるかもしれない。ホープ博士が笑いだした。

『知らないのかね。ジョージ・オーウェルの命日だ。かの「一九八四年」の作者だよ』

勝ち誇ったかのように高らかな笑い声をあげた後、音声はとぎれ、モニターやサーバーばかりか、天井の照明までがいっせいに消えた。博士が遠隔操作でサーバーへの電気の供給を切ったようだ。

しのぶは、スマートフォンをライト代わりに点灯した。スモモの姿が浮かび上がる。彼女は、暗くなったモニターをまっすぐに見つめている。

「スモモ、帰るわよ」

これ以上ここにいても、〈キボウ〉の新たな情報は得られなさそうだ。

出入り口の自動ドアは、やはり電源供給が切れ、手で開けられるようになっていた。

「明神君には、ここで見たものと自称〈ホープ博士〉の主張を教えて、それで案件終了としてもらいましょう。来年の顧問契約につながるといいけど」

「シハイ、嫌い」

スモモがぽつりと言った。博士が「支配権を握る」と言ったからだろうか。単語をふたつ以上組み合わせて喋ることがほとんどないスモモにしては、立派な意思表示だ。

「わかった、わかった」

しのぶはスモモの頭を撫でた。スモモが妙な目つきでこちらを見ている。

「でも、〈キボウ〉悪くない」

「うん、今はね」

「イマは」

ふっとスモモが眉間を曇らせる。彼女がこんなに喋ると、なんだか調子が狂う。

「さあ、帰ろう。あれからいろいろあって、和音ちゃんが見つかったの。デラさんはまだ向こうにいるけど、じきに娘さんを連れて帰ってくると思う」

スモモの表情が、ぱあっと内側から輝くように晴れた。

「よかった」

「そうよ。和音ちゃんが東京に来るなら、歓迎会をやらなくちゃね。また透にご馳走を頼まないと」

真っ暗なサーバールームを一瞥し、しのぶはスモモを連れて部屋を出た。廊下まで出ると、ごく普通に夜間の照明がついている。

そう言えば、ホープ博士は「君を待っていた」と言った。あれはどういう意味だったのだろう。スモモとしのぶが揃うまで待つつもりだったのか。

エレベーターで一階に下り、ビルを出た。

やはり、どこにも守衛の姿はない。出て行くふたりに不審な目を向ける人もいない。

京橋の街路からビルを見上げる。照明が輝くフロアもある。もう深夜だが、仕事をしている人もいるようだ。スモモも、じっとビルを見上げている。

スマホが鳴った。デラさんからメールが届いていた。

『検査の結果が出て、和音の健康状態は良好。警察の捜査に協力して、二、三日すれば東京に戻る。いろいろありがとう』

健康状態が良いと聞いてホッとしたが、田端刑事が言った通り、心の問題が表面化するのはこれからだろう。

――だけど。

事情は異なるものの、スモモだって子どものころに大きな心の傷を負ったが、今では立派なＩＴ探偵だ。自分だって、ずいぶんスモモに助けられている。

――身近にこんな前例があるんだから、きっと、なんとかなるわよね。

スモモの肩をたたき、車に近づいた。クリスマスは終わった。また、新たな仕事の日々が待っている。

「スモモ？」

なかなか車に乗り込まないスモモに、声をかける。じっとビルの窓を見上げていた彼女が、我に返ったように振り向き、当然のように運転席に滑り込んだ。

「ちょっと、スモモ。日付が変わるわよ。あんた、またすぐ寝ちゃったらどうするの」

「大丈夫。よく寝た」

さっきの部屋で寝ていたのか。しかたがない。こういう時のスモモは頑固なので、しのぶは助手席に滑り込む。

――未来と希望。

ふと思い出し、苦笑いした。

「だけどほんとに、ホープ博士って筏みたいなやつよね。思い出した。筏も未来への希望がどうとか言ってた」

ひとりで笑っていると、スモモがハンドルに手をかけたまま、エンジンもかけずにこちらを無表情に見つめている。

「――ひとりだけ」

「ん？」

スモモはまた、何を言いだしたのだろう。

「筏はひとりだけ」

「えっ、スモモったらまた何を――筏はひとりだけしかいないって、当たり前じゃない。あんなのがふたりもいたら国が亡びる――って」

悪感が走る。硬直は足から全身に駆け上がってきた。

――まさか。

筏のようなやつなどいない。ホープ博士が筏のようだと感じたのは、彼の正体が筏だからだ。そう、スモモは言っているのか。

「まさか――いくらなんでも、それは」

（本来、ブロックチェーンと仮想通貨は、未来への希望だった）

筏の声が耳に蘇る。

――ありうるかも。

筏なら、〈キボウ〉のようなマルウェアを作るくらい、朝飯前だ。スモモは〈キボウ〉の難読化コードを見て、そのエレガントさにうっとりしていた。〈キボウ〉の作成者は、しのぶたちが秋田に旅立った隙を狙うかのように、タイムサーバーをハッキングして日付を変更し、〈キボウ〉に感染したパソコンに、マルウェアをダウンロードさせた。まるで、ふたりが〈キボウ〉の作成者を追っていると知っているかのように。

「――筏なの？　ほんとに？」

スモモが人形のようにこくりと頷いて、車のエンジンをかけた。

「ふたり、いない」

そう、筏のように壊れていて、筏のように才能に恵まれた人間は、ふたりといない。

「証拠は――」

「証拠、ない」

「スモモ、まさかあんた――あれが筏だと気づいていたのに、ずっと私に黙ってたの？」

証拠はない。

だが、筏のような人間は、ふたりといない。

そして、スモモのような人間も、ふたりといない。

他人とコミュニケーションをとるのは困難だが、コンピュータのコードの、パズルのような美しさは理解できる。賢く強くてアナーキー。

スモモは、アニメのキャラクターみたいに大きな目を瞠り、シフトレバーをドライブに入れると、ぐんとアクセルを踏み込んだ。眠りにつく街を、飛ぶように走る。京橋から八重洲に出る通りの建物は、この時刻でもキラキラと輝くようだ。東京はいつも、光に満ちている。

しのぶは唇を噛み、スマホを取り出した。電話帳には筏の番号も登録されている。電話をかけて、ひとこと言ってやればいい。

——あんただってことはわかってんのよ、いい加減にしなさい！

筏の名前の上で、しのぶは指を止めた。

筏は危険なゲームをしている。彼は自分の能力を過信していて、世界を愚か者の手に委ねるくらいなら、自分が制御権を握ったほうがマシだと考えている。

今まで、そんなだいそれたことを考えた人間は、ひとり残らず歴史の闇に抹殺されてきたというのに。

「大丈夫。トメル」

ぽつりとスモモが言った。

「──あんたが止めるってこと？」

かぶりを振っている。スモモの右手が、彼女としのぶを順に指さした。

──私たちが止めるってことか。

表参道の古い建物で、ちっちゃな探偵事務所を開いている、ＩＴ探偵ふたりが。

冗談じゃないとかぶりを振りかけて、いきなり苦笑がこみ上げ、しのぶは天を仰いだ。

考えてみれば、一度は世界を破滅から救った身なのだった。もう一度救うのは荷が重いけれど、不可能ではないかもしれない。

──やっと、デラさんの件が片づいたと思ったのに。

「一難去って──。本当に厄介な連中ねえ！」

スモモが一瞬、心外だと言いたげな目をする。「連中」の中に自分が含まれていることに、気づいたらしい。

「帰ったら、ジャスティス三号をもう一度、徹底的に調査してね。でなきゃ、明日にでもゴミ集積所に持っていくから」

近ごろ過剰に人間くささが増している三号だが、筏のスパイなんか事務所に置いておけない。

オレンジ色のルージュを引いたスモモの唇に、彼女にしては珍しく、ゆっくり笑みが上った。

今年のクリスマスも、淡々と過ぎていく。

（この作品『S&S探偵事務所　キボウのミライ』は、平成三十一年四月、小社より四六判で刊行されたものです）

S＆S探偵事務所　キボウのミライ

一〇〇字書評

切り取り線

購買動機（新聞、雑誌名を記入するか、あるいは○をつけてください）	
□（　　　　　　　　　　　　　）の広告を見て	
□（　　　　　　　　　　　　　）の書評を見て	
□ 知人のすすめで	□ タイトルに惹かれて
□ カバーが良かったから	□ 内容が面白そうだから
□ 好きな作家だから	□ 好きな分野の本だから

・最近、最も感銘を受けた作品名をお書き下さい

・あなたのお好きな作家名をお書き下さい

・その他、ご要望がありましたらお書き下さい

住所	〒				
氏名		職業		年齢	
Eメール	※携帯には配信できません	新刊情報等のメール配信を 希望する・しない			

この本の感想を、編集部までお寄せいただけたらありがたく存じます。今後の企画の参考にさせていただきます。Eメールでも結構です。

いただいた「一〇〇字書評」は、新聞・雑誌等に紹介させていただくことがあります。その場合はお礼として特製図書カードを差し上げます。

前ページの原稿用紙に書評をお書きの上、切り取り、左記までお送り下さい。宛先の住所は不要です。

なお、ご記入いただいたお名前、ご住所等は、書評紹介の事前了解、謝礼のお届けのためだけに利用し、そのほかの目的のために利用することはありません。

〒一〇一－八七〇一
祥伝社文庫編集長　坂口芳和
電話　〇三（三二六五）二〇八〇

祥伝社ホームページの「ブックレビュー」からも、書き込めます。
www.shodensha.co.jp/bookreview

祥伝社文庫

S＆S探偵事務所（エスアンドエスたんていじむしょ）　キボウのミライ

令和 2 年 9 月 20 日　初版第 1 刷発行

著　者　福田和代（ふくだかずよ）
発行者　辻　浩明
発行所　祥伝社（しょうでんしゃ）

東京都千代田区神田神保町 3-3
〒101-8701
電話　03（3265）2081（販売部）
電話　03（3265）2080（編集部）
電話　03（3265）3622（業務部）
www.shodensha.co.jp

印刷所　堀内印刷
製本所　ナショナル製本
カバーフォーマットデザイン　芥 陽子

ISBN978-4-396-34661-4 C0193

〈祥伝社文庫　今月の新刊〉